U0526525

铁哥俩

海潮 /著

作家出版社

鹧鸪天·铁哥俩

海 潮

机巧缘合岂偶然,
寒窗六载结金兰。
齐心相辅创宏业,
协力能为谱巨篇。

同苦易, 共荣难,
征途分道各扬鞭。
纷争恩怨因何故,
昂首苍穹问碧天。

目录

1. 京城校园又相见 / 1
2. 班里有个淘气鬼 / 7
3. 快乐时光终须短 / 17
4. 一朝分别两茫茫 / 24
5. 国庆盛典同参与 / 29
6. 情窦初开朦胧恋 / 38
7. 再聚偶议开新篇 / 51
8. 破釜沉舟须放胆 / 61
9. 同甘共苦闯难关 / 71
10. 筹措资金遭遇骗 / 80
11. 金屋藏娇难收敛 / 90
12. 大闹公司现窘态 / 95
13. 世纪之交路漫漫 / 106
14. 海外来鸿太突然 / 113
15. 空降人才生隙嫌 / 120
16. 十周年庆谋发展 / 127
17. 回乡探亲慨万千 / 134
18. 人人都有烦心事 / 142

19. 人间天上皆娇艳 / 148
20. 冲突加剧设陷阱 / 153
21. 艳遇终将被发现 / 161
22. 哥俩散伙事已然 / 171
23. 星火回厂巧安排 / 181
24. 铁英经受双磨难 / 194
25. 葛星火公司上市 / 204
26. 马企远重任在肩 / 213
27. 恩怨纷争诉公堂 / 222
28. 私女曝光心更烦 / 230
29. 哥俩情势在逆转 / 237
30. 星火扩张欲望添 / 244
31. 铁英家庭渐好转 / 251
32. 母校演讲真情现 / 257

1. 京城校园又相见

　　李铁英穿着崭新的白色"的确良"衬衫，斜挎着帆布书包，提着行李袋走下公共汽车，他手里拿着录取通知书，问一位年轻人："请问燕京理工大学怎么走？"年轻人指着许多人走的方向道："你看，他们都是去那所学校的，你跟着他们走好了。"李铁英这才发现，这些年轻人和自己一样，提着大包小包往同一方向走，原来他们也是去学校报到的。李铁英随大家来到学校大门口，高大的门楼上空飘扬着几个硕大的气球，气球下面悬挂着长幅，李铁英仰头望着，只见条幅上写着"燕京理工大学欢迎你""你们是祖国的栋梁""国家的希望寄托在你们身上"。李铁英心潮起伏，久久不能平静。

　　李铁英在儿时曾因一个偶然的机会去省城参观过中原搪瓷厂，从此以后对化学产生了浓厚的兴趣，中考时化学成绩考了99分，顺利进入县里最好的高中县一中。在县一中组织的化学竞赛中，李铁英多次取得全校第一名的好成绩。但因李铁英严重偏科，数学和英语拖了后腿，导致第一次高考名落孙山。李铁英发誓一定要考上大学，他复读了一年，专攻数学和英语，终于考入了燕京理工大学化工系。

前些年，农村的孩子要上大学都得经过推荐才有资格参加考试，而被推荐上学的只有村干部的孩子。李铁英是恢复高考后村里第一个凭自己的本事考上大学的，村里人听说李铁英考上了大学，而且是去首都北京读大学，纷纷前来祝贺，都称赞铁英有出息，是孩子们学习的榜样。铁英妈更是笑得合不拢嘴，一个劲儿地夸铁英从小就听话、懂事、爱学习。

李铁英站在学校大门口，到现在他还怀疑自己是不是在做梦，他用力捏了捏自己的耳垂儿，一阵痛感让他知道自己不是在做梦。他长舒了一口气，提起行李袋，走进校园。

一眼望去，校园主干道两旁插着五颜六色的旗子，大喇叭里播放着欢乐明快的歌曲《年轻的朋友来相会》：

> 年轻的朋友们，今天来相会
> 荡起小船儿，暖风轻轻吹
> 花儿香，鸟儿鸣
> 春光惹人醉
> 欢歌笑语绕着彩云飞
> 啊，亲爱的朋友们，美妙的春光属于谁
> 属于我，属于你，属于我们八十年代的新一辈
> ……

李铁英走到岔路口，正不知该往何处走时，一个同学走过来，铁英问道："请问化工系怎么走？"那个同学道："你是新来的同学吧？我带你去。"

路上，李铁英得知这位学哥是负责迎新工作的，他带领铁英

办完各种手续，才与铁英告别。李铁英走进宿舍，看到里面有4个上下铺，有几位同学已经到了，大家做了自我介绍，铁英得知宿舍的8位同学来自全国8个不同的省份。李铁英虽然在县里是佼佼者，但是听了同学们的介绍，才知道自己的高考成绩在班里还是靠后的，而且同学们聊的许多话题他听都没听说过，顿时觉得自己孤陋寡闻，尤其是他的一口家乡话更让他觉得抬不起头来。每次同学聊天，李铁英都是听者，他生怕自己哪一句没说好而被同学嘲笑。

李铁英有一个心愿，报到后第一件事就是去天安门广场，在天安门前照张相寄回家，让父老乡亲、爷爷、爸爸妈妈和弟弟看看，他来到了全国人民都向往的首都北京。星期天，李铁英穿上妈妈为他新做的白色"的确良"衬衫，把校徽别在身上，乘公交来到了天安门广场。高大的天安门城楼，红墙黄瓦，门楼上方悬挂着毛主席巨幅画像，李铁英仿佛看到毛主席站在天安门城楼上向他挥手，他想起了小时候唱的儿歌：

> 我爱北京天安门
>
> 天安门上太阳升
>
> 伟大领袖毛主席
>
> 指引我们向前进
>
> ……

他来到照相摊前，在天安门前照了张相，随后来到人民英雄纪念碑，望着碑上"人民英雄永垂不朽"几个大字，一种崇敬之情油然而生。他沿着台阶登上了纪念碑台基，环绕碑体四周，一幅幅巨大的汉白玉浮雕展现在眼前："虎门销烟""金田起义""武昌起义""五四运动""五卅运动""南昌起义""抗日游击战""胜利渡长江"……纪念碑四周浮雕展示的是1840年以来中国的屈辱史和中国人民抗争史。

接着李铁英来到毛主席纪念堂，瞻仰了毛主席遗容。李铁英清楚地记得几年前在村里举行的毛主席追悼大会上，弟弟李铁雄哭着问爸爸"毛主席去世了咋办啊"。

如今，中国改革开放几年了，中国万象更新，充满了生机。农村实行了承包责任制，李铁英家里承包了十来亩地，日子一天天好起来。李铁雄也去县里读高中了，家里种地没了帮手，苦了父母和爷爷，父亲李寿祥为了供他们读书，除了在村里教书，还要下地劳动，爷爷年纪大了，还得帮着在地里干活。

初入大都市，李铁英没有能谈得来的朋友，他感觉很孤独，课余时间就去泡图书馆。他要补补文科方面的知识，同时关注一下国内外发生的大事。一次，李铁英看到报纸上"关于深圳经济特区"的一篇文章，他被这篇报道深深吸引：几年工夫，深圳已经由一个小渔村，发展成了一座对外开放的城市。晚上，铁英和同学们聊起深圳特区，谈到深圳"时间就是金钱，效率就是生命"的口号，他把深圳（zhèn）说成了深chuān（川），室友们哈哈大笑起来，李铁英这才意识到自己说错了字，一种自卑感油然而生，感觉自己处处不如别人。以后大家再聊天，铁英很少发表自己的见解，再也不敢多说话。

除了去图书馆看书，李铁英经常一个人到学校的小树林去吹口琴。当时台湾校园歌曲在大陆非常流行，铁英喜欢吹奏《乡间的小路》《童年》《外婆的澎湖湾》《踏着夕阳归去》，感觉只有这些歌曲才能抚慰他孤独的心灵。

吹奏着《乡间的小路》，李铁英的思绪仿佛又回到了无忧无虑的童年时光：

> 走在乡间的小路上
> 暮归的老牛是我同伴
> 蓝天配朵夕阳在胸膛
> 缤纷的云彩是晚霞的衣裳
> ……
> 多少落寞惆怅
> 都随晚风飘散
> 遗忘在乡间的小路上
> ……

吹着口琴，李铁英会想起葛星火，那种想念像是长了翅膀。小学时，机缘巧合，李铁英与省城里的淘气鬼葛星火同学了两年。因为葛星火太淘气，被父亲安排到李铁英家体验农村艰苦的生活，两人一起上学、玩耍。这期间李铁英到省城葛星火家住过两周，参观过葛星火父亲葛志军任副厂长的中原搪瓷厂，勾起了他对化学的兴趣以及对未来的遐想。两年后，葛星火回省城读中学，从此两人失去了联系。

后来李铁英给葛星火写过两次信，葛星火也没有回信。几年过去了，李铁英非常想知道："星火现在怎么样了？为什么他没有回信？他是不是和我一样也考上了大学？"但又转念一想："星火似乎对学习不太专心，他更善于交际，也许他没有考上大学，也许已在他父亲的中原搪瓷厂工作了……"

一天，李铁英在去图书馆的路上，突然听到有人喊他："是铁英吗？"他回头看去，不由得感叹一句：啊！世界真小！

葛星火从侧面一眼就认出了李铁英，尽管李铁英个子长高了很多，但样貌并没有变化多少，李铁英穿着一件绿色的军大衣，虽然看起来有些土气，但土气的军大衣也掩盖不住他的俊朗模样。只是七年未见，李铁英却有点认不出葛星火了，葛星火个子长高了一头不说，还烫了发，穿了一件皮夹克，像个归国华侨。

两个老同学高兴地抱在了一起。李铁英说道："这些年来一直在想念你，给你写过两次信你也没回，没想到在这里遇见你！"

葛星火说："我在管理系学经济管理，你呢？"

"我在化工系读高分子材料。"

两人谁也没想到，他们居然考入了同一所大学，竟然在校园里偶遇。他们认定这是上苍的安排，就是为了让他们珍惜这份机遇。葛星火还是那么热情，拉着李铁英非要喝一杯，说是庆祝他们的重逢。

不一会儿，俩人几瓶啤酒下肚，话题从分别几年后的不同经历到各自考上大学，铁英道："就你这淘气包，没想到也考上了大学，我还以为你去中原搪瓷厂上班去了。"

"嘿，你也太小瞧我了，凭我葛星火什么事干不成？"

关于葛星火小时候淘气的事，还得从七年前说起。

2. 班里有个淘气鬼

常言道：春困秋乏夏打盹，睡不醒的冬三月。春天，正是孩子们疲乏的时候，中午玩累了，下午一上课都提不起精神来，如果再遇上不爱学习的科目，那就加一个"更"字。1976年初春，一阵清脆的上课铃声响起，孩子们快速地跑到自己的座位上，顿时整个校园安静下来。教英语的吕老师走进中原市二七小学四年级二班的教室。

葛星火趴在课桌上睡得正香，听到上课铃声，勉强抬起头，见吕老师进来，嘟囔一句"怎么又是他啊"，接着又睡了。葛星火最讨厌英语课了，那些英语单词他总记不住，还有一个主要原因是吕老师讲课太死板，他讲课就像说天书，讲的什么大家也听不懂，而且对学生很严厉。

"啪"，一个粉笔头精准地打在葛星火的头上，葛星火被惊醒了。

"葛星火，站到前面来。"吕老师发出严厉的声音。

大家瞬间把头都转向了葛星火。

葛星火摸着发痛的脑袋站起来，满不在乎地走到前面。这葛星火是班里有名的淘气鬼，前两年学习黄帅反潮流，他可没少"揭发"老师。今天被老师罚站，他怎么能受得了？葛星火面对大家站着，心想：你让我在全班同学面前出丑，我也得让你出丑。他冲着同学们挤眉弄眼做着怪样，同学们哪里还听得进老师讲课，全被葛星火吸引去了。

吕老师恼怒地道："葛星火，你一个人不听讲就算了，你还带着全班人不听！"

葛星火说道："我是中国人，何必学外文；不学ABC，照做中国人。"

吕老师将粉笔扔在黑板槽里，走到讲台前说道："我今天就给你讲讲为什么要学英语！"

吕老师对同学们问道："你们知道尼克松是谁吗？"同学们面面相觑，纷纷摇头。吕老师又问葛星火："你知道吗？"

葛星火将头一扬道："我管他是谁呢？"

吕老师继续说道："尼克松是美国总统，几年前他来中国了！毛主席、周总理都接见了他，这说明了什么呢？"吕老师停顿了一下，用右手推了推鼻梁上的眼镜，又问葛星火："葛星火，这说明了什么呢？"葛星火摇摇头。吕老师提高了嗓门，大声说道："这说明美帝国主义开始向我们低头了！葛星火，不学英语，你怎么向美国人宣传社会主义优越性啊？不学英语，你怎么去揭露资本主义的罪恶啊？"吕老师一脸严肃，紧握拳头，举了一下右手继续问道："想得更长远一点，不学外语，你怎么去超越美国？你怎么去解放全人类？"

"让美国人学习中文不就解决了吗？"葛星火脱口而出。

吕老师怔了一下，一脸尴尬，没想到葛星火会这样回答，一时间不知道如何收场，骂道："葛星火，你给我老老实实站着！"随后，吕老师用粉笔在黑板上写了一行英文：U.S. imperialism is a paper tiger（美帝国主义是纸老虎）。

吕老师向同学们解释每个单词的意思，并对应地在每个英文单词下边标上了汉字，让同学们跟着他一遍一遍地读，最后说道:"毛主席说得好,美帝国主义是纸老虎。"

葛星火自己也没想到会说出"让美国人学中文"的话,他看着讲台上的吕老师,内心的得意劲儿无法言表,吕老师讲的英语他一个字也没听进去。当葛星火的目光转到黑板上方张贴的毛主席像和"好好学习,天天向上"八个大字时,突然举手向吕老师说道:"Lü Teacher(吕老师),你讲的英语有错误,我遵照毛主席'没有调查没有发言权'的指示,一个单词一个单词地查过字典,'好好学习,天天向上'应该是'Good good study, day day up'。"

一向严肃的吕老师突然哈哈笑了几声,引得同学们也笑了起来。但吕老师立刻板起面孔,大声怒斥道:"胡闹!你那是Chinglish(中式英语)!葛星火,你给我滚出去,不想听就别听了!"

葛星火低着头走出了教室,他觉得很没面子,心想:一定要想个法子给"驴蹄子"(他给吕老师起的外号,Lü Teacher的谐音)点颜色看看。

一周过去了,又是一堂英语课,上课前葛星火在黑板上写了一行英文字:

I give you some color to see see!

又是一句中式英语(Chinglish),为了写这句话,葛星火一个词一个词地查了词典,他想要表达的意思是"我要给你点颜色看看"。

同学们不知道葛星火写的英文是什么意思,但很清楚肯定是针对吕老师的。然后，葛星火把教室的门弄成半开状，把一个笤帚放到了门的上边，同学们知道这次葛星火要闯祸了，但都想看吕老师的笑话，因此没有人阻止葛星火的恶作剧。

上课铃响了，吕老师推门走进教室，笤帚从门的上方滑落下来，正好砸中吕老师的脑门和眼镜，笤帚和眼镜顺着吕老师的脸跌落在地上。吕老师匆忙从地上捡起眼镜戴上，同学们看到吕老师瓶底似的眼镜右镜片摔出一条裂纹，想笑又不敢笑。

吕老师火冒三丈，怒斥道："葛星火，你这个混蛋！"他让第一排的一位女生把班主任马老师叫了过来。

吕老师气愤地向马老师说道："这课我上不了了，葛星火总在教室里捣蛋，我根本没办法上课，也不可能再教下去！"

马老师安慰道："吕老师您消消气，这事是葛星火做得不对，太不像话了，我来教育他，您继续上课。"马老师把葛星火带到了自己的办公室。

葛星火站在桌子旁，低着头，他知道这顿批是躲不过去的，但心里还是有一丝丝的窃喜。

马老师望着葛星火胖墩墩的身体，微黑透红的脸庞，浓眉下一对大眼睛里透出一股机灵、俏皮、活泼劲儿。这个葛星火确实让人头痛，不是课堂上捣乱，就是课后与同学打架。这些年一系列的运动，搞得师生关系很紧张，学校对学生也不敢管得太严，今天葛星火对吕老师搞的恶作剧让马老师很难处理，她只好给葛星火的妈妈打电话，让她来学校领人。

葛星火的妈妈孙淼是省第一医院的护士，最近刚升任护士长，工作比较繁忙，上夜班是常事，休息时间也不固定。马老师来电话时，病房里正好有一个病人在抢救，于是孙淼打电话让葛星火的父亲葛志军去学校接孩子，葛志军告诉孙淼说乡下的表弟来信了，让她忙完尽早回家商量星火的事。

葛志军是中原搪瓷厂的副厂长，该厂是一个有着百余人的小厂，厂里生产的搪瓷茶缸近几年供不应求，茶缸是奖励各行各业的积极分子用的，上面印有各种图案和文字，如"为人民服务""大海航行靠舵手""毛主席万岁""人民公社好""千万不要忘记阶级斗争""把无产阶级文化大革命进行到底"等等。印有"向雷锋同志学习"和雷锋头像的茶缸是奖给学雷锋标兵的，印有"工业学大庆"的茶缸是奖励工业战线先进分子的，印有"农业学大寨"的茶缸是奖励农业战线先进分子的……

经过各种运动的折腾，许多工厂处于停产状态，国民经济处于崩溃边缘，但葛志军所在的搪瓷厂生产异常繁忙，省里给下达的生产计划指标一年比一年多，几年间产量竟翻了几倍，工人三班倒都忙不过来，连星期天都不能休息。

葛志军的父亲是位军人，参加过抗日战争和解放战争，新中国成立时已升任为团长职位，抗美援朝战争中为国捐躯了。父亲牺牲时葛志军才11岁，母亲极其艰难地将他养育成人，后来他考上了大学，毕业后在中原搪瓷厂工作至今，他与母亲之间感情深厚。

葛志军婚后生了两个孩子，儿子葛星火出生两年后，女儿葛文丽又出生了，一儿一女凑成一个"好"字，这可把老太太乐坏了。

葛星火从小就是奶奶带着，这可是长子长孙，在那重男轻女的年代，葛星火是奶奶的心肝宝贝，奶奶对他百般纵容，觉得孙子做什么都是对的。退休以后，孙子、孙女更成了奶奶的精神寄托。相较于葛星火，妹妹文丽是个乖女孩，不像星火那样淘气。在孙淼的教育下，她上小学前就能认识一千个汉字，会背百余首古诗，如今上小学二年级了，在语文方面特别擅长。

这两年，葛星火在学校不断惹事，学校不停地请家长，作为副厂长的葛志军统领上百人，却要对老师点头哈腰，觉得特没面子。他对儿子打也打了，骂也骂了，全无效果。于是和妻子商量让星火到乡下表弟家里住上一段时间，体验一下农村艰苦的生活，兴许对他会有所触动。孙淼赞成葛志军的想法，却遭到星火奶奶的强烈反对，声称农村太苦，孙子去就是遭罪，并骂葛志军狠心，不近人情。葛志军不顾母亲的反对，还是给离省城两百多公里在乡下当民办教师的表弟李寿祥写了信，今天葛志军收到了表弟的回信。

晚饭后，葛志军把全家人叫到一起，说表弟寿祥来信了，同意星火去乡下住上一段时间。奶奶听到志军和孙淼的决定，立即反对起来："不行，我不同意！那里是黄河边上有名的贫困县，连电灯都没有，更别说吃的了，再者说一下雨地上全是泥，上个厕所都费劲，你让星火到那去，那不是活受罪吗！"说着把星火搂到怀里，对星火说道："你爸你妈太狠心了，火火，咱们不去！"

星火有了奶奶撑腰，底气更足了，嚷嚷道："我不去！就是不去！"

葛志军啪地拍了一下桌子，吼道："你给我住嘴，看把你惯成什么样子了！"

奶奶气得浑身发抖，指着葛志军道："你们不惯着，你们不惯着倒是去管啊！你们一天到晚不着家，都拽给我了，我受累不说，倒落得一大堆的不是。"奶奶说着大哭起来。

孙淼见事态不对，忙对葛志军使了个眼色，安慰婆婆道："妈，您别生气，志军不是那个意思，我们两个都忙，没时间照顾星火，您身体又不好，我们不想让您太操心！这不是他总在学校惹事吗，我们才想出这个办法，就是让他去农村住上一段时间，体验一下乡下的生活，这样对他有好处，说不定他能收敛一些呢！"

葛文丽拉着奶奶道："奶奶，您别生气了，其实我也特别想去呢，想去看看老家是什么样子的。我们先看看信上都说了什么。"

葛文丽拿起桌子上的信，读了起来。

志军哥：

来信收到。大姨、嫂子、星火、文丽都好吧？

我和你弟妹、铁英、铁雄都欢迎星火来家里做客。

"铁英、铁雄，好有趣的名字啊！钢铁英雄！"文丽一边念信一边说道。

奶奶插话道："这名字是你表叔给起的，他喜欢小说《钢铁是怎样炼成的》，想去当兵，想去当英雄，家里不让去，他就把希望寄托在了儿子身上，就给两个儿子起了这样的名字。"

文丽看着奶奶，点了点头，继续读信。

星火上学没问题，我已经和学校说好了，他比铁英大半岁，可以插到铁英的班里。听大姨说星火是个活泼好动、性格外向的孩子，正好和铁英一起学习、一起玩，让铁英变得活泼一些，铁英太内向，不爱说话。

奶奶插嘴道："铁英那孩子我见过，可是个乖孩子，我退休那年回老家，在铁英家住过两天，听你姨奶奶说：有一年，公社掀起了农业学大寨热潮，召集社员们大兵团作战，平整土地，挖沟修渠，铁英他妈怕铁英留在村里被其他孩子欺负，就把铁英带到了工地上，铁英妈怕他乱跑走丢了，就在田头画了一个圈，告诉他不许出这个圈，并给了铁英几本小人书，铁英妈收工来接铁英，见他还是原先那样，规规矩矩坐在地头看书，要是换了你不定野哪去了。"奶奶对星火说。

葛文丽笑起来道："哈哈，不敢出圈，这么听话的孩子，这也太乖了吧？"

"我才不会在那死待着呢。"葛星火说道。

奶奶道："就你那样，猴屁股坐不住，你要是有铁英一半就好了。唉，我和你姨奶奶那次见面说了许多知心话，她说了铁英和他们家的许多趣事。没想到那次见面后没过两年你姨奶奶就去世了，那次竟然成了我们老姐俩的最后一次见面。"奶奶说着，流下了浑浊的眼泪。

葛志军长这么大回老家的次数不多，与李寿祥也就见过几次面，他想了解了解寿祥家的一些情况，以便掌握儿子以后的动向。于是问道："妈，这世事难料，你别太伤心了！小姨都给你讲了什么有趣的事，说来听听？"

奶奶用手绢擦了擦眼泪，对志军道："你姨夫家三辈单传，你寿祥弟、你姨夫、寿祥的爷爷都只有一个男孩,特别巧的是前两胎都是女孩,到老三才是男孩,后边又是女孩。到了铁英这辈,第一胎就生了个男孩,家里人高兴得不得了,又觉得不合常理,农村迷信,怕养不活,就找算命先生给算算。算命先生说无大碍,每年生日那天用红线串一个铜钱编成长命锁在脖子上戴一天,以后每年串一个,12周岁以后就不用再串了,这样孩子就可以长命百岁了。当年你姨还给我看了铁英的长命锁,上面已经串了6枚铜钱,几年过去了,如今该有10枚铜钱了吧?铁英周岁时候,你寿祥弟要试一试铁英未来有什么出息,就把家里的纸币、小人书、印章等摆了好多让他去抓,你们猜铁英抓到了什么?"

葛文丽想到刚才奶奶讲铁英看小人书"不敢出圈"的事,抢着回答:"肯定是小人书。"

"文丽猜对了,铁英抓的就是小人书,后来铁英特别喜欢看书,特别喜欢看小人书。你们看这抓周灵不灵?"

葛星火觉得好奇,这个铁英还挺有意思的,他倒真想见一见这个李铁英了,尤其是想去看看铁英的长命锁是什么样的。于是对奶奶说:"奶奶,我去老家。"

奶奶拍了星火脑袋一下道:"说是说,你可去不了,那里苦着哪。"

"那我也想去。"星火拉着奶奶央求道。

"对了,那信上还说什么了?接着念。"奶奶对文丽道。

文丽继续念信。

> 志军哥,我们唯一担心的是星火吃不了这份苦,村子里两年前才接上了电,家里也装了电灯,但三天两头

停电，一停电就是半月二十天，晚上还得靠煤油灯照明。乡下吃的也很差，冬季寒冷，屋里不生火炉，铁英、铁雄每年冬季都生冻疮，星火来了要有个思想准备。

　　铁英、铁雄听说有个省城里的哥哥要来家里住，都高兴极了。你们放心，我们会尽最大可能照顾好星火。

　　我们都盼着星火的到来！

表弟　寿祥

　　奶奶对星火道："你瞅瞅，你瞅瞅，不是我吓唬你吧。你在那里整天吃玉米面、红薯面窝头，冬天他们都不生火，你没听你表叔说，铁英、铁雄手都被冻烂了，你还要去？"

　　葛志军本来见事情有缓，心想这事定下来没问题了，没想表弟说得那边那么苦，老太太疼孙子又舍不得了，于是赶紧说道："妈，你就是太担心了，那人家孩子不照样生活得挺好的，小孩子吃点苦不算啥。再说咱家星火哪点比铁英差，我就不信星火比不过他们。"葛志军知道星火这孩子皮是皮了点，但争强好胜，现在将他一军，看他怎么办？

　　孙淼也说："对呀，您夸了半天铁英爱学习，咱们星火成绩和铁英比是差了点，可他那么聪明，要是能静下心来好好学，也不一定差多少，难道咱城里的孩子还比不过他乡下的孩子？"

　　这葛星火聪明、好动，老师讲课他只听重点，听会了他就坐不住了，东瞅瞅西看看，捅这个一下，掐那个一把，搅得课堂乱糟糟的，可是每次考试成绩还不错，弄得任课老师常常是又气又爱。现在听奶奶老夸铁英，他也不服气，有啥了不起的，他能行我也能行，星火拍着胸脯说道："奶奶放心，我不怕吃苦！"

奶奶拉着星火的手，仿佛看到了铁英冻烂的手，说道："你哪里知道什么叫苦，等你知道就晚了，还是别去了！"

孙淼劝婆婆："妈，您别担心，让星火先过去，适应不了的话，再让他回来嘛！"

"好、好、好，既然你们都愿意那就去吧。"奶奶回到自己的房间，拉开抽屉，拿出一个存折和一沓粮票来，对志军说："把钱取出来给星火带上，再买些白面。"

志军接过存折和粮票道："妈，我会安排好的，我明天就给寿祥拍电报，最近厂子里太忙，我又管生产，抽不出空去送星火，正好过几天厂里要去老家的县城送货，我让司机顺路把星火送过去。"葛志军又吩咐孙淼给儿子准备行李。

奶奶对星火说："火火，受不了了你就写信，让你爸把你接回来。"说着眼泪止不住地掉下来了。

葛星火点了点头。葛星火就要去乡下锻炼了，他这个"省城里的淘气鬼"是冲着对"穷乡村的乖男孩"李铁英的好奇而去的，尤其想去看看李铁英的长命锁，葛星火能适应那里艰苦的生活吗？

3．快乐时光终须短

李铁英在大学校园与葛星火再次相遇，从此不再孤单，他喜欢和葛星火在一起，因为葛星火就像小时候一样常常会给他带来惊喜。进入大学以来，葛星火喜欢看小说和一些文学作品，而李铁英这个理工男进入大学后课余时间却迷上了哲学。20世纪80年代初，中国的大门打开，形形色色的思潮、观念纷至沓来，令人眼花缭乱。《读书》杂志提出"读书无禁区",开启了"文化热"的时代。

"文化热"缘于对"文革"的强烈批判和深刻反思,思想界、学术界异常活跃,充满自由的气氛。大量西方思想、文学、学术译著丛书(刊)出版,如"汉译世界学术名著丛书""走向世界丛书""走向未来丛书"等。李铁英自己也不知道为什么会对一些艰涩难懂的哲学译著感兴趣,康德、黑格尔、叔本华、尼采、弗洛伊德、胡塞尔、海德格尔、萨特、加缪,书籍让李铁英进入了思想的海洋。

两人在一起时,葛星火跟铁英聊文学,而李铁英给星火讲哲学。当然两人聊得最兴奋的还是孩提时代那些事,有一次聊天,他俩又一次回忆起了两人初次相见的事。

那年春天的一个周日下午,李铁英、李铁雄哥俩站在胡同口不时地张望着。一辆解放牌卡车开来,停在胡同口,一个脸蛋微黑、身穿崭新蓝色涤卡布外衣、胖乎乎的小男孩从车上跳了下来,李铁英、李铁雄立刻迎了上来。葛星火看到穿着衣服略显破旧、脸蛋白净、比自己高半头的英俊男孩,猜测他肯定就是李铁英了,说道:"你是铁英吧,我是星火。"

铁英腼腆地点点头。李铁雄喊道:"星火哥你好,我是铁雄。"

看到村里有车停了下来,孩子们都好奇地围了过来。葛星火抬眼望去,这些孩子大都穿着补丁衣服,有个小男孩穿着开裆裤,鼻子里冒出一个大鼻涕泡,只见他伸出黑乎乎的小手往上一抹,鼻涕都擦到嘴巴上了,星火从包里掏出一袋糖果分给大家道:"你们好,以后我就住在这里了,咱们就都是朋友了。"

李铁英和李铁雄争着帮葛星火拿行李往家走,星火一进院,趴在地上的小黄狗就冲他汪汪叫起来,铁英喊了一声"别叫,这是新朋友"。小黄狗停下叫声,摇着尾巴蹭过来。李寿祥听到动静从屋里出来,招呼星火和司机王师傅进屋坐。

　　一只小燕子飞进屋来,星火随着小燕子飞的方向望去,屋内没有吊顶,三角形的屋脊上,梁、檩、椽子清晰可见,小燕子飞到了一条檩上半圆形的燕窝里,停了几秒钟就飞走了。接着又有一只小燕子衔着一根羽毛飞了进来,把羽毛放到窝里停了停又飞出去了。铁英的爷爷看到星火好奇地盯着燕子看,他告诉星火小燕子快要孵蛋了。

　　听到小燕子在外面叫个不停,星火再也坐不住了,他拉着铁英到院子里去看。两只披着黑色外衣、围着红色围脖、挺着白色肚皮的小燕子,摇着剪刀似的尾巴站在树枝上呢喃:"叽叽咕,叽叽咕,啾!叽叽咕,叽叽咕,啾!"这种悦耳的叫声,葛星火还是第一次听到。小燕子眼睛黑黑的、亮亮的,小脑袋摇来晃去。李铁英告诉星火,奶奶活着的时候给他讲过,小燕子叫的是"不借你的盐,不借你的醋,只借你的屋,给我们来住"。星火仔细听了几遍,还真的有点像。两只小燕子欢舞了一阵子就飞走了,星火想:小燕子肯定又去捡羽毛铺窝去了。

　　星火看到墙边的压水井,问铁英是什么东西,铁英握住把柄上下压了几下,一股清澈冰凉的水从管子里流了出来,铁英告诉星火这是压水井。

　　星火好奇地问:"家里没有自来水吗?"

　　"什么是自来水?"铁英问道。

　　葛星火见他什么都不懂,说道:"就是有一根铁管,只要打开水龙头，水就流出来了。"

尽管葛星火向铁英解释自来水是什么样的，铁英还是想象不出自来水是怎么回事。

李铁英的母亲曹心慧沏了一杯红糖水递给王师傅，这是乡下招待客人最好的东西了。

王师傅说道："葛厂长太忙，不能亲自送星火过来，让我代他向你们表示歉意，孩子放这里你们就多费心了，这是葛厂长带来的钱和粮票。"说着掏出一个信封递给了李寿祥。

李寿祥推辞道："瞧他，跟我还这么客气，不就是多张嘴嘛，没事，这个你拿回去。"

王师傅道："这个葛厂长说了，您一定得收下，时候不早了，我还要去县城送货，我就不久留了。"说着站起身往外走。

曹心慧道："您回去带个话，告诉葛厂长，孩子在这里让他尽管放心，我们会照顾好孩子的。"

送走王师傅，星火打开了旅行袋，拿出几个搪瓷茶缸，上面分别印有"好好学习，天天向上""广阔天地，大有作为""农业学大寨""毛主席万岁""深挖洞，广积粮""大海航行靠舵手"的字样，说是送给大家的，葛星火拿起印有"毛主席万岁"的茶缸递给铁英的爷爷道："爷爷，这是我特意给您挑的。"爷爷高兴地接了过来。星火又拿出一条红色围巾递给铁英妈，说道："婶婶，这是我妈妈织的，送给您，她说冬天冷，您出去干活围上暖和些。"铁英妈接过围巾好感动，这么多年冬天出去干活，总是冻得不行，她都舍不得给自己织条围巾，星火妈真是想得周到。星火拿出几本小人书送给铁英、铁雄，这是葛星火给两个弟弟准备的礼物。

葛星火来到他和铁英、铁雄住的屋子，他看到窗台上摆着孙悟空、猪八戒、狗、猫等一堆小动物的物件，甚是好奇，他拿起一看，原来是泥做的，上面印有人物、动物图案。星火问道："这是在哪买的？"铁英说："这是我和铁雄做的。"

星火问："你们弄这么多干什么用？"

"我们拿这些印模可以换小人书、换糖吃，还可以和小伙伴换更多图案的模子。"

原来乡下孩子都是这样玩的，星火感到很新鲜，一拍胸脯道："换东西的事交给我，你负责印就行了。"

铁英做印模是把好手，但是换东西却很费劲，都是同学主动找他换的，听说星火将换东西的事包下了，非常高兴。"好啊！以后咱们俩合作，我负责印，你负责换。"

"没问题。"

街上传来吆喝声："打工分了！打工分了！"

铁英拉起星火道："走，打工分去！"

星火稀里糊涂地跟着铁英来到爷爷屋里，爷爷拿出工分本让星火跟着铁英去打工分。星火问道："打工分是干啥的？"

爷爷给他解释："农村实行的是人民公社集体经济，大家一起参加劳动，劳动一天算一个工分，每天傍晚去打工分盖章登记。"

星火跟着铁英走在街上，看到许多叔叔、爷爷三五成群地蹲在一起，他们手里拿着窝头，一只盛满玉米面粥的碗放在地上，粥上面放了些咸菜，大家一边吃一边聊天，聊的什么星火听不太懂，因为他们说的是土话，但有一句话星火听明白了，有一位爷爷说："大寨党支部书记陈永贵同志都当国务院副总理了，我们天天学大寨，怎么还吃不上白面馒头？"

进入大学以来,李铁英和葛星火经常回忆起两人共同度过的两年小学时光。两年的时间虽然短暂,但令他们终生难忘。一次,李铁英问星火:"你还记得咱们那次偷西瓜吗?"

"咋不记得,那次把我摔得到现在都觉得疼呢。"

那是盛夏的一个夜晚,村里放映京剧《红灯记》和《沙家浜》,大人们都去村中打麦场看电影去了,铁英、铁雄、星火不喜欢看戏剧电影,于是三个人爬到家里平房房顶上躺着乘凉,数着满天星斗。星火躺在凉席上,数了一会儿就烦了,他坐起身道:"老数这星星有什么意思,我渴了,我下去喝水。"他脑瓜一转,说道:"村里人都去看电影了,我们不如去村东头的西瓜地里摸两个西瓜来解解渴?"他的这个提议得到一致赞同。

三个人走出家门来到村边,月亮从云层里钻出来,照得地上清晰一片,铁英道:"这么亮的天,能行吗?"

星火道:"没事,看我的。"星火蹑手蹑脚走进瓜地里,慢慢地向里边爬去,见星火在前面,铁英紧随其后,铁雄跟着两个哥哥也往里面爬去。星火听到前面有沙沙的响声,停住。铁英爬到星火跟前,刚要说话,突然一道电光向他们照过来,看瓜的老大爷一手拿着手电筒,一手拿着棍子喊道:"哪里跑?"星火吓得想跑,铁英按住星火不让他动,又回头示意身后的铁雄也别动,僵在原地不敢轻举妄动的三个人这才知道,还有一拨儿惦记西瓜的孩子在他们之前已经进入瓜地,因为动静太大被看瓜老头逮了个正着,看瓜老头追前面的孩子时,他们三个赶紧溜回家了。

电影散了,爸妈也都回来睡觉了。铁英说道:"刚才看瓜的爷爷已经赶走一拨人了，后半夜肯定会松懈，不如我们后半夜再去。"

月色朦胧，萤火点点，蛙声一片，村里人都睡熟了。他们仨又溜进瓜地里，他们东找西找，左摸右摸，小心翼翼，生怕惊动看瓜的老人。爬着爬着，铁英鼻尖闻到了几缕瓜香，顺着香味寻过去，原来摸到了香瓜地里，他们每人顺手摘下一个，一咬好甜，不一会儿就吃完了，仨人又悄悄向西瓜地爬去。

看瓜爷爷也许是太累了，呼噜声此起彼伏，仨人相视一笑，这可是个好机会。他们每人摘了一个大西瓜，正准备离开，突然感到地动山摇，走路也摇晃起来。不远处传来瓜棚砸倒的声音，看瓜爷爷一个激灵坐起来，大喊："有人偷瓜。"李铁英仨人闻听，丢下西瓜，拔腿就跑，葛星火光顾着跑了，也没看清，一头撞在墙上，铁雄鞋子也跑丢了，刚跑到家门口。

"地震了！地震了！"

村民都从屋里跑了出来，纷纷跑到了大街上。第二天，广播里报道说唐山发生了大地震。离唐山几百公里，李铁英的村庄也有震感，随后，村里各家在院子里用玉米秆搭成了简易防震棚，晚上在里边睡觉。

1976年是龙年，是多灾多难的一年。一年当中，周恩来总理、朱德委员长、毛泽东主席三位伟人相继离世，全国人民一片悲痛。为了转播毛主席追悼会实况，村里装上了高音喇叭，9月18日，全体村民集合到打麦场上为毛主席默哀，会场哭声一片，李铁雄拉着爸爸的手问爸爸："不是说毛主席万岁吗？"

爸爸摸了摸李铁雄的头："傻孩子，毛主席也是人啊！"

……

乡下生活的新鲜感使葛星火忘却了艰苦，很快适应了这里的生活。葛星火还遇到了哪些新鲜事呢？且看后文。

4．一朝分别两茫茫

葛星火爸爸带来的钱和粮票，铁英妈买了白面，每次蒸窝头的时候都蒸上几个馒头，星火不好意思自己吃馒头，也抢着吃窝头，不知不觉中大半年过去了。天气逐渐转冷，李寿祥给星火、铁英、铁雄的房间装了火炉，铁英、铁雄兄弟俩长这么大屋内从没有生过火，托葛星火的福，今年冬季他们哥俩的手脚不会生冻疮了。

腊月是一年当中最寒冷的季节，寒风呼啸，雪一场接一场地下，村外白茫茫一片，像是给麦田盖上了一床厚厚的被子。树上结满了树挂，屋檐下垂着长长的冰凌。铁英妈早早起来，砸开水缸里面的冰，生火做饭。小哥仨听到铁英妈砸冰的声音醒了，伸了伸头，又缩进温暖的被窝。

院里传来大木锹铲雪的声音，小哥仨赶紧穿衣起来，开门一看，好大的雪！足有一米深，把门都封住了。李寿祥和爷爷清理出一条走道，他们仨小子才走到院子中。他们穿上铁英妈用玉米袍做的鞋，帮助大人一起清雪，在院子里堆了两个雪人，又打起雪仗。

捉麻雀是铁英的拿手好戏，他们吃完早饭，铁英把一只箩筐支起来，把吃剩的一点窝头掰碎撒在下边，箩筐的底下支着一根木棍，木棍上拴着一条绳子，躲进屋里静候麻雀进筐吃食儿。他们躲在门后透过门缝往外看，盼着那点碎窝头能把麻雀吸引到箩筐下。屋檐下、树枝头、矮墙上的麻雀交头接耳、窃窃私语，就是不下来，似乎知道那是他们设下的陷阱。起初，三三两两的麻雀飞近，前跳一步，后退两步，时刻保持着高度警惕。突然鸡窝里传来雄鸡的一声长鸣，雀儿们呼啦一下飞了个干净。

葛星火耐不住性子了，李铁雄说："别着急，小麻雀饥寒交迫，很难抗拒食物的诱惑，肯定会下来的。"李铁英压低声音让他俩小声点。忽然一两只胆大的麻雀飞了下来，停靠在竹筐边，铁雄觉得机会就要来了，他紧紧攥着绳子，手心都紧张得出了汗。一只麻雀谨慎地把脑袋伸到竹筐下叼住窝头渣，迅速飞走了，又让铁雄失望了。铁英让铁雄耐心点，再等等看，正说着那只麻雀又回来了，占了便宜的麻雀一来二去，渐渐忘乎所以，慢慢地钻进竹筐底下，接着更多的麻雀呼啦啦飞过来钻了进去。

李铁雄瞅准机会猛拉绳子，只听"砰"的一声响，竹筐迅速落下，将这群贪吃的麻雀扣个正着。他们仨兴奋地蹿出屋门，摁住麻雀在里面碰撞的竹筐。铁英缓缓将竹筐掀起条缝，慢慢伸进手去捉，一只，两只，三只，一不留神飞跑了几只，最后还是捉到了6只，他们把捉到的麻雀埋到灶膛里的余火中焖熟，吃起来格外香。

腊月二十前后，学校放寒假了，"年下"（春节）就要到了，这首儿歌可以形象地展现豫北农村过年的情景：

小孩儿、小孩儿你别馋，过了腊八就是年；腊八粥，喝几天，哩哩啦啦二十三；二十三，糖瓜粘；二十四扫房子；二十五，冻豆腐；二十六，去买肉；二十七，宰公鸡；二十八，把面发；二十九，蒸馒头；三十晚上熬一宿；初一、初二满街走。

腊八过后，炮仗声就断断续续响个不停。铁英常听大人们说，做鞭炮要"一硝、二磺、三木炭"。因此他也想试试自己做鞭炮，他从灶膛里取一些未燃烧充分的炭灰，从家里拿来秋天耕地剩下的硝酸铵化肥，最后再偷偷拿来妈妈蒸馒头熏白用的硫黄，终于万事俱备。铁英将准备好的材料按"一硝、二磺、三木炭"的比例混合，再用裁剪得整整齐齐的牛皮纸卷成炮筒，逐个装捻填药，终于大功告成！哥仨激动地挨个点火去试，但多数炮仗只是噗嗤一声冒了些烟，没有一个响的。连做了几次都没成功，他们只好去集上买鞭炮。

乡下的孩子都盼着过年，过年可以穿上新衣服，过年可以吃上好吃的，过年可以拿到压岁钱，过年可以放鞭炮……

大年三十，吃完早饭，李寿祥熬好糨糊，铁英、铁雄、星火帮着贴对联。吃过午饭，铁英妈和了一大盆面，也弄好了馅，大家坐在一起包饺子。天黑了，全家人坐在一起吃饺子，就是年夜饭了。

每家的院子里会放一些晒干的芝麻秆或玉米秆，点燃的芝麻秆或玉米秆（被称为"大红草"）会发出噼里啪啦的响声，烟雾缭绕香气四溢，传说是为了驱赶叫作"年"的怪兽，也有说是烤火祛病，预示新的一年身体康健，百病不侵。

大年初一，天不亮大家都起床了，穿戴一新。鞭炮雷鸣，经久不息，芝麻秆燃烧发出的火光映红了小院，街上隐约传来了脚步声、道贺声。全家人匆匆吃完饺子，开门迎客，加入到拜年的人流中。

铁英的爸爸妈妈，先在家里供奉的"祖先"像前磕了头，又给爷爷磕头拜年，铁英、铁雄也给爷爷、爸爸、妈妈磕了头，李寿祥觉得星火是城里孩子，之前可能没那么多讲究，说星火不习惯就别磕了，星火入乡随俗还是给三位长辈磕了头。铁英妈给他们哥仨发了压岁钱。铁英爸就带着他们三个出了门，挨家挨户去拜年。

村里人大多以家族为单位，或者以家庭为单位，多则几十人，少则三五人，一起到村里家族排位和辈分大、威望高的人家里拜年，好不热闹。

小辈：叔，婶，拜年了啊，头磕这了。

长辈：别磕了，别磕了，来了就算了。

小辈：一年就这一回，拜年了哈。

之后长辈会把烟递过来：来来来，抽根烟。

小辈会说：不抽了，还有户没走完嘞。

葛星火感觉很好玩，他摸了摸口袋，满满的，除了糖果、花生，还有几张崭新的人民币，一角两角的"割耳朵票"，村庄不大，转遍后已是日上三竿。拜完年，村民们有的聚在一起打牌，有的去看本村或者邻村的跑旱船、踩高跷表演。

大年初二，各家各户开始走亲戚，接待亲戚，一直要到初七八，亲戚间的走动才陆续停止，过完正月十五，这个年才算过完。正月十八，学校正式开学。

对于大城市长大的葛星火，乡下的一切都是新鲜的。时间过得真快，又是一个夏天，夏天是孩子们的天下，白天葛星火和孩子们光着屁股下池塘玩水；傍晚拿着手电搜寻刚刚爬上树还没有蜕壳的蝉，或瞅着地面上挖出小孔即将爬出来的蝉，用油炸着吃，很香。

　　夏去秋来，葛星火和铁英、铁雄在田野里驰骋。农村没有甘蔗，玉米秆就是很好的替代品，不结玉米棒子的玉米吃起来甜甜的，不比甘蔗逊色，孩子们经常拿它来解馋。麻梭儿也可以吃，它还有一个名字叫车轮草，它的果实的确像是缩小了的车轮。

　　秋天过去，天气转凉，孩子们又多了一种新型玩法——"打仗"。村头的堰岗、避水台、队里的场院、柴草垛、马棚，村外的河沟、树林、河流和荒地，都是孩子们追逐玩耍的天然乐园。游戏内容一般是模仿他们看过的电影《地道战》《地雷战》《南征北战》《小兵张嘎》中的情节展开，两拨小伙伴轮流扮演正面角色和反面角色，没有武器就用葵花秆、玉米秆或者木棒之类代替，也有孩子自己专门制作了火柴枪、弹弓之类拿来炫耀。火柴枪枪身是用废旧的自行车链子裁成一节一节连起来做成的，杀伤力很强，弹药是火柴，2分钱一盒。铁英、铁雄、星火哥仨人人都有一把火柴枪。

　　一个周六晚上，村里的小伙伴玩了一场激烈的打仗游戏，孩子们分成两派：这次轮到了李铁英扮演正面人物，领导一伙小伙伴扮演八路军、游击队；葛星火领导的一伙演反面人物，扮演日本鬼子、土匪。为了"演"得像那么一回事，大家还专门装扮一下，配合默契，扮演正派人物的威武些、利索些、好看些；扮演反面人物的就得狼狈、破烂、丑陋些。"战斗"一直进行到深夜，孩子们玩累了才回家睡觉。

　　李铁英第二天很晚才起床，发现家里的小黄狗不见了，四处寻找才找到，原来小黄狗在昨晚的"战斗"中被火柴枪打死，不幸"牺牲"了，李铁英非常伤心。

不久，李寿祥收到表哥葛志军的信，来信说国家今年要恢复高考了，让星火尽快返城读中学。葛志军还叮嘱表弟让铁英、铁雄好好读书，将来考大学。

秋末冬初，小燕子飞走了，星火也要离开了。铁英、铁雄听说星火要回省城上中学，都舍不得他走，星火心里也很难受，却又不得不回城上学。

葛星火与李铁英相见时，杨柳依依，如今星火离开时已落叶满地，转眼间两年过去了。

童年时光太匆匆，一朝分别两茫茫。葛星火和李铁英不知何时才能再相见。

5. 国庆盛典同参与

李铁英和葛星火大学校园再次相聚，是机缘巧合，也许是命运安排。尽管他们两个性格迥异，一个内向，一个外向；一个学文，一个学理。但这种天然的差异形成了俩人性格上的互补。随着时间的推移，李铁英与葛星火的友谊更加深厚。

新中国成立35周年，国家准备举行大型庆典活动，北京各高校都接到了任务。燕京理工大学也接到白天长安街游行和天安门广场晚会集体舞的任务。李铁英和葛星火纷纷入选，星火参加的是学校的游行方队，要练走队列；铁英参与的是天安门广场晚会，要跳集体舞。能参加这样的活动，他们俩深感荣幸。

几百人的方队要练得整齐划一还真不易，学校请了解放军作为教练，教练拿着尺子细量他们抬腿的高度，校正着甩胳膊的幅度。在烈日暴晒下，所有人的脸都被晒得黑黑的。遇到潮湿闷热的雨后天气，蚊虫又多，星火他们经常一站就是几个小时，那滋味儿真不好受。即便如此，没有一个人半途而废。

铁英学习跳集体舞是从零开始，16支集体舞学好了也不容易，藏族舞《弦子》、蒙古族舞《安代》、陕北秧歌《拥军秧歌》、维吾尔族舞《在果园里》、彝族舞《阿细跳月》、高山族舞蹈《高山青》、朝鲜族舞《道拉吉》，以及《春光圆舞》《青春之舞》《青春友谊舞》《我们多快活》《摇步舞》《跳吧！跳吧！》《跳吧朋友》《金梭和银梭》，每个舞蹈的动作都不相同，不过非常有趣。

铁英和星火他们每周都要在课余时间进行训练，随着庆典时间的临近，暑假基本上也没放假休息，假期每天都要练上三四个小时。

学校为每个参加天安门国庆活动的人发了一套西装校服，这套校服是在服装厂定制的，服装厂里的人来学校给每个人量了尺寸，足见学校对这次活动的重视。在国庆的前几天星火参加了一次长安街的彩排，彩排时间定在子夜，学生乘大客车到天安门东面和长安街垂直的马路上等待，大家在一起说说笑笑，聊聊天消磨时间，当星火所在的方阵走过天安门广场，已是凌晨3点。

终于盼到了国庆节，为了这次盛大的活动，学校里每个人都做了充足的准备。10月1日的凌晨3点，葛星火他们就起床穿上西装，坐大客车到达天安门以东几公里处的胡同里列队准备，还是到彩排的那条路上等待，等到天亮，大家才发现整条路上全是人。本来要求群众游行队伍也要走正步的，但是国庆的前一天接到通知说是群众游行队伍不必走正步，只要排面整齐即可，可能是想体现自由、放松的气氛吧。星火泄气啊，练了这么长时间正步，还没用上，要是走正步，看我得多帅。

李铁英参加的是天安门广场晚会活动，上午同学们待在学校看电视直播。直播开场先是阅兵式，由时任军委主席的邓小平乘红旗检阅车检阅三军。

只见电视画面上邓小平举起右手向受阅官兵致意，并向官兵们发出问候："同志们好！"

官兵们齐声应答："首长好！"

邓小平再次问候："同志们辛苦了！"

官兵们回答："为人民服务！"

这次大阅兵展现了成体系的先进武器，还有武装警察方队和女兵方队首次接受检阅。

阅兵后，轮到群众游行队伍上场了，长安街上的气氛立刻活跃了起来。不久大学生方队走过来了，学生们个个欢腾跳跃，首先是北京大学方队，他们喊着口号"团结起来，振兴中华"走在天安门前，走着走着，游行队伍中突然有人打出一条"小平您好"的横幅，但横幅闪了一下就不见了，画面随即切换到后面的清华大学方阵。

李铁英知道，不久前在洛杉矶举办的奥运会上，中国女排又获冠军，取得了几代人梦寐以求的"三连冠"，北大学生曾经举着在床单上写的标语，拿着燃烧的笤帚当火把，高喊着"团结起来、振兴中华"的口号游行，这也成了那个时代的最强音，它是大学生们发自内心的真诚表达。

又过了几分钟，燕京理工大学的方阵走过来了，走在前边的是身高、外形均好举旗帜的仪仗队，紧跟着的是举着花束的方阵队，突然葛星火出现在了电视的画面上，李铁英激动地从椅子上站起来，对着电视大喊："星火，好样的！"

葛星火走在队伍中，此时燕京理工大学的方队正走过天安门广场，星火想看看天安门城楼上的领导人，怎奈周围全是人，距离又太远，加上天气也不太好，他又要顾及队伍的整齐，因此城楼上面的人一点也看不清楚。

下午5点左右，李铁英他们坐大客车到达天安门东侧的东华门附近"候场"，大约6点半，他们到了天安门广场指定地点，铁英他们大约在人民英雄纪念碑的北侧。整个天安门广场被首都各界群众围成了一个又一个大大的圆圈，都在准备晚上的庆典。夜幕刚刚降临，节日的彩灯同时启辉，璀璨夺目，广场四周苍翠的树上也彩灯闪烁，犹如繁星点点。

晚上8点钟，上万发礼花弹腾空而起，莲珠花喷涌如注，把整个天安门照得如同白昼，繁华的闹市成了光的世界、人的海洋。各种焰火此起彼伏，仿佛争鸣的百鸟和满园的春色一起降落人间。十几万青年伴随着悠扬的乐曲轻歌曼舞，一支接着一支舞曲，大家跳着《青春之舞》《阿细跳月》等集体舞蹈，欣赏着五颜六色的礼花，直到深夜仍不知疲倦。各族人民纵情歌舞，表达了对祖国大好形势的赞美，对未来充满了理想和信念。夜深了，广场上数万群众仍然兴致勃勃，李铁英和大家都不愿匆匆告别这美好而有意义的夜晚。散场时，铁英一组人还和大部队走散了，几个人干脆席地而坐，高唱着《歌唱祖国》等歌曲，直到校车来接他们，李铁英他们回到学校已是2日凌晨3时。

第二天，铁英看到《光明日报》在报眼位置上登出了举着"小平您好"横幅标语的照片，一条意外的横幅标语"小平您好"出现在国庆35周年群众游行中，引起现场沸腾，成为一个经典瞬间。

1977年恢复高考，国家的这个政策改变了无数人的命运，李铁英就是直接受益者。1978年改革开放，中国开始由"以阶级斗争为纲"转变为以经济建设为中心，集中力量搞四个现代化。那时候邓小平在全国人民的心目中威望极高，"小平您好"虽然是从北大学生那里打出来的横幅，但在那时候，它实际上代表的是全国老百姓的心声。在这个横幅出来之前，很少有人敢直接喊"小平"，从这以后，"小平"变成了约定俗成的一个亲切称呼，显得平等、可亲和可敬。

20世纪80年代初，国内刚刚恢复高考不久，百废待兴，正是一个充满理想、充满激情的时代。以清华大学为代表的大学生唱响了《从我做起，从现在做起》的时代音符：

> 从我做起，从现在做起
> 投身到新长征的行列中去
> 从我做起，从现在做起
> 加入到四化建设事业中去
> 为了中华腾飞，为了民族崛起
> 我们要把握今朝，奋发努力
> 满怀理想，脚踏实地
> 我们要面向未来，刻苦学习
> 唱吧，同学们
> 唱响青春的最强音
> 从我做起，从现在做起

整个社会呈现出一种朝气蓬勃的景象。那个年代的大学生，生活条件非常艰苦，吃着两毛多钱的菜，喝的玉米面粥，但都怀揣着"天下兴亡，匹夫有责"的责任感和使命感，个个精神振奋，神采飞扬。

时间飞逝，转眼间李铁英和葛星火进入大二的下学期。4月末的一天，葛星火约了几个老乡一起吃饭，星火向大家介绍铁英："铁英是我的好兄弟，也是我的小学同学，他为人真诚，才华横溢，他给我淘气的童年增添了很多美好的回忆。"大家举杯畅饮，几杯啤酒下肚，星火有些醉意，他把铁英拉到一边说："铁英，很对不起，是我用火柴枪打死了你家的小黄狗，这几年来我一直很内疚，所以你给我写信我也没回。"

李铁英想起了自己悉心养大的小黄狗，也曾怀疑过星火，但他最终认定是游戏对方的小伙伴干的。李铁英拍了拍星火的肩膀说道："星火，都是什么时候的事了，不必再提了，我也有做得很过分让你尴尬的时候，你也别放在心上！"星火点了点头。

李铁英接着说道："你忘了吗？当年我向老师告发过你，让你在同学面前下不来台！"葛星火怎么会忘记，他曾经在班花杨丽娟的本子上画过一个裸体小男孩，被李铁英告发受到了老师的严厉批评。就是因为这件事让葛星火对李铁英产生了报复心理，所以才在一次"玩打仗"时用火柴枪打了小黄狗一枪，但他万万没有想到小黄狗会死掉。

都是小时候的事了，李铁英拉葛星火回到座位上，突然发现一个生日蛋糕放在餐桌正中央，20根小蜡烛围排成两个数字

"2"和"0"，蜡烛已经点燃。李铁英还以为是别人的生日，直到葛星火宣布："今天是我们未来的化学家李铁英同学的生日，祝我的好兄弟生日快乐，请'李博士'许下他20岁的心愿！"随后灯光熄灭。

见此情景，李铁英的眼眶湿润了，他真佩服星火这方面的才能，此刻李铁英想起了自己8年前在老家过12岁生日的情景，还有葛星火为他做的"馒头蛋糕"……

那是葛星火到李铁英家的第二年春天，阳光明媚，小燕子又回来了，柳絮在空中起舞。星期天，铁英、铁雄、星火三个人又忙着印模儿。小燕子在他们头顶飞来飞去，伴随着燕子呢喃，他们沉浸在清爽、惬意的清新空气里，葛星火高兴地唱了起来：

小燕子，穿花衣
年年春天来这里
我问燕子你为啥来
燕子说：我来看你们印模儿……

不久，铁英的生日就要到了，李铁英每年的生日，爷爷都会拿出用红丝线串着的长命锁，然后点燃一张黄纸，将手里的一枚铜钱在火上烧一下，嘴里还念着咒语，希望借助神力来增添锁的能量，以保无病无灾，长命百岁。仪式完成，将这枚铜钱串在原来的那串项链上，编好后戴在铁英脖子上。葛星火就是冲着看李铁英的长命锁才到乡下来的。

今年是李铁英的本命年，葛星火知道铁英的长命锁上就要再加上最后一个铜钱，变成12枚铜钱，标志着他走完了人生的第一个年轮周期。

八仙桌上放上了铁英妈做的长寿面，铁英的面前还放着星火指导铁英妈妈为铁英用白面做的"馒头蛋糕"，就是一个蛋糕状的大馒头。爷爷将串有12个铜钱的长命锁挂到铁英的脖子上，接着爷爷为铁英"解锁"（也称"开锁"），"开锁"意味着铁英就要告别童年，妖魔鬼怪再也不能近身，他从此可以健康成长。

爷爷把长命锁从铁英脖子上拿下来，要把12个铜钱一个一个地解下来交给铁英保存。每解下一个铜钱要说一句祝福的话，爷爷一边解锁一边说："头道锁开，一生平安；二道锁开，两全其美；三道锁开，三思而行；四道锁开，志在四方……"

当解到第五个铜钱时，爷爷把长命锁递给铁英的爸爸李寿祥，李寿祥边解边说："五道锁开，学富五车；六道锁开，六六大顺。"

李寿祥解了两个铜钱后递给铁英妈解，曹心慧说："七道锁开，七星高照；八道锁开，才高八斗。"

随后铁英妈交给星火来解，星火祝福道："九道锁开，九九同心；十道锁开，十拿九稳。"

剩最后两个铜钱时，星火递给了铁雄，铁雄淘气地喊道："十一锁开，找个好媳妇；十二锁开，生一窝小崽儿。"

大家都被李铁雄的祝福语逗笑了，随后一起把解下的铜钱递到铁英手中，铁英数了数，正好12枚。爷爷嘱咐铁英好好保存，铁英望着手中的铜钱，泪水打湿了眼眶，这是他人生中一个极其重要的日子。"开锁"意味着他已经打开了智慧的锁链,向着聪明才智的方向发展,向着成人成材的方向发展;意味着他长大了,需要摆脱依赖,自强自立了。

吃完长寿面,星火在自制的大"馒头蛋糕"上插上他去年回城时从家里带来的小蜡烛,李铁英爸爸用火柴点燃蜡烛。铁英学着去年他跟星火去省城给星火过生日的样子,对着"馒头蛋糕"许了个愿,接着星火和铁雄拍着手开始为铁英唱《生日歌》,带动着爸爸妈妈、爷爷也跟着拍手。这是在葛星火策划下,李铁英有生以来过的第一个中西合璧的生日,是葛星火给他的一个大惊喜,他终生难忘。

转眼间8年过去了,如今李铁英和葛星火已从孩童变成了大学生,葛星火竟然还想着李铁英的生日,又给了铁英一个意外的惊喜。李铁英对着烛光许下心愿,吹灭了蜡烛,大家一起唱起《生日歌》。李铁英本来都忘记了今天是自己的农历生日,没想到葛星火粗犷的外表下那么细心,葛星火记数字是一绝,他能记住很多人的生日。

李铁英从小就喜欢静,喜欢一个人看书,而葛星火偏偏喜欢热闹,是个见面熟,哪里有了他哪里就欢声笑语不断,许多熟悉他们的人都奇怪他俩怎么会走到一起的,而他俩则说也许是性格互补吧。

新学期到来了,葛星火和李铁英已进入大三,北京的10月,秋高气爽,蓝天白云。校园里,树叶开始变了颜色,金黄的银杏树和白蜡树,鲜红的火炬树,依然翠绿的白杨、翠柏,各种颜色交织如画,带给我们一个五彩斑斓的美丽北京。

10月末的一个周末，葛星火约李铁英去香山看红叶，说还有两位美女相伴，他要给铁英一个惊喜。铁英很好奇：这两位美女到底是谁呢？

6．情窦初开朦胧恋

葛星火和李铁英乘车来到了香山公园门口，见到了星火所说的两位美女——一个女孩扎着两条小辫，清纯甜美；另一位长发披肩，美丽大方。

李铁英愣愣地看着她们，觉得扎小辫的女孩有些眼熟，正在脑中搜寻着那个女孩的名字，只听得那女孩说："铁英哥，你不认识我了？我是文丽。"葛文丽一眼就认出了李铁英，虽然个子长得比星火高出半头，但模样没怎么变。李铁英这时也记起来了，没想到几年前的那个小姑娘，竟然出落得这么漂亮了。不由得感叹道："你变化太大了，我都认不出来你了！"

葛文丽向星火和铁英介绍道："这位是我们的班花。"

"两位哥哥好！我叫赵红梅，学中文的。" 赵红梅大方地伸出右手。

葛星火一把攥住赵红梅的手道："你好美女，我叫葛星火！"赵红梅抽回手又伸向李铁英，李铁英长这么大还从未碰过女孩，一时不知该怎样好。赵红梅道："怎么，一个大男生还不好意思？"赵红梅都说话了，李铁英只好羞涩地伸出手握了一下赵红梅的手，柔软、有温度，只这一碰，李铁英感到从他的手心有一股电流快速地通过他的手臂传到心里，他的心有些颤动，红着脸道:"我叫李铁英,学化学的。"

"来以前就听文丽说了,你和星火哥是铁哥们儿,小学时就同学过。你给我们讲讲你'不敢出圈'的故事呗?"赵红梅给葛文丽使了个眼色,淘气地说。

李铁英想,赵红梅连这件事都知道了,葛文丽不定给她说了自己多少事呢,他更加窘迫了。

葛文丽看到李铁英的样子,给了红梅一拳,说道:"初次见面,别没礼貌啊!走走走,我们进去。"

葛文丽的提议缓解了李铁英的尴尬,他们一起进入东门,顺着台阶慢慢地向山上走去,两边一簇簇低矮的灌木丛,偶尔出现稀稀落落的苍松翠柏。葛星火和赵红梅走在前面,李铁英和葛文丽走在后面,李铁英得知葛文丽今年考入了燕京师范大学,学中文专业。葛文丽问道:"铁英哥,你怎么想起学化学了。"

李铁英说道:"我那年去你们家,去了一趟中原搪瓷厂,回来后我就迷上化学了。"

那是葛星火离开家到乡下的半年后,奶奶想他,就吩咐葛志军写封信,让星火放秋假时回来一趟,也带上铁英。葛志军知道乡下收秋种麦农忙时放秋假,就给表弟李寿祥写了信。

9月下旬,葛星火、李铁英坐长途汽车来到省城,奶奶搂着星火看了又看,星火的脸比以前黑了很多,实实在在是个"乡下孩子"了,倒是铁英几年不见,个子长高了许多,脸蛋白白净净,倒像个"城里孩子"。

葛文丽放学回家,看到哥哥,埋怨道:"去了这么长时间,连封信都不写,奶奶和我都急死了!"葛文丽又转向李铁英,心想：这个瘦高个的男孩肯定是李铁英了，竟然比哥哥高了一头，文丽想起了奶奶半年前讲过的铁英"不敢出圈"的事，她觉得眼前的男孩一点也不像奶奶说的那样的人啊。

她追着铁英问道："你是铁英哥吧？"铁英看到这个文静的小妹妹，腼腆地点点头。

葛志军下班回来，看到星火成熟了许多，非常高兴，又转向铁英问长问短。这天正好是星火的生日，为了欢迎铁英和给星火过生日，孙淼特意做了一桌子菜，全家人吃了一顿团圆饭。

第二天，星火父母上班去了，城里没有秋假，葛文丽也上学了。星火给奶奶讲了许多乡间有趣的事，而铁英第一次进城就像刘姥姥进了大观园，对什么都好奇。李铁英拧开水龙头，水就哗哗地流了出来，终于知道自来水是怎么回事。看到自来水，铁英想起了自己家里的压水井和水缸；看到煤气罐、燃气灶，铁英想起了家里的灶台和风箱。

星火带着铁英参观了二七纪念塔——一座仿古联体双塔，它是为纪念京汉铁路工人大罢工而修建的。他们还去了毛主席视察黄河的地方，毛主席曾在此地发出了"要把黄河的事情办好"的伟大号召。站在毛主席视察黄河的纪念铜像旁边，铁英沿黄河向东北方向望去，他想起200多公里之外的黄河边就是自己的家了。

当然最让铁英好奇的是搪瓷缸是怎样做出来的，星火的爸爸葛志军安排李铁英参观了中原搪瓷厂，让技术科长欧阳光带领星火和铁英到车间参观，欧阳光指着金属坯说道："搪瓷是涂烧在预先冲压或铸造成型的金属坯表面上的无机玻璃瓷釉，耐磨又美观。"接着欧阳叔叔又介绍了搪瓷产品的生产过程，搪瓷生产主要有釉料制备、坯体制备、涂搪、干燥、烧成、检验等工序。他们分别参观了瓷釉制备车间、制坯车间、涂搪车间和烧制车间，听了欧阳叔叔的介绍，铁英才知道原来一个印有图案的搪瓷茶缸要经过这么多道工序。铁英对瓷釉的制备特别感兴趣，欧阳叔叔讲的硅酸盐、氧化硼、氧化铝和碱金属氧化物，他虽然听不懂，但感觉釉浆的化学组成很神秘，这次省城小住让铁英长了不少见识。

"从省城回来以后，我就喜欢上了化学，化学考试每次都是满分，也拿过很多奖，就因为我偏科厉害，第一年没考上，又复读了一年才考上的。"李铁英说道。

葛文丽听着李铁英分别这些年的述说，体会着铁英的心情。

突然传来赵红梅的叫声："快看啊，你们快看！"

李铁英和葛文丽急走两步，来到一个积水潭，清水将湖边的红叶和黄叶倒映在水中，湖光山色，红黄相间，只见赵红梅手里拿着一片红叶，叶子上有几颗晶莹剔透的水珠。

葛星火感慨道："露珠是星星告别大地时流下的眼泪！"

听到星火关于露珠的遐想，赵红梅激动地叫起来："噢，太浪漫了！"

李铁英淡淡地说道："说什么啊？露水不过是水蒸气在夜间遇冷凝结成的小水珠而已。"

赵红梅激动的心情瞬间跌落下来，将树叶一扔，对李铁英说道："你真是个理工男，就不能浪漫一点吗？"

李铁英见赵红梅不高兴了，觉得自己又说错话了。葛文丽淡然一笑道："每个人站的角度不一样，理解肯定也有区别。人既需要仰望天空，又需要脚踏实地。"

赵红梅搂着文丽道："得得得，别我一说他你就不高兴，他们俩一个诗人思维，一个理性思维，放在一起就是真理与美感之间的碰撞！"

赵红梅对李铁英道："对了，我还是对你的'不出圈'感兴趣，你给我讲讲是怎么回事？"

李铁英见赵红梅又提起此事，脸红了起来，不知如何开口。

葛星火说道："还是我给你说吧。农业学大寨那会儿，他妈下地干活，怕他跑丢了，就在地上画了一个圈，告诉他不许出这个圈。等他妈干完活回来一看，他乖乖地坐在那里一动不动。"

"哈哈，你太可爱了！"赵红梅笑弯了腰。

葛星火说道："这才是妈妈的乖孩子。"

李铁英长这么大从未听别人这样赞扬过，从小他都是大人眼里的乖孩子，听话，爱学习，大人让干啥干啥。他窘迫地站在那里，不知说什么好。

葛文丽见他俩打趣铁英，不满地对哥哥说："你要不是调皮捣蛋，能把你送到农村去吗？"

"看、看、看，我还没说什么呢，这就护着了，这才哪到哪啊。"

葛文丽的心事被哥哥挑破，脸挂不住了，追着打葛星火，二人闹了一番，几人继续前行。

他们继续往上爬，偶尔有一两只小松鼠从树丛里蹿出来，站在枫树上，成为一道亮丽的风景。沿路走了许久，他们遇到一处悬崖峭壁，此处地势陡峭，山石峥嵘，苍松翠柏，葱郁蔽天，"森玉笏"三个大字刻在石壁上。他们爬上"森玉笏"峰的八角亭，站在亭里极目远眺，远山近坡，各种叶子层次分明，鲜红、粉红、猩红、桃红。被阳光照到的红叶更加亮红，没被阳光照到的叶子就暗淡多了。一丝微风吹来，亮红和暗红的叶子被吹得此起彼伏，像一串串红色的风铃，发出细微的声响。

葛星火静静地欣赏着被那香、那红、那美渲染出的各异的天空，发出无限的感慨：一片，两片，三四片，香山红叶红满天。

葛文丽说道："我的大诗人哥哥，别发感叹了！让我们的化学家李铁英同志给我们讲一讲树叶为什么会变红吧。"

赵红梅看了看李铁英，说："我也想知道叶子为什么会变红？"当铁英看到赵红梅挑逗的目光时，像触电一般迅速低下头去，他这才发现赵红梅的眼睛是那样漂亮。李铁英赶紧将头转向别处，一本正经地解释道："树叶春夏季之所以是绿的，是叶绿素在起作用，然而叶片中除了叶绿素外还有其他色素如叶黄素、花青素等。秋天到来，随着气温的降低、空气湿度的减少、光照的减弱，植物中的叶绿素逐渐减少，这时其他色素的颜色彰显出来，如花青素含量多的叶子会变红、胡萝卜素含量多的叶子会变黄。但花青素具有遇酸变红，遇碱不变色的特性。枫树、黄栌、槭树、火炬等树的叶子中的细胞液是酸性的，故而会变红；而有些树的树叶花青素含量少或叶子细胞液不是酸性的，所以不会变红。除此之外，枫叶等叶子中贮存的糖分也会分解转变成花青素，使叶片的颜色更加艳红。"

葛文丽呱呱地鼓起掌来，赞叹道："你太厉害了，一口气说了这么多。佩服！"

葛星火道："说了半天我什么都没听懂，什么叶绿素、叶黄素的，还是听我的吧：秋天就像一个魔术师，又一次把层林尽染。"赵红梅道:"我们的大诗人又发感慨了!"

几人哈哈大笑起来,继续向上攀爬。一阵风吹过,枫叶像一只只美丽的蝴蝶,或随风摇曳,翩翩起舞;或零零飘落,纷纷扬扬;或熊熊燃烧,点燃激情。葛文丽弯下腰,拾起几片红叶装进包里,赵红梅道:"怎么,这满大山的还没欣赏够啊?"

"这些叶子都是有生命的,我要带回去做书签用。"葛文丽说道。

再往上爬了一段路,他们进入了一片黄栌林,近看那些黄栌树,树身并不十分高大,但树干上伸出的枝杈却很多,树冠像一把大伞。那一片片红叶密密麻麻地长在枝头,在微风中轻轻地抖动,不时飘落下来几片。忽然间又一阵风吹来,风大多了。树枝上的红叶纷纷落下,那是一片片飞舞着的红。不一会儿,他们就像踩在了红地毯上。越往上走,映入眼帘的红叶越艳丽。赵红梅从地上捡起了几片红叶,她觉得黄栌的叶子更像红色的小裙子,有片叶子红里隐着淡淡的黄。她递给李铁英,问道:"叶子黄色的部分是叶黄素吧?"

李铁英看看叶子,点了点头,把叶子放进口袋里。一路走来,他们终于到达了香炉峰,"香炉峰"形状像香炉,晨昏之际,云雾缭绕,远远望去,犹如炉中香烟袅袅上升,香山便是因此得名。站在香炉峰上放眼望去,香山近在眼底,满山一片火红,偶尔点缀着几点碧绿,真像在一块红艳艳的地毯上,散落着几块无瑕的翡翠,那是常青的松柏。鸟瞰香雾萦绕中的北京城,让人不禁有一种"一览众山小"的感觉。

星火再次有感而发:霜染枫叶白云动,香山归来不看红。

从香山回来,李铁英把赵红梅给他的那片红叶夹到书里,他害上了相思病，上课时，在图书馆，在自习室，无论他做什么，眼前总会浮现出赵红梅那张美丽的笑脸。

　　第二年初春，他们四人又相约去颐和园踏青。进入东宫门，绕过仁寿殿，他们来到了著名的长廊，绿漆的柱子，红漆的栏杆，一眼望不到头。星火和红梅走在前面，谈论着廊上枋梁的彩绘，山水风景、花鸟鱼虫、人物典故等。景随步移，铁英抬着头看着长廊上面的壁画，他看到了孙悟空等中国古典名著中的人物形象，正要告诉他们，一眼看见赵红梅与葛星火亲密地走在一起，心里顿时生出几分失落，又添几分惆怅。葛文丽与李铁英在后面并肩走着，葛文丽总想找机会和李铁英搭话，可看到李铁英一脸严肃地看着前面，又不知道如何开口。

　　走完长廊，他们来到了万寿山下，抬头望去，排云殿、德辉殿、佛香阁，直至山顶的智慧海，美丽而壮观。登上万寿山，站在佛香阁的前面向下望去，颐和园的景色尽收眼底。昆明湖如一只明镜，湖西侧的长堤和支堤把整个湖面分成三个大小不等的部分。十七孔桥像一条玉带把湖东南岸的廓如亭与南湖岛连接起来。李铁英无心欣赏这美景，时不时地看看葛星火和赵红梅。

　　从万寿山下来，他们来到昆明湖边，垂柳茂密，柳叶淡绿柳条细柔，湖中波光粼粼。他们租了手划船，星火娴熟地划着双桨，小船慢慢向湖心划去，空中淡云闲浮，水因风晃，人随水摇，天水一色，心驰脱尘。赵红梅和葛文丽谈起了正在流行的朦胧诗，葛星火也显摆起来，说他喜欢顾城的诗，边摇船边朗诵起来：

黑夜给了我黑色的眼睛，我却用它寻找光明。

赵红梅说自己喜欢北岛的诗，她朗诵起北岛的《回答》：

卑鄙是卑鄙者的通行证，高尚是高尚者的墓志铭。
……
冰川纪过去了，为什么到处都是冰凌？
……
告诉你吧，世界，我——不——相——信！
纵使你脚下有一千名挑战者，那就把我算作第一千零一名。
……

葛文丽说她喜欢舒婷，她朗诵起《致橡树》：

我如果爱你——
绝不像攀援的凌霄花，
借你的高枝炫耀自己；
我如果爱你——
绝不学痴情的鸟儿，
为绿荫重复单调的歌曲。
……

李铁英感觉很不自在，在三位文科生面前他这个理工男就像个傻子。为了避免尴尬，李铁英起身走向葛星火提出自己要摇船，一不小心他的军挎包掉到了船上，一本书和一只口琴从书包中滑了出来。葛文丽帮着捡起书，原来是一本发黄的旧书《钢铁是怎样炼成的》，葛文丽打开书，看到扉页上工工整整写着几行字：

人最宝贵的东西是生命，生命属于人只有一次。人的一生应该是这样度过的：当他回首往事的时候，他不会因为虚度年华而悔恨，也不会因为碌碌无为而羞耻。这样，在临死的时候，他就能够说："我的整个生命和全部精力，都已经献给世界上最壮丽的事业——为人类的解放而斗争。"

葛文丽心想：铁英怎么还看这么老掉牙的书，我上初中时就看过了，但转念一想，自己正愁找不到借口与铁英接触呢，这正好是个机会，她向李铁英说道："铁英哥，扉页上的字是你写的吗？书能借我看一下吧？"

"你拿去看吧，别弄丢了，字是我爸写的，这是我爸送给我的礼物，我爸特别喜欢这本书，我的名字还和这本书有关呢！"

葛文丽记起来了，几年前奶奶给她讲过此事。葛星火也记起了，他问铁英："铁雄现在怎么样了？"

李铁英说："铁雄考了两次大学没考上，家里又缺帮手，他回家当民办教师去了。"

赵红梅捡起掉落的口琴，冲着李铁英道："化学家，给我们吹一曲吧。"

李铁英羞涩地接过口琴，想着要在赵红梅面前好好表现一下，他把船桨交给星火，一连吹了几首自己熟悉的曲子，如《外婆的澎湖湾》《踏着夕阳归去》等，看到赵红梅拍手为自己叫好，李铁英心里泛起了一丝甜蜜。

葛文丽这才知道铁英的口琴吹得那么好，她强烈建议，由铁英伴奏，大家一起唱《年轻的朋友来相会》。

李铁英吹起口琴，来了个前奏，星火、文丽、红梅三人齐声欢唱：

年轻的朋友们，今天来相会
荡起小船儿，暖风轻轻吹
花儿香，鸟儿鸣
春光惹人醉
欢歌笑语绕着彩云飞
啊，亲爱的朋友们，美妙的春光属于谁
属于我，属于你，属于我们八十年代的新一辈

再过二十年，我们重相会
伟大的祖国该有多么美
天也新，地也新，春光更明媚
城市乡村处处增光辉
啊，亲爱的朋友们
创造这奇迹要靠谁
要靠我，要靠你
要靠我们八十年代的新一辈
……

歌声在湖面荡漾，引来周围划船人羡慕的目光。

回到学校，李铁英满脑子想的都是赵红梅，他喜欢赵红梅，却很自卑，他觉得他这个乡下孩子是不配与这个漂亮、大方的女孩谈恋爱的，他想着自己一定要考上研究生，用自己的才华去征服她。

周日，葛文丽来燕京理工大学找李铁英还书，听说李铁英到自习室学习去了。文丽又到自习室，挨个教室找，终于看见李铁英在那学习了。葛文丽进去把书还给了铁英，并让铁英有空找她去玩，铁英点了点头。

李铁英晚上回到宿舍，翻开书，发现书里夹的红里透着黄的椭圆形黄栌叶子不见了，换了一个手掌状的红色枫叶。再向后翻，里面夹着一张照片，照片上扎着小辫儿的可爱的小女生正是葛文丽，照片背面还写着一行娟秀的小字：我喜欢《钢铁》，保尔是一个真正的英雄！

李铁英纵然情感再迟钝，也明白葛文丽这是借书传情，但李铁英暗恋的是赵红梅，葛文丽的奶奶和李铁英的奶奶是亲姐妹，李铁英认为他们是亲戚，所以他一直把文丽看成小妹妹，从来没想过要和文丽谈恋爱，他觉得要和文丽说清楚。

星期天，李铁英去燕京师范大学找葛文丽，铁英出现在自己学校，文丽喜出望外，他们相约着走出校门，沿着新街口外大街向南走，李铁英满脑子想的是和文丽说清楚，却又不知该怎么和文丽说。文丽想着铁英定是看到自己的照片，领会了自己的用意，按他的性格肯定不好意思说，自己一个女孩子还是要矜持些，因此也不说话。俩人默默地走着，一直走到后海，葛文丽打破了两人之间的尴尬，说道："铁英哥，我们去后海公园里边走走吧。"他们走进后海，垂柳拂岸，宽阔的湖面两边是一排排的胡同，周边的王府和名人故居为后海铺陈着京味和历史的韵味。

俩人在湖边的椅子上坐下，李铁英犹豫了半天，才试探着开口："文丽，你也知道咱俩是近亲，我一直把你当妹妹看待，所以咱俩是不可能的。"听到铁英的话，文丽脸上的笑容渐渐凝固，陷入了极大的痛苦当中，香山见面后，她一直暗恋着铁英，没想到自己鼓起勇气向铁英告白，却得到了这样的回应，整个人一时间僵在那里。

李铁英又说："文丽，你把我书里夹的那片红叶还给我吧，那是咱们去年爬香山时赵红梅给我的，我一直夹在书里，我喜欢赵红梅。"

葛文丽万万没想到铁英一直暗恋着赵红梅，突然说道："你别傻了！你还不知道吧，那次香山回来，赵红梅就跟我哥好上了。"

李铁英惊呆了！其实在颐和园游玩时葛星火和赵红梅已经表现出亲密的迹象，但李铁英心里总是为自己辩解说他们不可能，现在亲口听到文丽说，他怎么也无法接受这个事实，真是单相思，他的初恋还没开始就结束了，他怪自己反应太迟钝，为什么没早看出来，反而每天还要胡思乱想的。

从此以后，他们四个人再没有一起郊游过，葛文丽几次三番去找李铁英，说他们不是近亲，他们之间是四代旁系，但李铁英一心一意复习考研，加上与葛星火的特殊关系，他没有接受葛文丽的示爱。

四年大学生活很快过去了,李铁英考入了本院的研究生,葛星火毕业分配到了中原市工业局,本来亲密无间的关系,由于二人同喜欢一位女生,相处时两人就变得很不自然。李铁英送走了葛星火,二人不知何时才能相见。

7. 再聚偶议开新篇

葛星火大学毕业分配到了中原市工业局综合科,综合科的职能主要是组织研究本市工业化的战略性问题,提出政策性建议,起草相关文件以及负责有关规范性文件的合法性审核等工作。葛星火属于坐不住的那一类人,他很不适应喝茶、看报、阅读文件、写材料等整天坐办公室的工作。星火喜欢与人打交道,他不擅长写材料。在科室工作,葛星火唯一喜欢的是下企业调研,这样他可以接触到更多的人。而每周的周六下午在科里政治学习时间是他一周里最难熬的时刻。

一个周六的下午,马科长组织大家学习文件,葛星火在下边睡着了,还打呼噜,同事几次三番把他捅醒,葛星火使劲向上挤自己鼻子,想把自己的"瞌睡虫"挤出来,但无济于事。不久他又睡着了,呼噜打得更响,许多同事回头看星火,并发出了哈哈的笑声。这下惹怒了马科长,马科长让葛星火站起来,狠狠地批评了他一通。可能是马科长觉得自己做得有点过分,几分钟后又摆手示意让葛星火坐下。

葛星火为让自己不再睡觉,拿了一张《参考消息》读起来,不久又被马科长发现。马科长批评葛星火政治意识薄弱，说他这样下去非常危险。葛星火本就是一个情绪化的人，被马科长几次三番驳了面子，再也控制不住情绪，嚓嚓嚓把报纸撕了个粉碎。葛星火的这一举动使马科长下不了台，马科长立即宣布散会并让葛星火留下。

在最后一个参会人员走出会议室后，马科长再也忍不住了，愤怒地向葛星火喊道："你是大学生有什么了不起？不要让资产阶级自由化侵蚀了你的心灵！你给我好好反思，写个检查，下周六下午开会时做个检讨。"

葛星火非常苦闷，情绪低落地离开了会议室。他一夜没睡，思考自己下一步该怎么办。他知道有很多人羡慕自己的工作，轻松自在，风吹不着雨淋不着，整天就是喝茶、看报、写文件，但是星火深知这样的工作并不适合自己，这一年来他一直都是在郁闷中度过的，唯有他与赵红梅每周的通信给了他安慰。

为了打发时间，星火偷偷地在办公时间看小说，他喜欢看张贤亮的小说，如《绿化树》《男人的一半是女人》，张贤亮小说中的性爱描写深深吸引着葛星火，同时也让他感觉到自己的生活颓废而迷茫。葛星火打定主意，他不愿在政府机关继续工作下去了，他要找一个适合自己的工作。

周一上班，葛星火来到马科长办公室，马科长非常高兴，他以为葛星火反省后给他交检查来了，没想到等来的是一封辞职信。

马科长颇为意外，却又对葛星火好言相劝："你是科里唯一的大学生，前途无量，我知道我的态度不好，但是你也有错啊，开会的时候我在上面讲话，你在下面睡觉，光是睡觉也就罢了，呼噜声震天响，我要是不批评你，那我的面子往哪搁呀！往后你多注意点自己的形象，好好干！别再提辞职的事了。"

马科长劝阻葛星火也是为了自己，他不想让大家觉得是他赶走了科里唯一的大学生，更不想落下一个苛待大学生、眼里不容人的名声。但葛星火主意已定，劝也劝不回来。

交了辞职报告，星火就收拾了自己的东西，然后直奔中原搪瓷厂去找父亲葛志军，葛志军得知星火辞职的消息深感意外，生气地问他："那么稳定的工作你不做，你想干什么？"

星火说："我想给搪瓷厂做销售。"

"开什么玩笑，一个大学生要来一个小厂做销售员？让人瞧不起！"

"我不喜欢在机关单位工作，这一年快把我闷死了，我想出去闯一闯，看一看外面的世界，增长一点见识。"

葛志军陷入深思：这几年，国家由计划经济向"有计划的商品经济"转型，老厂长退休，自己刚接任厂长没多久，响应国家号召，厂里也实施了承包制，职工的积极性有了很大的提高，但随着塑料制品、不锈钢制品的不断推出，搪瓷制品不好销了。想到以前印有文字和图案的搪瓷茶缸供不应求，现如今却落到无人问津的境地，导致工厂压力也不少，厂里销售力量薄弱，葛志军叹了口气，说道："现在厂里压力也挺大的，如果你有独到的销售思路，我可以让你试一试。但是，你要是销售不好，还是老老实实回机关去。"

父亲同意了，葛星火高兴地一拍胸脯道："没问题，只要您给我时间，我保证销售的产品比别人多。"

葛志军带星火看了一下车间生产情况，如今工厂和几年前他与李铁英一起来参观时的状况没有太大变化，只是搪瓷茶缸、搪瓷脸盆、搪瓷饭碗图案改成了大红花、红双喜、锦鲤等花朵或动物图案。看到这些产品，葛星火突发奇想，能否把这些产品卖到深圳去。他在工业局工作时经常看报纸，知道深圳那里工厂兴起，打工者上下班时厂门口有着熙熙攘攘的人群。他想，如果这些员工都用上厂里的产品，将是一个很大的销量。

他向父亲说了自己的想法，葛志军觉得以前厂里的产品从来没有销售到省外过，现在国家形势变了，不能拘泥于以前的模式，不如大胆试一试，或许可以打开突破口，葛志军将任务派给了销售科。

葛星火到公安局办好了边防证，背上厂里的产品坐火车直奔深圳，他在深圳找了个旅馆住下后，稍作休息就出发了。他的第一站是一家大型电子工厂，到那里正赶上工厂下班，他问了几个打工妹，摸清她们用的脸盆、茶缸、饭碗来自两个渠道：一个是附近的百货商场，一个是厂里发的奖品。

第二天，他顺着这两个渠道去找，不管是商场的采购部，还是工厂负责采购奖品的部门，都拒绝了他，不是说产品质量不好，就是说价格太高。星火毫不灰心，一天跑了四个商场、四家工厂，情况类似，他跑了一天一笔买卖也没谈成。

葛星火沮丧地乘大巴准备回宾馆，颠簸中竟然睡着了。迷迷糊糊中听到前排的人说："你傻啊，现在的人你不给他点好处，人家能要你的东西吗？"

另一个人道："你说得也有道理，几家的东西都差不多，人家凭什么要你的。"

"如今社会风气变了，就连公司的采购人员也吃起了回扣。"

"你这话倒是提醒了我。"

葛星火一个激灵坐直身子，对呀，我怎么没想到呢。他顿时来了精神，准备明天继续再谈。转天，葛星火又回访了之前拒绝他的客户，暗示对方自己会给他们一些回扣，果然采购人员对他的态度大变。经过不断沟通，客户松口说会小批量进货试一下。几天下来，葛星火战绩辉煌，之前的客户全部拿下。

葛星火为搪瓷厂打开了新的销路，客户小批量进货后，对他们产品的质量赞不绝口，不但主动和他们谈合作，还给他们介绍了别的公司，搪瓷厂的信誉也慢慢建立起来了。葛星火又到深圳开发更多的客户，不到一年时间，深圳的销量竟然占了搪瓷厂销量的一半。

搪瓷厂的销售人员无不佩服葛星火的销售能力，不久葛星火升任销售科长。在葛星火的搪瓷生意做得风生水起的时候，他和赵红梅的感情也水到渠成。赵红梅和葛文丽几个月前大学毕业分配到了中原市两所重点中学当了教师。不久后，葛星火与赵红梅举行了婚礼，一年后又生了儿子，取名葛明。

转瞬之间，葛星火大学毕业五年了。这天，星火接到同学聚会的邀请，他风尘仆仆地来到北京。参加完同学聚会，葛星火顺便去看望一下李铁英，彼时的李铁英已经完成博士论文答辩留校任教了。

五年后的今天，他们的身份一个是销售科长，一个是化工博士。葛星火戏称葛科长再遇李博士。

李铁英邀请星火到自己家做客，星火随着铁英来到学校的筒子楼。铁英家仅有12平方米，靠窗是一张双人床，床旁边放着一个双人沙发和一个茶几，对面墙是一排组合柜，显得狭小而紧促，做饭、洗漱都要到房间外的公共区域。

一个挺着大肚子的女人见铁英和星火进来，忙站起身，铁英介绍道："这是我妻子王京，这是我的好哥们葛星火。"王京向星火打过招呼，就着手为俩人准备饭菜。吃完饭，王京收拾碗筷，铁英随王京来到厨房，说道："我和星火很多年没见了，我想留他住一晚，你能去你爸妈家住吗？"

王京父母家离李铁英家不远，铁英将王京送过去后，哥俩躺在床上开始聊起来。分别这五年，铁英始终没有离开学校，就是上学、恋爱、结婚，再有几个月李铁英和王京的孩子就要降生了。葛星火则是风生水起，他将自己如何从市工业局辞职，再到中原搪瓷厂做销售员，以及后来升任销售科长、结婚生子等等给铁英说了一遍，铁英心里酸酸的，但还是对星火事业、家庭双丰收表示祝贺。

眼见着他们俩如今都已成家立业，李铁英又想起了葛文丽，随后问星火文丽怎么样了，星火打趣道："至今未嫁，可能是心里还想着你呢！"

"别开玩笑！"铁英一脸严肃地说，"我很对不起文丽，她毕业前还找过我几次，我跟她说一直把她当成妹妹。"

"我回去就告诉文丽，人家李博士的孩子就要出生了，让她死了心吧！"

随后，李铁英把自己读硕士、读博士、留校任教的事给星火讲了一下。

"李博士厉害，未来的教授，佩服！说说弟妹是怎么被你拐到手的？"星火开玩笑地问。

铁英得意地说:"她是我的导师王智勇教授的独生女,学经济的,硕士毕业后分配到一家国有企业工作。我硕士毕业时,师弟陈新要去美国留学,我继续在王教授门下读博士,王教授特意邀我俩去他家吃饭,就认识了王京,后来王京就看上了我。"

"哈哈,王教授醉翁之意不在酒,他想在你和师弟之间选女婿。"星火打趣道。

"也许吧!我这个乡下孩子开始还真没敢高攀,经过王教授反复说合,说他也来自农村,我慢慢地就不那么自卑了,后来就和王京约会了,王京不算漂亮,但通情达理。约会几次后我就爱上她了,谈恋爱一年后我俩就结婚了,就这么简单。"

"哈哈,李博士魅力无穷!祝贺祝贺!你也是事业家庭双丰收啊!"星火又在开玩笑。

"我是出了学校又回到学校,两耳不闻窗外事,一心只读化学书。哪像你葛科长,跑遍全国各地,见多识广,还是谈谈你的见闻吧。"在星火的影响下,铁英也学会了幽默。

葛星火说:"这几年做销售,还真去了不少地方,特别是深圳,几乎每个月都去一趟,深圳的变化真是日新月异。"

葛星火讲起了他在深圳的所见所闻:"无论是国际还是国内,最近几年都不太平。改革开放给中国引来了源头活水,各行各业都呈现出一派生机勃勃的景象,各种思潮异常活跃。"

星火继续说道:"前些年东欧剧变,就在去年,世界上第一个社会主义大国苏联轰然倒塌。以美国为首的西方国家对社会主义国家的'和平演变'愈演愈烈。国内一些人开始对中国的改革开放政策产生怀疑,社会上存在'姓社姓资'问题的争论,市场经济还搞不搞？不解决这个认识问题，中国的改革开放就可能停滞甚至倒退。正是在这样的背景下，邓小平南方谈话回答和解决了这个问题，解决了姓'社'姓'资'的争论，坚定了中国走社会主义市场经济的道路。

"邓小平强调社会主义要赢得与资本主义相比较的优势，就必须大胆吸收和借鉴人类社会创造的一切文明成果，吸收和借鉴当今世界各国包括资本主义发达国家的一切反映现代社会化生产规律的先进经营方式、管理方法。邓小平指出：'计划多一点还是市场多一点，不是社会主义与资本主义的本质区别。计划经济不等于社会主义，资本主义也有计划；市场经济不等于资本主义，社会主义也有市场。'

"不坚持社会主义，不改革开放，不发展经济，不改善人民生活，只能是死路一条。"

星火对这句话推崇备至，他还给铁英讲了邓小平的两则趣事。

一个夕阳斜照的傍晚，汉口火车站专列会见室，邓小平对湖北省委书记说："你拿出笔来记下我的话。我有几点意见请你转告北京……"邓小平讲了只有改革开放才能救中国，发展才是硬道理等，最后邓小平说："谁不改革谁下台！对，不改革开放就下台！下台！"

一个风和日丽的下午，深圳迎宾馆接见厅，面对广东省委书记、深圳市委书记等人，邓小平说道："我们过去的革命以苏联为榜样。这些天，我想得最多的，也还是苏联。苏联有那么丰富的自然资源，有那么深厚的文化传统，还有那么强大的国家机制，却几乎在一夜之间就垮了……"

他说："苏联垮台有很多因素。其他不讲，成天搞核武器，搞理论专政，不顾人民死活，而老百姓为了基本生活品还成天排队，我看就是一个主要因素……我们落后的关键是我们从五十年代起，不抓经济而抓阶级斗争，搞一大二公的社会主义。我这里不是说社会主义搞错了，但也不能说我们完全搞对了。老百姓在生活中什么都要票，粮票、布票、烟票、酒票满天飞，干什么都得排队。长此下去，苏联的今天就是我们的明天。"

葛星火还是那么健谈，讲起话来滔滔不绝，李铁英十分佩服星火这方面的才能。

"我说得太多了，你还是说说你的情况吧。"星火说。

铁英下床从柜里拿出一本书，递给星火道："这是我和导师、师弟合著的一本书，送给你。"星火看了一下书名，叫《胶接新材料》，说道："你搞的新材料用在什么地方？"

"我们做的是一种高分子复合材料，叫'铁水泥'可能更好理解，两个组分分别是膏状物，混合到一起搅匀，固化后像钢铁一般坚硬。"

"如胶似铁，那么神秘？用在哪里？国内有同类产品吗？"葛星火的好奇心被勾起。

"这个材料是国内首创，欧美国家才有这个产品，可以修补机械零件，当然也可以用于粘接、耐磨、防腐、堵漏等，用途非常广泛。"铁英说道。

葛星火听说国内还没有这个产品，捧着书如获至宝，兴奋地道："这可是高科技产品，已经形成产品了吗？在哪里用过？"星火突然有了要把产品推广到全国的想法，他问铁英想不想跟他一起创业。

李铁英长年在学校搞研究,从没想过要创业,因此对星火的想法感觉莫名其妙,并且这只不过是自己在职场上的一点小发明而已,怎么能拿去创业呢?再说了,让他打破在大学当老师这个铁饭碗去下海,多少有些冒险。

葛星火多年在外闯荡,接触面广,思想活络,觉得这是个商机,他不死心地给铁英解释:"深圳那边有些企业就是国家机关单位的人和大学老师辞职创办的,咱们何不试一试,你只要能做出产品,我就能帮你卖出去,我对咱俩都有信心!"

李铁英摇了摇头,他还是觉得这样做太过冒险,万一创业不成,铁饭碗也丢了,那就得不偿失了。星火继续游说铁英:"你不要把研究成果只停留在写篇论文、出本书上面,要把目光放长远些,如果我们能批量地做出产品,把产品推广到全国,这样你苦心研究的发明成果才不会被埋没,对社会做的贡献也比写本专业书要大得多!"

李铁英终于被星火说动了,心里萌生出一点点创业的冲动,但转念一想,辞去大学教职去创业风险太大,妻子王京估计不会同意,他又开始退缩了,想着还是在学校当教授稳妥些。但李铁英又不好意思马上回绝葛星火,于是推托道:"这么大的事,我要征得老婆的同意,还要过老丈人那一关,这毕竟是在职研究成果。"

不觉中天已大亮,两个人居然兴奋地聊了一个晚上,星火要赶回宾馆休息,临走前还不忘嘱托铁英赶紧早做决断。

送走了葛星火,李铁英躺在床上倒头睡着了。王京下班回家,铁英这才悠悠转醒,他把昨晚与星火商议的事情讲给王京听,说星火想和自己一起创业。铁英已经做好了被王京泼冷水的准备，岂料王京听完居然全力支持他："你们两个好哥们儿，一个做技术，一个做营销，合伙创业是件不错的事，你应该试一试。"

"你不是在开玩笑吧？辞去这么稳定的职业，冒风险去创业，万一创业失败了怎么办？"李铁英有些不可置信，怎么也没想到王京会同意自己去创业。

"失败了大不了再回学校教书呗，学校不要你再找别的工作，要是实在找不到工作，我养着你！"王京说。

"别开玩笑，咱们的孩子马上就出生了，我不想在这个节骨眼上去冒险创业，再说了，就算你同意了，你爸能同意吗？"铁英问道。

看到铁英犹犹豫豫的样子，王京没再提创业的事。

李铁英看到身边有许多同事下海创业了，他也决心打破大学老师这个"铁饭碗"，破釜沉舟，让自己成为时代的弄潮儿。

打定主意后，铁英把自己的决定告诉了葛星火，星火一听非常兴奋，可是兴奋之余，他又有些担心：虽说铁英决定了和自己合伙创业，但他能过老丈人王智勇教授这一关吗？

8．破釜沉舟须放胆

周末，李铁英陪王京看望岳父岳母，想借此机会和岳父谈谈自己辞职创业的事。可是面对岳父的时候，他又变得忐忑不安起来，几次话到嘴边欲言又止，他知道岳父的脾气，固执，倔强，一句话说不好就会发火。李铁英迟疑着、犹豫着，就连岳母张颖都看出来李铁英似乎有什么话要说，她看了看李铁英又望了望女儿。王京见铁英踟蹰了半天都没吭声，忍不住率先开口："爸，妈，铁英有个决定想告诉你们。"

王京把李铁英想辞职创业的事告诉了父母，王智勇一听马上反驳道："创业？你这个不善交际的白面书生凭什么去创业？依我看，还是老老实实地待在学校里做学问更适合你，别整天想着一些有的没的。"

虽然被岳父一盆凉水兜头浇下，但是因为有妻子的支持，李铁英还是鼓起勇气把他与"营销天才"葛星火合伙创业的想法及发展前景详细说了一遍，王京也在旁边帮腔："爸，他俩真的是绝配，一个擅长做技术，一个擅长搞营销，又是铁哥们儿，只要俩人都能拿出拼劲去创业，肯定能成功的！"

张颖看看王京圆鼓鼓的肚子，眼里满是担忧："创业风险太大了，再说了，你们的孩子马上就要出生了，你们俩还是考虑稳妥一些好！"

王智勇得知女婿要拿他们的研究成果去创业，一下子就发飙了，吼道："你还想拿在职成果去创业，没门！你最好死了这条心！"

张颖看到老伴气得气都喘不匀了，急忙一边替他顺气一边劝说老伴："有话慢慢说，发什么火啊？"

看到老伴相劝，王智勇更加恼怒了："不行，这件事说出大天也不行！"

王智勇对李铁英发火，除了反对李铁英拿科研成果创业外，另一个重要原因是他刚升任系主任，如果李铁英辞职创业，学校肯定会找他的麻烦，他这个系主任恐怕就当不成了。

张颖对铁英道："王京爸刚当系主任，你就辞职拿职务成果创业，这不明摆着给他添堵吗？再说了，你马上就当爹了，也要为孩子和王京想一想啊！"

王京难得地替他向母亲求情："妈，我支持铁英创业！在学校当个破教授挣不了几毛钱，有什么好的！"

王智勇啪地一拍桌子，吼道："你少胡说！就是你鼓动铁英创业的，你也不看看你现在的情况，怎么不为马上要出生的孩子想一想？"王智勇从来没有对女儿发过火，这次确实是气坏了。因为女儿嘴里的"破教授"，不仅指铁英，还有他自己，自己引以为傲的事业在女儿眼中原来不值一提，这让王智勇更加愤怒了。

李铁英看到岳父是真的动怒了，碰了碰王京的手臂示意她不要再说了，然后对岳父岳母说："都怪我考虑不周，让二老生气了。"

回到自己家，李铁英不再提创业的事，他的耳边一直回响着岳父母刚才说的话，想到见多识广的岳父母都不看好自己辞去体制内的工作去创业，自己那土里刨食的父母更不可能同意自己抛弃铁饭碗去赌一个不确定的未来。思来想去，李铁英有些退缩了，他心知自己走到这一步不容易，要是创业不成，再把稳定的工作弄丢了就得不偿失了，他还是老老实实地当自己的大学老师算了。

不知道为什么，王京却对李铁英辞职创业这事兴趣十足。看到铁英犹豫不决的样子，有些恨铁不成钢，语气里不免带些怨气："遇到这么点挫折就动摇了？当个教授能有多大的前途？你也看到了，我爸当了教授不过如此，难不成你还真准备像他那样?"

当年有一句顺口溜:搞导弹的不如卖茶叶蛋的,拿手术刀的不如拿剃头刀的。足以证明当年知识不值钱,科技人员确实收入很低,教授卖烧饼事件曾经闹得满城风雨。

本来创业就不是李铁英所想,现在又有岳父岳母的反对,李铁英正好就坡下了,他不想和王京吵,索性上床睡觉去了。王京见李铁英不言声,竟上床睡觉去了,走到床前道:"你看那么多知识分子都'下海'创业了,你就不想出去闯一闯,看一看外面的世界,换一种新的活法?"王京继续将话题引到创业上。

"辞职创业风险太大了,这事我得慎重考虑考虑。"

"你有什么可怕的,大不了回来还当你那教授,可万一真的成功了呢?"

第二天上班的时候,李铁英心不在焉,一直在琢磨自己要不要创业的事。岳父岳母、王京及葛星火说过的话不断萦绕在耳旁。

岳母:"大学教授多好,国家单位,旱涝保收,名声好,竞争力不强。"

王京:"端着这个铁饭碗,成天不死不活地熬着,即便到了60岁,不过就是个大学教授,和我爸有什么区别?"

岳父:"你这是拿公家的研究为己谋私利,可耻!"

葛星火:"不要把研究成果只停留在写篇论文、出本书上面。把产品推广到全国,对社会做的贡献比写本书要大得多!不要把你的成果埋没了。"

王京："你还不到30岁，精力体力都没问题，又有一技之长，何不去拼一下，即使失败了又怎样，大不了回头再当教授嘛。但是你要是干了，就有成功的希望。"

思来想去，李铁英觉得王京和葛星火的话很有道理，下海创业虽然会离开安定的生活，但可以掌握自己的命运。李铁英的心蠢蠢欲动起来，他不甘心过着一眼可以望到头的生活，他要赌一把。

李铁英突然被自己生出的野心震撼到了，他迫切地希望自己的这项发明能得到广泛的应用，不管以后成功与否，他都将孤注一掷。即使岳父反对他拿出自己的职务发明来创业，他也要磨到岳父同意，他对自己有信心，对葛星火有信心。

决心定下来了，接下来就要考虑现实问题，项目有了，创业资金从哪里来？正在思考之时，葛星火打来了长途电话，询问铁英王教授是否已经同意他创业？自从俩人谈到创业计划以来，星火已经多次打电话催促。李铁英不得不实话实说："老岳父坚决反对，我和他差点闹翻了。"

李铁英的话让葛星火一下子泄了气，看来他和铁英合伙创业的事算是泡汤了。没想到李铁英继续说："好在王京坚决支持我，我也觉得不出来闯一闯，是一种遗憾！所以我决定破釜沉舟，和你一起创业！"

已经失望了的葛星火听到李铁英创业的决心，兴奋不已，忙说道："你不用担心资金，我已经筹措到了10万元，就是利息比较高，等到公司运转正常以后以公司的名义还就是了。"

10万元在当年可是一笔不小的数目，加上那么高的利息，什么时候才能还清？李铁英心里真是没谱。但是听到葛星火说你只要能做出产品,我就能帮你卖出去,李铁英不再犹豫,立即向系里写了辞职信。

王智勇看到辞职信,大为恼火,压着就是不批。这时葛星火已经办理停薪留职来到北京,准备注册公司,却被告知公职人员是不能注册公司的,只有无业或退休人员可以创办公司,李铁英得不到学校的辞职准许,注册公司又成了大问题。

李铁英请王京帮助说服岳父,王京挺着大肚子回去找父亲说和。王智勇认为李铁英辞职是女儿唆使的,非常气愤,倔脾气上来,把王京轰了出去,本来良好的父女关系也弄僵了。

无奈之时,王京灵机一动,想到母亲已经退休,没有公职在身,正好可以用母亲的身份注册公司。于是她又向母亲请求帮助,告诉母亲铁英创业决心已定,合伙人葛星火已经带着创业资金来到北京注册公司,希望能先以母亲张颖的名义注册公司,等铁英辞职以后再换成铁英的名字。

在王京和铁英的再三央求下,张颖拗不过女儿,勉强同意了。就这样,李铁英、葛星火二人一起创办了"铁哥俩新材料公司","铁"取李铁英的"铁"字,"哥"取葛星火的"葛"(与"哥"同音),又寓意公司的产品是"如胶似铁"的新材料。因为两人是铁哥们,就不分你我了,每人持有50%的股份。

2月28日,葛星火去工商局拿到了营业执照,恰逢李铁英和王京的儿子降生。王智勇去妇产医院看望女儿,并给外孙子起名为李响,期望外孙子将来能不同凡响。

两个月后,有一次王智勇来李铁英家里看望王京、逗弄小孙子的时候,恰巧葛星火也来看望王京和孩子。俩人闲聊中,王智勇得知公司开业顺利,悬着的心终于放了下来,他和女儿女婿的关系开始缓和,尽管王智勇反对李铁英创业,但李铁英真的下海经商后,王智勇也会时常担心李铁英创业失败,再怎么说,李铁英毕竟是自己的女婿,纵使观念不同,他也还是希望李铁英好的。

在照顾妻儿的同时,李铁英考虑如何采购原材料、如何生产出产品,葛星火则到处找房子。他相中一家运输公司闲置的车库,里面有几间平房可以当生产车间和库房,为了节省开支,葛星火甚至退了宾馆的房子,搬到车间来住。

李铁英找熟人把一台旧式电钻改装成搅拌机,并加装了搅拌杆和搅拌桶,一台简易的搅拌机就做成了。他和葛星火一起坐公交车跑遍了北京各大五交化商店、化工油漆商店去买原材料,每天累得筋疲力尽,回到家倒头就睡。经过一个月的努力,终于买齐了各种原材料、包装物。他们还为产品注册了"铁哥俩"商标。

由于启动资金不足,为了节省费用,李铁英和葛星火凡事亲力亲为,甚至决定在没有获得客户之前绝不增加员工。葛星火找来两本工矿企业地址簿,李铁英编写印制了产品的宣传资料,俩人一边跑外面发宣传材料,一边印制标签进行生产。晚上抄写工矿企业的设备管理与维修部门的地址,足足写了1000个信封,累得手指头都动弹不得,然后将信全部投放出去。

产品生产出来了,两人高兴地出去撮了一顿,等吃完饭回来才意识到,前面发出的信都有一个月了,却没有任何回音,于是二人又跑外面发传单去了。

李铁英疲惫地走进来,一头倒在星火的床上,再也不想起来了。李铁英说道:"这信寄了也没回音,发的传单也没下落,是不是咱们的宣传材料有问题?"星火手捂着腮帮子坐在桌前,时不时地嘬嘬牙花子,这些天上火牙疼得厉害。星火道:"别急,再等等!"

"这利息这么高,一睁眼就欠人家钱,能不着急吗?"铁英说。

葛星火也急啊,当初是自己鼓动李铁英下海的,并且信誓旦旦地说销售全包了,现在产品都出来了,却销不出去,还有一大笔钱等着偿还,这些天徒劳无功,光着急也不行啊,于是说道:"这段时间没黑没白地忙着,太累了,眼看五一节就要到了,咱们也给自己放个假,放松一下。"

自从干起了公司,李铁英早出晚归,到家倒头就睡,哪有时间陪王京和孩子,并且开公司也不是一天两天的事,于是同意放假休息。李铁英在家陪王京一天,体会到王京一个人带孩子不容易。5月2日,李铁英来到公司,习惯性地先看看报箱,见里面有封信,迫不及待地打开,是一份订单,李铁英兴奋地高呼道:"星火,星火。"

葛星火睡眼惺忪地从屋里走出来,"啥事,大呼小叫的"。

"订单!订单!"李铁英扬着手里的订单说道。

葛星火立马跑过来,一把夺过订单,铁哥俩新材料公司终于迎来了第一个客户,虽然只买了三套产品,但这是他们的第一笔生意,星火拉着铁英道:"走,我请你吃早点去!"从此之后订单逐渐增多起来,他们开始打包发货了。

创业是逐梦的冒险旅程,充满着艰辛。创业初期没日没夜地工作,不仅令创业者的个人和家庭生活受到极大的影响,还承受着创业成败的巨大压力。所谓"白手起家",就是创业者运用自己有限的资源和智慧，抓住市场机遇而开启的一场艰辛的冒险旅程。创业初期，创业者既是经理，又是业务员、技术服务人员、生产工人、送货员。

货发出不久，公司就接到客户投诉，说产品粘不牢，还责问公司是不是骗子。这下可气坏了李铁英，产品是他亲自做的，怎么可能有问题。他决定到客户现场去看一下，于是连夜坐火车，第二天上午就赶到了客户现场，亲自操作，并说产品没有问题，客户不解为何自己用效果不佳，经询问工人施工过程，李铁英最终发现是施工工艺方面出现的问题：一是表面油污没有清理干净，二是产品两组分没有按比例称量并混合均匀，在李铁英的指导下，问题很快得到了解决，客户口服心服。同时还向李铁英咨询有没有可以带油胶接的产品，李铁英决定回去研究一下。这次教训让李铁英意识到，胶接是一门应用技术，不能光提供产品就行了，还要做好技术指导和技术服务。在回北京的火车上，李铁英写下了誓言：奋斗十年，铁哥俩名扬全国，为中国工业做贡献！

回来后，李铁英重新编制了产品说明书，明确了施工过程和注意事项，并找朋友画了漫画，每一个步骤配一幅插图，简单明了，操作人员看了一目了然。

葛星火是个坐不住的人，他开始去跑化工油漆商店，把产品放到商店代卖。他还跑遍了河北、河南、山东、江苏的工矿企业，到企业的维修部门讲解产品、发放资料，产品很快打开了销路。

半年后，李铁英、葛星火两个人实在忙不过来了，他们招了两名工人帮助生产和发货，又在附近的写字楼租了一间办公室，招了一个人负责接听电话、接待客户。

公司运作顺利，李铁英感到欣慰之时，他不上班在外面创办公司的事很快在学校传开了。学校对李铁英进行除名处理，并免除了王智勇的系主任职务。自己受处理也就罢了，还连累了岳父，李铁英有些愧疚，回到家里，王京见铁英心情沉重，追问原因，得知此事后，劝道："别想那么多了，该来的早晚会来！"

"我倒是无所谓，只是觉得太对不起你爸了，才当了一年的系主任就被撤职了！"李铁英无奈地回答。

"放心吧，我会好好劝导我爸的。"王京补充道。

"你爸很在意系主任这个职位，学校的决定肯定让他受不了。"李铁英叹气道。

"好啦，别想那么多了，快来看看儿子。"说着将儿子递给铁英，儿子开始咿呀学语了，冲着铁英："爸，爸，爸……"看到儿子，铁英才勉强露出了笑容。

果然不出李铁英所料，得知学校的处理决定，王智勇无法接受，一时间血压升高，住进了医院，李铁英、王京抱着孩子去医院探病，王智勇只逗着外孙子玩，全程不理李铁英。

被学校开除后，李铁英再无退路，他把全部精力都投入到了产品研发和生产中来，他陆续开发出一系列不同用途的胶接新产品。他把自己的档案存到了市人才交流中心，大学教职这个铁饭碗算是彻底打碎了，铁哥俩公司股东名字也由岳母张颖改成了李铁英。

创业成功固然可以带来财富和荣耀，但创业过程中的酸甜苦辣是每个创业者所必须经历的。所以有人事后说，他们宁可追求平凡、安稳的工作也不再创业。

李铁英是幸运的，他选对了合伙人，加上产品市场对路，铁哥俩系列产品作为国内首创，满足了客户需求，很快在各行各业的设备维修中得到了应用。作为当时最先进的修补材料，使设备修复难题迎刃而解，大大降低了企业因设备停产而带来的巨大损失。由于铁哥俩系列产品是高附加值产品，再加上李铁英和葛星火的艰苦努力，当年的盈利就把10万元借款还清了。

创业是长跑，等待李铁英和葛星火的是无穷无尽的挑战，而且所有的路都是没有走过的。创业路上，他们还会遇到哪些困难呢？且看后文。

9．同甘共苦闯难关

葛星火坐夜班火车第二天一早赶到青岛，上午跑了两家客户，中午又请第三家客户吃饭。在中国谈任何事情都讲究在饭桌上谈，办公室只是面子上的事，真要解决问题必须在酒桌上，只要有酒有肉，多难的事情都能解决。为了开拓销售渠道，请客吃饭是最基本的，经常是吃了饭，还要去KTV唱歌，所有的流程葛星火都要全程陪同。到了海边，吃海鲜喝啤酒那是必不可少的，星火吃完饭又坐上火车赶往济南。突然胃里一阵绞痛，葛星火连忙站起来去了厕所。方便后感觉舒服一些，刚坐下来又一阵绞痛袭来，他痛苦地皱起眉头，捂着肚子又跑去厕所，如此反复多次，他觉得自己都有些虚脱了。

火车到站，葛星火浑身无力，两腿发软，提着行李走出车站，坐上公交车直奔客户那里，讲解完公司产品，又拉着客户吃饭，饭桌上自然是少不了酒的，为了让客户满意，白酒、红酒、啤酒轮番上阵，一轮敬酒之后，葛星火已是醉意蒙眬。这时，服务员端着本店的招牌菜黄河鲤鱼上桌了，服务员摆上菜后，鱼头正好对着葛星火，张科长说："葛总，您好运气！"

依着酒场上的规矩，鱼头对着谁，这个人就要喝三杯酒，此时的葛星火胃里还在隐隐作痛，但是客户提出了这个要求，他再不好受也得忍着，星火站起来，端着酒杯道："葛某获此荣幸，我就连喝三杯。"说着连喝三杯。大家拍手称赞葛总爽快，张科长也陪了一杯。鱼尾对着的姜助理毫不示弱，接连喝了四杯白酒，大家又是一片掌声。"头三尾四"的任务完成，葛星火已撑不住了，急忙跑到洗手间呕吐去了。葛星火踉踉跄跄回到饭桌上，见张科长还不吐口，又提议大家一起去唱卡拉OK。

包厢里的霓虹灯不停地闪烁着，既刺激又梦幻。漂亮的服务小姐端来一大盘水果、几碟小菜、一箱啤酒。张科长摸了一下服务小姐细腻白润的胳膊，说："靓妹，给我们唱个歌吧！"

"我唱得不好听，天天陪着客人唱，嗓子都不听使唤了，还是你们唱吧，我给你们点歌。"服务小姐趁机走开了。

张科长首先点了一首《妹妹你大胆地往前走》，他用略带沙哑的声音，用尽了全身力气，高亢的声音在包房里回荡：

妹妹你大胆地往前走呀
往前走，莫回呀头
通天的大路

九千九百，九千九百九呀

　　……

　　大家一边拍手一边随着张科长唱起来，张科长激情洋溢、高亢响亮的歌声，把醉意蒙眬的葛星火唱醒了。葛星火起身唱了一首《小芳》，他一手握着话筒，一手指着点歌的服务小姐，身体随着音乐的旋律摆动。

　　张科长连连叫好。90年代开始，卡拉OK及歌舞厅蓬勃发展，一首首朗朗上口的歌曲，唱出了人们的情感困惑和婚姻爱情的窘境。

　　葛星火提议张科长与服务小姐来个男女声对唱，张科长与服务生两人唱起了黄梅戏《夫妻双双把家还》。正在大家调侃时，包厢门突然开了，妈咪领着几个穿着似露非露、打扮得十分妖艳的女孩进来了，女孩们一字排开站好，个个脉脉含情。大家一看，就知道是什么意思了，葛星火示意让张科长先选，张科长盯着几个女孩看了又看，葛星火也随着张科长瞥了一下几个女孩，当葛星火与一个高个子女孩的目光相遇时，女孩突然低下了头。在这种地方上班的女孩子还会害羞吗？葛星火心里想的同时，突然觉得这个女孩好熟悉，他快速地转动脑筋，一张清纯秀气的脸庞浮现在脑海中，那不是他在李铁英村子里上小学的同学杨丽娟吗？葛星火对这位班花印象很深，长得像的女孩子很多，但嘴唇下方的那颗美人痣不会那么巧合吧？葛星火的思绪顿时回到了十几年前。

　　李铁英村里的小学，课间是学生们最快乐的时候，教室里两个男同学在掰手腕，看谁的力气大，几个女同学在玩翻花绳游戏，用手指撑、压、挑、翻、勾、放等动作翻出各种造型图案；教室外面，有的男同学在撞拐（斗鸡）；女同学在玩抓石子，三个石头子抓来抓去；还有的女同学在踢毽子。李铁英上完厕所走回教室，看到葛星火把一个本子放到了前排同学杨丽娟的课桌上。

上课铃响了，班主任老师走进教室，杨丽娟看到自己的本子上画了一个裸体小男孩，小男孩的小鸡鸡清晰可见。杨丽娟又羞又臊，就哭了起来，老师看了看画的东西，又看到过道另一侧紧邻杨丽娟而坐的男同学陶小奇（外号"小淘气"）在捂嘴偷笑，便认定是陶小奇画的，老师狠狠批评了"小淘气"一通，陶小奇急着跟老师辩解不是自己画的。但老师却觉得他是在狡辩。李铁英看不下去了，站起来报告实情，老师这才知道冤枉了"小淘气"，又狠狠地批评了葛星火。葛星火觉得李铁英不够哥们儿，非常恼怒，恨恨地瞪了铁英好几次。

放学回家的路上，李铁英见星火生气了，主动与他说话，星火依然不理。李铁英见河边的柳树冒出嫩芽，便折下一段柳条，捋掉嫩芽，用双手拧动外皮，把里面的芯儿抽出来，用手指把空筒一头压扁，再用指甲刮掉一小段柳枝的皮，吹起来。葛星火惊奇地发现，这小小的柳条也能发出这么好听的声音，于是学着铁英的样子做起来，他们用粗细不同的柳条做了几支柳笛，细的柳笛声音细而尖，粗的柳笛声音雄浑。真是柳笛声响，童心烂漫。两人和好了。

葛星火在杨丽娟本子上画裸体小男孩是青春期的萌动，如今想起来非常好笑。葛星火的思绪又拉回到了眼前，葛星火问道："你是不是杨丽娟？"女孩似乎也觉得葛星火面熟，一时想不起葛星火是谁，在这种场合遇见熟人是很尴尬的事情，当葛星火叫出了她的名字时，女孩顿感羞涩难堪，连忙说道："大哥，你认错人了！"说着跑出了包房。

葛星火正要去追，却被毫不知情的张科长拉住了。为了不扫张科长的兴，葛星火停下了脚步。

张科长看上了一位女孩，女孩内穿红色吊带背心，外面一件纱质感的披肩，下面穿着超短牛仔裙，配红色高跟鞋，丰满的胸部把吊带撑得开开的，雪白的乳房一半露在外面。张科长拉起女孩的手直接上了卡拉OK上面一层楼，那上面是住宿的地方。葛星火见其他人都挑到自己中意的女孩，忍着胃部疼痛，结了账回宾馆休息了。

回到北京，葛星火因胃穿孔住进了医院，李铁英来医院看望葛星火，劝他少抽烟、少喝酒。葛星火无奈地说："你以为我想这样，现在谈生意哪那么容易，见面递根烟这是交流的开始，而建立感情就要感情深，一口闷！不'烟酒烟酒（研究研究）'，哪来的客户啊？"

"做销售真不容易，我是做不来的，一和人打交道就发怵！"

"这叫先建立感情，再谈生意，只有一起泡过妞的人才算是铁哥们！"

"亏得我生了个儿子，要是生个闺女，长大后决不让她嫁给做销售的，整天不着家，还在外边花天酒地的。"李铁英幽默地回答。

"装正经！哪天给你拉个美女试试，看你能不能经得住诱惑？

想挣钱嘛，就得好好'满足客户的需求'。"星火打趣道。

李铁英岔开了话题，说道："你要多注意身体，这都住进医院了，身体是革命的本钱。"

葛星火道："我会注意的。对了，你猜我在卡拉OK碰到谁了？"

"谁？"

"你绝对猜不到！"

"是大学同学吧？"李铁英反问道。

"是小学同学！那个班花你还记得吗？"葛星火问。

"班花？小学哪来的班花？"李铁英愣了一下。

"杨丽娟，想起来了吗？"葛星火问。

"噢，就你在她本子上画裸体画那个，你对她还情有独钟啊！她也去唱歌了？"

"唱歌？"葛星火摇摇头道，"她是坐台小姐！"

"什么？怎么可能？你肯定认错人了！"李铁英一脸惊讶，他知道杨丽娟初中毕业后没考上高中，听母亲说后来嫁了邻村的一户人家。

"绝对没认错！她嘴角下的那个美人痣作证，下次再去济南出差，我让她来公司上班吧，怎么能干坐台小姐？"葛星火替这位小学同学惋惜道。

一个月后，葛星火又去济南出差，到那家卡拉OK厅没有找到杨丽娟，询问妈咪才得知杨丽娟已经离开一个月了，听说是去广东了。葛星火很自责，肯定是上次碰到杨丽娟后，她就离开了，葛星火后悔当时没有继续追她。葛星火又想，坐台小姐来钱容易，即使找到她，她也未必能跟自己来公司上班，估计她已经吃不了这份苦了。

在拜访客户的过程中，葛星火发现了用户许多新的需求。葛星火问李铁英能否尽快开发出带油粘接的产品，说电力行业的变压器领域普遍存在渗油现象，是行业比较头疼的问题，急需带油堵漏产品。李铁英上次去解决客户投诉时，客户也提出了油面粘接的要求，他忽然想到读研时看过的资料里提到过，第二代丙烯酸酯胶（SGA）具有油面粘接功能，他答应葛星火先做做实验试试看，由于以前没有接触过这类胶，没有一年半载时间恐怕研发不出来。

葛星火既要开发新用户，又要维系老客户，因此经常不在公司。李铁英在公司监督生产、负责内部运营，公司业务蒸蒸日上，产品供不应求。就在生产繁忙之时，为公司立下汗马功劳的自制搅拌机坏了，李铁英得知急忙赶到车间去修理，他拆开搅拌机，发现电机三角皮带断了，于是立即赶往五交化商店买来皮带。当李铁英换皮带时，不小心碰到了搅拌机按钮，电机突然转了起来，李铁英"啊"地叫了一声，左手中指随着皮带压到了皮带轮中，他另一只手急忙关掉电源，将皮带倒出，手才拿出来，李铁英捧着鲜血淋漓的手，忍着剧痛，立即赶往附近的医院，经检查，左手中指粉碎性骨折。常言道十指连心，每一次的刺痛都扎着铁英的心，使他坐卧难眠。

葛星火出差回来得知消息马上赶往医院看望铁英，看着铁英满手缠着纱布，伤心地落下了眼泪，并叮嘱他安心养伤。

随着业务量的增加，公司的设备和租用的车间已经无法满足发展需求，李铁英和葛星火商量后，决定再租一个更大的地方。

不久，公司搬进了一所中学停产的校办工厂内，并买了两台新的搅拌机，增加了几名生产工人，还专门设置了实验室，招了一名实验员。为了确保产品质量，公司还购买了万能材料试验机等分析测试仪器，对原材料与成品进行检验。

有了实验室和实验员，李铁英带领实验员加紧了油面粘接用胶的研发，经过无数次的实验，产品终于开发出来。新产品研发成功之时，正赶上儿子李响两周岁生日，时间飞逝，如今他出来创业已经两年了，儿子会叫爸爸了，事业家庭双丰收的李铁英感觉成就满满。

随后，公司的新产品投入生产，葛星火、李铁英把新产品重新定位，命名为"油面紧急修补剂"，还特制了包装，"带油堵漏"字样非常突出，并在《中国电力报》《设备管理与维修》《新技术新工艺》等报刊做了广告。

不久，咨询电话不断打来，信函一封接一封，询问油面紧急修补剂情况，也有客户要求现场指导。李铁英还应邀到胜利油田进行现场带油堵漏指导，他到了东营某采油厂，看到原油输油管道某处在向外喷油，这场景顿时让他傻眼了。心想，这么大的漏油口哪能堵得住啊？但来都来了，要是解决不了问题也太丢人了，李铁英急得出了一身汗，他环顾四周，突然发现不远处有一颗生锈的钉子，于是急中生智，捡起钉子并拿起一块砖头，把钉子揳到了喷油处，原油喷了李铁英一身，但漏油处总算堵住了。随后李铁英用油面紧急修补剂涂到漏油处，并用玻璃纤维布粘贴加强，终于为客户解决了问题。

这一番操作让客户不仅对李铁英刮目相看，也对他们的产品和服务极为满意。满身油污的李铁英回宾馆洗了个澡，换了身衣服，客户请李铁英到附近的镇上吃贴饼子、熬小鱼，累了一天的李铁英吃得特别香，连续吃了三碗熬小鱼。

第二年夏天，李铁英应客户邀请去深圳指导变压器堵漏，看到高楼林立的深圳，李铁英兴奋不已，他对深圳向往已久，回想起自己上大学期间，看到关于深圳经济特区的报道，和室友聊天时，竟把深圳（zhèn）说成了深chuān（川），引得室友的嘲笑。如今十多年过去了，往事历历在目，他感觉好笑的同时也感叹着时光易逝。

李铁英爬上变电站的变压器，亲自给工人示范带油堵漏，深圳40摄氏度的高温，在上面站几分钟就汗流浃背，工人们为李博士的吃苦耐劳赞叹不已。但李铁英觉得能用自己研究出来的产品为客户解决问题，他无比自豪。葛星火没有说错，把研究成果转换为产品，为社会服务，所做的贡献要比写篇论文大多了。

葛星火不断开发新客户，李铁英亲临现场讲解、示范油面堵漏技术，油面紧急修补剂很快在电力行业治漏中大显身手，迅速推广到电力行业变压器堵漏和其他行业油面胶接领域。油面紧急修补剂是铁哥俩产品营销定位的典范，它的问世不仅解决了电力行业治漏难题，同时也为公司带来了很好的收益。

在国内胶黏剂行业还在普遍采用化工油漆商店销售模式时，铁哥俩公司已经在全国主要工业城市建立起专业的营销服务网络，开启了经销商模式。铁哥俩公司首次经销商会于1996年夏天在北戴河召开，开辟了营销创新的新局面。

有市场对路的产品，加上两位合伙人的优势互补和齐心协力，经过初期创业成功之后，铁哥俩公司进入了快速成长期。

1997年春天，铁哥俩首次招聘了15位销售员，被称为铁哥俩的"黄埔一期"。15位销售员经过培训，按区域被分派到主要工业城市，在葛星火的领导下，公司开始搭建"双轨制的销售/服务模式"，销售人员每天拜访客户，并与当地经销商联合开发客户，进行售前、售中、售后服务，公司销售额迅速增长。

香港回归祖国，全国一片沸腾。铁哥俩公司好消息不断，他们研发生产的系列产品荣获北京市科技进步奖，李铁英获得北京市优秀青年工程师称号，这对李铁英是莫大的鼓舞。国家开始鼓励个人购买私家车，这对李铁英和葛星火是个好消息，他们积极准备，并考了汽车驾照。李铁英敏锐地嗅到汽车、工程机械行业未来将会快速发展，他信心十足，随后建立了铁哥俩研发中心，开始研发汽车装配用的密封锁固胶，准备进入汽车、工程机械等工业制造与装配领域。

创业路上充满着未知与风险，创业过程不论是顺利还是波折，都是一种体验。在公司业务快速发展的时期，公司里却传出了关于葛星火和办公室文员刘歆瑶的绯闻，与此同时公司也出现了资金紧张问题，李铁英如何应对这些问题呢？他能处理好吗？一个一个的问题正在考验着李铁英。

10．筹措资金遭遇骗

公司资金缺口日益明显，50多位员工需要发工资，公司运转需要周转资金。李铁英顾不上去求证葛星火与刘歆瑶的绯闻，他把全部精力放在了筹措公司周转资金上了。因为资金对于公司来说,就像汽油对于汽车,没有汽油汽车就动弹不了,而没有资金公司就无法运转。处理不好,公司还会有倒闭的风险。

李铁英几次找银行贷款,都被拒绝了,为了贷款的事情,他忙到焦头烂额却依旧一无所获。对于初创的小公司来说,从银行借贷很难,因为银行只愿意锦上添花而不肯雪中送炭,公司没有抵押物,银行一般不会贷款给你。

正在李铁英一筹莫展之时,刘歆瑶接到了一个电话,说有个叫桦融的融资公司联系贷款的事。李铁英立即让刘歆瑶联系融资公司的人员来公司洽谈。桦融投资公司的贾斌递上名片,李铁英热情地接待了他:"贾先生请坐!"

"李总好!桦融投资专门为获科技进步奖的公司融资,希望能帮到您!"

"贾先生怎么知道我们公司的?"李铁英问。

"从市科技进步奖获奖名单中查到的,我们与许多科技企业都有合作。"贾斌回答。

"从你们那里融资需要什么条件?能贷到多少款?"李铁英问。

"从几十万到几百万元,最高额可到一千万元,三年合同期内,可以根据贵公司的资金需求,随时贷款,随时还款,我们按月计息,不过贷款利息要比银行高5个百分点。贷款用股权做抵押,如果还不起,要转让公司股份给桦融。"贾斌说。

李铁英心想,银行贷款屡次碰壁,桦融这种灵活的贷款方式,随借随还,比银行高5个百分点也可以接受,这可真是及时雨啊!这下可以解决公司的燃眉之急了。

李铁英问:"利息可以再低点吗?"

"这个你需要和我们老总谈,我没有权限。"

"贷款需要什么样的程序?"

"双方需要签订《投资意向书》,桦融投资委托律师到你们公司进行调查,出具《法律意见书》。我们看到《法律意见书》就可以放款了。"贾斌说。

李铁英有点担心,问道:"我可以到贵公司和你们老总谈一下吗?"

贾斌说:"没问题,我回去马上安排,与我们朱总协商好时间马上通知您。"

两天后,李铁英和刘歆瑶去桦融投资公司考察。刘歆瑶是办公室文员,每天和李铁英打交道,但李铁英从没仔细看过她,现在他看着身边的刘歆瑶,身材高挑,肤白细嫩,穿着一件合体的连衣裙,年轻有朝气,李铁英问道:"小刘,最近公司里传得沸沸扬扬的,说你和葛总……"

刘歆瑶没想到李铁英和她谈这样的问题,脸突然红了起来:"李总,没有的事。"

"葛总是有妻儿的人,你一个小姑娘家可别做傻事!"

"李总,您别相信传言!"

"没有当然好,有的话希望你立即了断此事!你业务能力强,别因这事耽误了你!"李铁英再次出言提醒刘歆瑶。

桦融公司位于海淀区中关村一栋写字楼内,李铁英和刘歆瑶二人来到这里,桦融办公室装潢得非常气派,负责贷款的朱鑫副总经理接待了他们。

朱总把《投资意向书》递给李铁英过目,条款与贾斌说的一致,李铁英问:"合同条款没问题,只是贷款利息有点高,朱总能否再给优惠一下呢?"

"本来像你们这样的初创公司,风险很大,利息已经是最低的了,但是您亲自来,让我们感受到了贵公司的合作诚意,那就再给您优惠一个百分点。"朱总说。

双方签订了《投资意向书》,朱总给了李铁英一个律师事务所的联系地址,后续事项李铁英交由刘歆瑶去办理。

刘歆瑶来到朝阳区国贸中心的诺亚舟律师事务所,叶主任拿出公司评估所需的资料清单,刘歆瑶仔细地核实每一项所需资料,如获奖证书、营业执照、财务报表、法人代表身份证等。看看没什么问题,刘歆瑶说:"叶主任,没问题,所需资料我回去可以马上准备。"

最后,两人谈到评估费用问题,叶主任说:"评估费12万元,签订合同先付30%,等律师到贵公司调查,出具《法律意见书》再付70%。"

刘歆瑶一听价格,便和叶主任讨价还价道:"评估费太高了,我们李总肯定不会同意的,再给优惠一些吧?"

"市场上评估费都是这个价,不可能再低了。如果你们不要发票,可以降到10万元。"叶主任说。

刘歆瑶回道:"好的,我回公司跟老板汇报一下,再和您联系。"

回到公司,刘歆瑶给李铁英汇报了会谈的情况,因为公司急着用钱,也没有别的渠道,李铁英叮嘱刘歆瑶一定要为公司争取最大优惠,尽快签订合同,让律师事务所来公司调查。

几天后,诺亚舟律师事务所派了一名律师来公司做了尽职调查,刘歆瑶陪同律师看了营业执照,然后查看相关技术认证、获奖证书以及公司三年的财务报表等。

一周后刘歆瑶拿到了一式两份印刷装订精美的《法律意见书》，她把其中一份交给李铁英，另一份送交桦融投资公司朱总，刘歆瑶告诉朱总公司近期需要100万元款项，请桦融投资准备一下，朱总说资金没问题。

葛星火出差回来，见到李铁英，高兴地说："太好了，资金问题终于解决了。"

"你消息真灵，小刘跟你说的吧？这次办理贷款小刘立了汗马功劳，都是她办的，现在就差最后一步了。"

"小刘聪明能干，是个好帮手。"

"星火，你和小刘的事在公司传得沸沸扬扬，你是有家室的人，要注意点！"

葛星火一愣，他与刘歆瑶的事这么快就传到了李铁英的耳朵里，看李铁英一本正经的样子，他嘻嘻哈哈地道："没那么严重吧，放心，我会处理好的！"

几天后，刘歆瑶拿着桦融公司的回函慌张地走进李铁英的办公室，"李总，不好了，桦融不同意贷款！"

李铁英接过回函，只见上面写着"由于公司运营存在风险，不给予贷款"。李铁英大为恼火，啪地将回函拍在桌子上，立即拨通了桦融公司朱总的电话，朱总说："根据《法律意见书》和公司提供的财务报表数据分析，贵公司存在还款风险，本公司投资部门研究决定，不予贷款！"

"10万元评估费都交了，反倒说我们不合格，这不他妈的骗子吗？"李铁英忍不住爆起粗口，他没想到公司急需资金时竟遇到这种事。

朱总对李铁英的态度并不理会，依旧是一副公事公办的样子："不好意思李总，这是公司的规定。"

刘歆瑶暗自着急，这件事是她一手操办的，她怕李铁英让她承担责任，立即到诺亚舟律师事务所索要委托费，叶主任答复："我们已经完成了调查、出具《法律意见书》的工作，投资方投不投钱与我们无关。"

刘歆瑶气愤地说："你们和桦融肯定是一伙的！"

叶主任回答："刘小姐，请注意你的措辞，你这么说毫无根据，该做的我们都做了，退费是不可能的！"

李铁英见找律师事务所退款这条道堵死了，于是想通过打官司来追回钱款。葛星火找到当律师的朋友，将情况详细地描述一遍，朋友告诉他律师事务所的过错并不明显，因为按合同收取委托费进行调查、出具法律意见的行为并不违法，而且也不会保证引资人可以顺利融资。并且涉及资金不算太多，打官司肯定赢不了，再说和律师事务所打官司是一件很难的事。

钱要不回来，打官司无望，公司的资金更是雪上加霜，李铁英一下子瘦了好多，人也没了精神。葛星火本来对李铁英融资被骗意见很大，但因为这件事是刘歆瑶亲手办的，也就没多说什么，他将一本杂志递给李铁英，指着上面的一篇文章道："你看看这个。"

李铁英拿起杂志，一行字映进眼帘，《投资公司和律师事务所私密合作，骗你没商量》，李铁英立马来了精神，快速地阅读起来，文中大致意思是，投资公司和律师事务所联合行骗：骗子公司在和引资方签订《投资意向书》后，会要求引资方到指定的律师事务所出具一份《法律意见书》，律所会向引资公司收取10万到20万元的委托费用，当一本精美的《法律意见书》出炉后，投资方就会根据此意见书找到拒绝投资的借口，而到手的委托费，律师事务所和投资公司将按三七分成，他们几乎不用什么成本就行骗了上百家。

李铁英将杂志一扔，瘫在椅子上，原本还以为能从书里找到一条明路，现在无望了。他说道："因为大家相信律师是法律的维护者，可他们却参与行骗，太不道德了！"

"由于投资公司和律师事务所在融资行为中的欺诈行为很难调查取证，所以用法律手段来起诉骗子胜算几乎为零，致使很多公司被骗后只能打掉牙往肚子里咽了。"葛星火说道。

李铁英自责道："公司急着用钱，我心里着急，也没有好的融资渠道。唉，都怪我太轻信他们了！"

"如今的骗子太狡猾，律师事务所参与行骗，我们只能认倒霉了。"

李铁英道："这资金问题还得解决啊，我明天去区科委，看看能不能争取区里的50万元科技贷款。另外，我还让小刘拟写了一个员工集资'增长分红'的方案，一会儿咱俩商量一下。"

"好啊，关于资金问题，我也有个办法，就是对经销商超账期停止发货，给提前回款的经销商提供更多的价格优惠和奖励，这样可以加快资金回流。"

李铁英听闻葛星火的方案，高兴地说："太好了！怎么不早说，奖励经销商回款方案也启发了我，我让采购部跟供货商商量一下，晚点给他们汇款，资金周转问题就会好很多。"

葛星火开玩笑说："我不是在出差吗？哈哈，我不也得留一手！"

李铁英站了起来，激动地拍了葛星火一下，说道："星火，你看这样行吗？申请高新技术企业和争取50万元科技贷款和申请区科委50万元科技资金贴息贷款的事让刘歆瑶去办，你拟定一份《关于加强经销商回款和奖励方案》，我负责员工集资的事并让采购部与供应商协商延迟汇款，咱们三管齐下。"

葛星火也被李铁英的情绪感染了，高兴地说："好啊！对了，听歆瑶说政府方面有专利实施费，你那么多发明，可以多申报一些专利。"

李铁英听到葛星火那么亲切地直呼刘歆瑶其名，心里非常别扭，忍不住提醒他："你可别耽误了人家！"随手把员工集资方案递给葛星火："我让小刘拟定了一个员工集资方案，你看看是否可行？"

听到李铁英那么介意刘歆瑶的事，葛星火有些不自在，但还是认真看了方案，之后连连点头："从员工中吸收一部分资金，每年按销售额增长率给利息，我看可行，你就尽快落实吧。"

葛星火补充说："这个方案好！这样既解决了公司资金紧缺的问题，也会调动员工的积极性！"

"星火，我还有个事想跟你商量一下，如今出现了打工潮，铁雄在老家也坐不住了，想来咱们公司打工，正好研发中心缺实验员，让他在实验室帮着做实验，你看行吗？"李铁英征求葛星火的意见。

葛星火拍了拍李铁英："这点小事你还问我，让他过来吧。"

李铁雄两次高考都名落孙山，就回乡当了民办教师，在乡里一所初中教物理和化学，后来农村户口的他与有城镇户口的刘美娟结了婚，这对于高中毕业的李铁雄来说算是高攀了。俩人结婚不久，生下了一个女孩，起名叫李欣冉。近些年私营企业蓬勃发展，掀起创业潮的同时也兴起了打工潮，年轻的农民纷纷离开土地到城市搞建筑，到民营企业打工。李铁雄再也坐不住了，就给哥哥写信想来铁哥俩公司工作。

李铁英让弟弟李铁雄来公司当了实验员，公司正好开发新产品，李铁英负责制定实验配方和实验方案，李铁雄按哥哥的要求做实验，每天实验安排得满满的，有时候几个三口瓶同时搅拌，李铁雄工作认真，非常胜任实验员的工作。

李铁英在帮助弟弟成长的同时，嘱托他不要满足于现状，工作之余多学习，于是铁雄参加了函授大学的学习。

一天，哥俩在做实验，李铁英向弟弟打听起杨丽娟的事，说到葛星火在济南的KTV碰上了杨丽娟。李铁雄一听到杨丽娟的名字，不由得皱了皱眉头："我也不太清楚，她嫁了咱邻村的一户人家，生了个女儿。后来丈夫外出务工搞建筑，被砸死了，听说杨丽娟一个人带着女儿生活很不容易。"

"后来呢？"

"你也知道，寡妇门前是非多！听说杨丽娟被生产队长诱奸了，公公婆婆不但不为她说话，还说是她勾引的。杨丽娟一气之下带着女儿出走了，已经两三年没回来了。"

李铁英叹道："看来星火没有认错人，星火后来又去济南，没有找到杨丽娟，听说她去广东了。虽然一个女人没了丈夫着实可怜，但是选择干这种事确实太无耻！"

"也许很无奈吧，公公婆婆不理解她，村里人看不起她，也没法改嫁。"李铁雄说道。

李铁雄来北京工作，媳妇刘美娟在老家也坐不住了，尽管她在乡里的供销社工作，工作也不太累，但她还是想到外面看一看。一年后，刘美娟也来到北京，在铁哥俩公司做包装工，夫妻团聚了，可女儿李欣冉成了"留守儿童"，和爷爷奶奶待在老家。

夫妻俩在外打工两年，再回家发现曾经生活过的地方一片萧条的景象，整个村子里死气沉沉的。闲置的房屋随处可见，一些院落杂草丛生，除了偶尔见到的几个拄着拐杖闲聊的老人，平日里想见个年轻人都难。那种感觉就像是一首诗里写到的：

> 残门久锈锁不开，
> 灰砖小径覆干苔。
> 无名小草侵满院，
> 一股辛酸入喉来。
> 忽忆当年高堂在，
> 也曾灶头烧锅台。
> 恍觉如今只形影，
> 故乡无人诉情怀。
> 居他乡，几多载，
> 重归故里似客来。
> 门口空留教子棍，
> 从今难入双亲怀。

当流着鼻涕、浑身脏兮兮的宝贝女儿扑向夫妻俩的时候，那种心酸尤为强烈，刘美娟禁不住抱着女儿久久不撒手，李铁雄看着妻女也陷入了沉思，心想这次一定要把女儿带到北京上学。

11．金屋藏娇难收敛

20世纪90年代，企业三角债频发，企业之间相互拖欠严重，拖垮了许多企业。由于铁哥俩公司实施经销商供货模式，配合经销商回款奖罚措施，公司销售回款率达90%以上，大大缓解了资金压力。不久，铁哥俩被认证为高新技术企业，获得了100万元的贴息贷款，加上员工"增长分红"集资，铁哥俩资金短缺的问题暂时得到解决。

在经历了几年的艰苦创业之后，铁哥俩销售额和上年相比翻了一倍，而公司的管理能力根本无法应对这样的快速增长。就像一个10岁的孩子突然长成了1.7米高的个子，有大人的身材却只有孩子的头脑。公司各种资源被使用到了极限，各种问题接踵而至。

李铁英明显感觉到了"增长的痛苦"：公司缺少称职的管理人员，员工们觉得"一天之中的时间不够用"，需要用太多的时间"救火"。公司快速发展给铁哥俩带来很大的挑战，李铁英和葛星火几乎没有思考的时间，制订的计划很快就不合时宜了。

此时，公司开始出现很多问题，例如一个销售员卖出了一箱他认为有库存的产品，但另一个销售员已经把所有库存产品抢先卖给了别人，企业急需人才时跳槽人数却增加了。因为销售扩大，企业的资源被利用到了极限，出现了一种对库存、空间、设备、人力资源等似乎无尽的需求。公司内部组织结构已经满足不了公司目前的发展，能否获得资源和建立有效的经营系统成为铁哥俩发展的瓶颈。

李铁英和葛星火开始认识到，铁哥俩必须获得更多资源，并为其日常业务建立高效运行的组织架构的经营系统才能摆脱目前的困境。这个经营系统包括市场营销、研发、技术服务、采购、生产、运输、财务以及人力资源等。只有这些问题解决了，企业才能稳步发展。否则，企业就会停滞不前或者出现倒退。

李铁英和葛星火商量后，公司开始健全市场营销、研发中心、技术支持、生产及供应、行政人力资源、财务等部门，并明确公司各部门的责任和分工。李铁英与葛星火也明确了分工，李铁英负责内部事务，分管研发中心、生产及供应部、行政人力资源部、财务部。葛星火仍负责外部事务，分管市场营销部和技术支持部。

葛星火还在上海、成都、广州、长春、郑州设立5个办事处，在铁哥俩"黄埔一期"销售人员中，选拔5位业务能力较强的销售员当办事处主任，在当地市中心的写字楼租了房，为每个主任招聘了一位秘书，每个办事处管理近10位销售人员，这样便于销售人员实地管理，显示公司实力。

公司组织架构设置完成后，铁哥俩开始招兵买马，以解决各部门人员紧缺问题。春季招聘会一场接一场，铁哥俩在国际展览中心设置了摊位。

那时正值20世纪90年代末，国家为了提高运营效率，国有企业开始进行改革和重组，进而引发重组后各企业大量裁员的下岗潮，有大量下岗员工需要找工作。1996年起，大学毕业生取消了毕业分配制度，大学毕业生也要自己找工作。

铁哥俩收到了几百份应聘简历，经过筛选、面试，最终确定了30人，经过简单培训补充到公司各部门，人员缺口终于解决了。其中研发中心招了1名来自中科院的硕士毕业生潘玮，还招了2名本科生、3名专科生，从而壮大了研发队伍。

李铁英非常器重潘玮，让他担任新产品课题负责人。在李铁英的带领下，系列密封锁固胶产品迅速开发出来并投入了生产，葛星火立即把新产品推向了市场。

不久后出现了大量客户投诉现象，客户反映铁哥俩新产品有不固化等现象，这下可急坏了李铁英，他迅速组织销售、研发、生产人员寻找原因，查验库存批次。其中有个别批次出现了问题，有的就没有问题，检查结果不是配方问题，而是整个生产流程的问题，包括原材料检验、生产过程控制，特别是要细化成品的检验指标和检验方法。在意识到问题所在后，李铁英决定成立品保部，抽调研发中心刘凯量担任品保部经理，进行ISO9001质量体系认证，加强生产全过程质量管理后，客户投诉逐渐减少。

之后，李铁英应邀赴德国参加世界胶接大会，并在大会上发言。李铁英上大学期间就对德国这个神奇的国家产生过浓厚的兴趣，自17世纪以来，德国出了那么多的哲学家、科学家、音乐家，像康德、黑格尔、马克思、歌德、席勒、爱因斯坦、巴赫、贝多芬、亨德尔、瓦格纳等等都出自德国，就连莫扎特、施特劳斯也是出自德语区国家奥地利。20世纪又出了个想称霸世界的希特勒，"二战"结束后，德国基本上被盟军炸成了废墟，并被分成东德、西德两个国家，1990年又重新统一。历经半个多世纪的建设，德国又发展成了欧洲的政治和经济中心，如今德国产品是高品质的象征，如奔驰汽车、宝马汽车、西门子电器、汉高化工等都在国内外畅销……

金秋十月，李铁英终于踏上了向往已久的德国国土，初到德国南部令人兴奋，慕尼黑、加米施-帕滕基兴（Garmisch-Partenkirchen）、新天鹅城堡（Neuschwanstein），阿尔卑斯山区风景如画，牧场、奶牛、蓝天、白云，景色迷人。德国历史的真正开端也是从这里开始的，843年东法兰克王国的第一位国君、日耳曼人路德维希所统治的地区第一次可称为"德国"。随后又到了海德堡、曼海姆，会后参观了德国的大学和胶接中心，拍了好多照片，他觉得照片可以为以后公司建研发实验室作参考。

90年代末，国家开始实施住房制度改革，取消分房制度。不久，葛星火和李铁英两人都贷款买了商品房，成了有车有房一族，葛星火那颗不安分的心又蠢蠢欲动起来。

公司划分不同的部门、明确分工后，葛星火非要把刘歆瑶调到自己所属的部门，李铁英不同意，但拗不过葛星火。刘歆瑶还是被调到市场营销部，担任商务助理，负责公司订单管理，这样葛星火和刘歆瑶两人接触的时间就更多了。

刘歆瑶年方20，身高1米70，皮肤白皙，是一个漂亮活泼的女孩，前两年从化工学校毕业来公司做了文员，她聪明伶俐，会用电脑打字（当时会用电脑的人不多），李铁英觉得她既懂化工又会用电脑，在公司当个文员最合适了。

刘歆瑶到公司不久，葛星火因为经常要打印销售资料，与刘歆瑶接触多了，刘歆瑶打字速度快，干活麻利，一点就透，葛星火就对这个女孩产生了好感。为了刘歆瑶工作方便，葛星火把自己的笔记本电脑借给刘歆瑶使用，两个人就渐渐熟悉了。

开始的时候，葛星火经常给刘歆瑶买些零食吃，刘歆瑶非常开心。接着葛星火约刘歆瑶看电影，看过电影后又陪刘歆瑶逛商场，看到刘歆瑶盯着卖包的柜台看，葛星火明白女孩都喜欢包包，他指着里面的包包："挑一个喜欢的，我送你。"刘歆瑶挑了一个价格不菲的包包，葛星火爽快地付了钱，一个包包便拉近了俩人的距离。离开商场时，两个人的手已经紧紧握在了一起。

李铁英经常提醒葛星火与刘歆瑶保持距离，可是葛星火不但没有收敛，反而更加肆无忌惮。周五下班时，李铁英拎包走进停车场，看到刘歆瑶上了葛星火的车后，车就开走了。李铁英心里非常反感。

葛星火带着刘歆瑶来到自己家。一进屋，葛星火便急不可耐地抱住刘歆瑶狂吻起来，随即将她拥进里屋，用手着急地脱着刘歆瑶的衣服。葛星火的疯狂让刘歆瑶有点不知所措，虽然她已经做好了把自己的第一次献给葛星火的准备，但面对葛星火这焦急的行动还是有些招架不住，她使劲地推开葛星火，"哇"的一声哭了起来。

刘歆瑶的哭声让葛星火清醒过来，他走过去搂着刘歆瑶的肩膀，用手抚摸着她的头发，温柔地亲吻着，喃喃地说："对不起，我有些鲁莽了！"葛星火待刘歆瑶平静下来，让她去客厅看电视，自己则下厨做晚餐。

刘歆瑶坐在沙发上，眼睛盯着电视里的画面，内心却无比纠结，她确实喜欢葛星火，也能感受到葛星火对她很好，她渴望爱情，渴望被人宠爱的感觉，但是葛星火是有老婆和孩子的人，跟了他不知道未来会怎样？刘歆瑶有些渴望，又有些惧怕。

葛星火长年两地分居，又经常出入风月场所，是情场高手，他知道怎样哄女孩子开心，怎样让她们高兴，但是风月女子只有利益没有情感，而刘歆瑶不同于风月女子，她单纯、可爱，没有那种俗气和媚气。刚才是自己鲁莽了些，但刘歆瑶没走，这说明她还是愿意留下来的，自己还有机会。

一会儿工夫，葛星火端上来几盘菜，又打开一瓶红酒，两人对饮起来。刘歆瑶脸颊微微泛红，如桃花般艳丽，葛星火情不自禁将刘歆瑶抱到床上，轻轻地吻着她的嘴唇，慢慢褪去她身上的衣服……

女孩的第一次，无论在生理上和心理上都是刻骨铭心的。刘歆瑶在没有第一次之前，对性虽然充满好奇与幻想，但并不是那么渴望，而自从跟葛星火有了第一次以后，她对性充满了渴望和需要，也许这就是女人和女孩的区别。

从此以后，这里就是葛星火和刘歆瑶经常幽会的地方，他们俩的隐情能保持多久，且看下文分解。

12．大闹公司现窘态

葛星火来找李铁英，神秘地说："文丽要来北京看你了。"

"看我？"李铁英有点蒙，他知道葛文丽一直对自己情有独钟，至今未婚，她找自己不会有什么目的吧。

葛星火看着李铁英的表情，猜透他想的是什么，想起李铁英对自己和刘歆瑶的态度，说道："老情人看看你怎么了，瞧把你吓的！不过我可告诉你，文丽一直恋着你呢，你小心点。"

"你胡说什么呢？文丽来我能不欢迎吗？"

"这还像句人话，告诉你吧，文丽要结婚了，她说来北京再看你一眼。"

"这可是好事啊！妹夫是做什么的？"李铁英一块石头落地，问道。

"叫贾政，听说在中原市高新技术开发区管委会工作，明天见了你问她，这两年我和文丽联系也不多。"星火回答。

李铁英想起了《红楼梦》里的贾政，开玩笑地说："妹夫前途无量啊！未来肯定是个高官，葛妹妹要进贾府了！"

第二天，葛文丽来到铁哥俩公司，看到李铁英和哥哥一起创办的公司红红火火，非常高兴。葛文丽拿出一盒乐高积木拼插玩具给李铁英："给小侄子的，祝贺铁英哥事业家庭双丰收！"葛文丽大方地说道。

"几年不见，文丽更漂亮了！听星火说你要结婚了？"铁英问道。

"你又不娶我，我要是再不嫁人就嫁不出去了！"葛文丽开了个无伤大雅的玩笑。

葛文丽大学时期对李铁英膜拜透顶，发誓非李铁英不嫁，后来李铁英结婚了，又有了儿子，葛文丽才感到她与李铁英在一起不可能了，这才放下。

葛文丽对自己的执着李铁英心知肚明，如今看到文丽要嫁人了，李铁英也就释怀了。"听星火说妹夫是位英俊的山东大汉，还是名牌大学毕业？"

"什么名牌大学？连985都不是。"

葛文丽第一次与贾政相遇时，见贾政额头宽厚饱满，两道剑眉斜插入鬓，黑白分明的眼睛顾盼生威，鼻梁高挺，双耳轮廓分明，红唇紧抿，自有种不怒自威之感。葛文丽仿佛是第一次发现除了文质彬彬的李铁英之外，有着硬朗刚毅线条的男人竟也生得这样好看，不由得看得呆住了。

当贾政的目光蓦然看向葛文丽时，她来不及收回眼神，就那么直直地盯着眼前人，片刻后才不知所措地收回目光。

贾政也被这个大胆的女孩子看呆了，在葛文丽低头间也留意了一下这个女孩子，只见她"眉梢眼角藏秀气，声音笑貌露温柔"，只一眼便入了心。随后俩人渐渐熟悉起来，水到渠成地谈起了恋爱。

"你们准备什么时候结婚？"李铁英打断了葛文丽的思绪。

"婚礼就不办了，贾政的老家在蓬莱，暑假我们去他老家，就算旅游结婚了。"

关于结婚，每个时期的要求都不一样，50年代一张床，60年代一包糖，70年代红宝书，80年代三转一响，90年代星级宾馆讲局面，婚宴司仪、长龙的花车等等，极尽奢华。葛文丽和贾政都不爱热闹，所以选择旅游结婚，避免别人的打扰，这不仅可以充分享受二人世界，还可以欣赏到迷人的自然风光。

"那可是仙境啊，你们真浪漫。"李铁英回答。

"我们俩都爱静，不喜热闹。"

"那提前祝你们新婚快乐了！"

"谢谢！"

"对了，赵红梅还好吧？"

"怎么？又关心起梦中情人来了？"

"这个玩笑可开不得！"

"嫂子可忙了，又要带孩子，又要工作。"葛文丽说道。

赵红梅自从有了葛明以后，把全部心思都放在了儿子身上，加上工作忙，对葛星火的关心就少了，葛星火创业以来忙个不停，回家的时间越来越少，两人的沟通也少了许多。

李铁英突然觉得有必要提醒赵红梅注意下葛星火的情感动向，于是跟葛文丽说："你回去提醒一下嫂子，别光顾着儿子和工作，也多关心关心星火，让她多来北京看看。"

看到李铁英说话的表情，她觉得哥哥在外面一定有什么事。"铁英哥话里有话啊，你就实话实说，我哥是不是……"文丽一脸疑惑。

铁英把葛星火与部下刘歆瑶的事跟葛文丽说了一遍，葛文丽有点不可思议："我哥这也太不像话了，我得让我嫂子出面收拾他！"

李铁英嘱咐葛文丽千万别说是自己透露给她的，否则他与星火不好相处，葛文丽应了下来。

葛文丽回去后，把自己听到的有关葛星火外遇的事情一股脑儿告诉了赵红梅，赵红梅一听，肺都气炸了，想着自己在家一边辛苦工作一边还要带儿子，葛星火却在外边寻欢作乐，背着她和儿子做这些缺德事。赵红梅恨不得立即去北京找葛星火算账，却被文丽按下了。赵红梅转念一想，不能这样冒冒失失地直接去质问他，万一他咬死不承认呢？她得提前了解情况，最好抓住葛星火的一些把柄。于是，赵红梅冷静了下来，向文丽要了李铁英的电话。

赵红梅拨通了李铁英的电话："是铁英吗？我是赵红梅。"

李铁英自从离开大学校园，与赵红梅就再没有见过面、说过话，赵红梅是李铁英第一个暗恋的对象，由于赵红梅与葛星火好上了，李铁英郁闷了好长时间，但还是接受了现实，随着时间的流逝，他也不再想赵红梅的事，如今听到赵红梅的声音，竟一时没反应过来。"谁？呃……嫂子，好久不见，最近还好吧？"李铁英下意识地叫出了"嫂子"二字。

听筒里好久没有声音，接着是抽泣声，李铁英的脑瓜快速地运转着，此刻的赵红梅一定知道了葛星火出轨的事情。

"嫂子，你别着急，慢慢说。"

"你把葛星火和那个狐狸精的事跟我说清楚……"

"嫂子，具体的情况我也不太清楚，我也是听员工反映的，可能没那么严重，只是想让你多关心关心星火，别让事态发展下去。"

李铁英想要让赵红梅知道问题的严重性，让她治一治葛星火，否则事情发展下去赵红梅哭都来不及，李铁英补充说："开始我也不相信，后来有一次，下班的时候，我在停车场看到刘歆瑶上了星火的车，我才相信。"

李铁英的话点醒了赵红梅，她要去北京抓葛星火一个现行，她心绪复杂地对李铁英说了声"谢谢"就挂了电话。

好不容易熬到了周五，赵红梅把儿子送到姥姥家，跟父母说要出差几天，然后坐上晚上的火车，周六一早赵红梅就到了北京,出站后她直奔葛星火住处。葛星火和刘歆瑶折腾了大半个晚上,后半夜才入睡,两人睡得正酣,被一阵急促的门铃声惊醒。

葛星火看了一下表,刚刚六点半,"大清早的谁这么讨厌?"他翻过身抱住刘歆瑶准备再睡。门铃继续响个不停,葛星火对刘歆瑶说:"你去看看是谁?"刘歆瑶披上睡衣,蹑手蹑脚走到门口,通过门上的猫眼向外看了一眼,一个约莫三十多岁的女士站在门口,旁边还放着一个拉杆行李箱,刘歆瑶一下子慌了神,该不会是葛总的夫人吧?她悄悄走回卧室告诉葛星火,葛星火觉得不可能是赵红梅来了。不过,为了以防万一,他让刘歆瑶赶快穿好衣服。葛星火走到门口通过猫眼一看,大吃一惊,没想到赵红梅居然在这个时候出现在房门口。慌忙中,葛星火故意问了声:"谁啊?"借以掩饰自己的慌乱,门外并没有赵红梅的回复。

葛星火匆忙回卧室示意刘歆瑶躲到厨房,然后找机会溜出去。葛星火来到门口开了门,语气夸张地说道:"老婆大人来了,怎么不打个电话,我好去车站接你。"他甚至故意向外探了探头:"儿子呢?"

赵红梅没理会他,直接冲进卧室,看到床上凌乱的被子,以及并排放着两个枕头,明显就是两个人睡过的样子。她这才反应过来人不在卧室,于是迅速走出卧室到别的房间去找,正好撞到一个女孩从厨房跑出来,打开大门溜了出去,速度快到赵红梅都没看清楚女孩的脸,她刚想去追,却被葛星火一把拽住。

被拉住的赵红梅瞬间情绪崩溃了,她反手就是一巴掌:"葛星火你是不是人?我在家里又要上班又要辛苦带孩子,你居然在北京金屋藏娇!"

葛星火捂着被打的脸,反驳道:"我知道你带儿子辛苦,可是你有没有想过,我为什么会找别人?你问问自己,自从儿子出生后,你眼里还有我这个老公没有?如果你能分出一点精力给我,我会找别人吗?"

"说来说去还是我的错?在照顾儿子的事情上你帮不上忙就算了,居然还来埋怨我,你的良心被狗吃了吗?"赵红梅气到浑身发抖,恨不得将面前这个男人撕成碎片。

"我知道现在说什么都没用,如果你能原谅我,当成什么事都没发生,我向你保证,以后绝对不再和她来往。"葛星火看到赵红梅一副想要将自己生吞活剥的样子,语气一下子软了下来。

"你做梦!像你这种出轨的男人,就像掉进粪坑里的钱,丢了心疼,捡起来恶心!我一定要让所有人都见识到你葛星火这副丑恶的嘴脸!"

面对恼羞成怒到极点的赵红梅,葛星火有些不知所措,不知道说什么好,只能任由她发泄情绪,也盼着这次出轨被抓的风波早日过去……

周一,沙尘暴袭击北京,突如其来的狂风挟带着滚滚黄沙在数小时内把整个北京城全部笼罩,沙尘漫卷大街小巷,局部地区瞬时风力达到8至9级,强沙尘天气使一些地区的能见度不足100米,行驶的车辆纷纷打开车灯,启动雨刷清除风挡玻璃上布满的沙尘,坐在汽车里的人还好说,可苦了行走的人,不敢睁眼,一睁眼沙尘就进眼里,不敢张嘴,一张嘴满嘴都是沙子,只好眯着眼捂着嘴顶着风吃力地行走。一些建筑工地见此情景停止了作业。据报道，首都国际机场的进出港航班延误，这已是开春以来的第五次沙尘暴侵袭北京。

下午，赵红梅冒着沙尘天气来到了铁哥俩公司，她一进公司就大声喊道："刘歆瑶你给我出来，你这个狐狸精，别以为你捂着脸跑出去我就认不出你了，我闻着臊味都能找到你！"

赵红梅的叫骂声引来了不少同事的围观，刘歆瑶哪里见过这种阵仗，躲在角落里不敢出来。赵红梅闯进办公室，一把揪住刘歆瑶头发就是一顿乱打，本就理亏的刘歆瑶被赵红梅当场揭穿，哪里还敢还手，只有捂脸痛哭的份儿。同事们见状，将赵红梅拉开，赵红梅依旧不依不饶："你还有脸哭，你要是要脸的话，怎么可能勾引葛星火？你勾引葛星火之前就没打听过他有老婆有儿子？"

眼见着围观的人越来越多，葛星火听到跑了过来，将赵红梅连推带揉推到自己办公室，关上门，又是作揖又是认错说好话，赵红梅多年的委屈一并发泄出来，号啕大哭起来："你这个没良心的东西，从儿子出生你抱过几回，我又当爹又当妈为你操持这个家，我吃苦受累，你可倒好，在外养个小婊子，过逍遥自在的生活。"

赵红梅这一闹，整个公司的员工都知道了葛星火出轨女员工的事，弄得他下不来台……

葛星火自认为他与刘歆瑶的事做得隐秘，如果不是李铁英告诉赵红梅，赵红梅是不可能发现的，现在赵红梅把事情摊开了，闹大了，导致他在公司的颜面扫地，所以他把所有的过错都归咎在李铁英身上，于是恼羞成怒地来到李铁英的办公室，搬起窗台上一盆花狠狠砸在李铁英的办公桌上。花盆被摔得粉碎，花盆里的土散落一地，办公桌被砸了一个大坑，李铁英一脸困惑，不知葛星火哪来的邪火。接着赵红梅骂骂咧咧跟了进来，李铁英才知道赵红梅闹到公司来了，心里暗叫大事不好……

李铁英的本意是希望赵红梅多管管葛星火，防止葛星火在婚外情中越陷越深，只是他没想到赵红梅的反应会这么强烈，将葛星火出轨的事情闹得尽人皆知。但是本着劝和不劝分的原则，李铁英还是劝赵红梅放下成见原谅葛星火，毕竟孩子还小。

为了取得赵红梅的原谅，葛星火跟随赵红梅回了老家，他临走之前交代几个办事处主任有事找李总，他要回家休假，之后连个招呼也没跟李铁英打就走了。李铁英没有计较那么多，他想着葛星火也应该陪陪赵红梅了，自打创业以来，葛星火一心扑在公司上面，经常出差，除了过春节，回家陪赵红梅的时间实在少得可怜，回去待一段时间，或许还可以恢复已经破裂的夫妻关系。

回去后，李铁英多次给星火打电话，葛星火就是不接。李铁英又给星火发短信，说自己把他们的事告诉赵红梅很不妥，请求星火原谅，劝星火在家多待一段时间，好好陪陪老婆，公司的事由自己盯着。

暑假到来了，葛文丽和贾政在葛文丽父母家简单吃了个饭，俩人就坐火车前往烟台，然后乘汽车到了蓬莱，在贾政父母家里住了几天。贾政父母都是普通的工人，老两口特别喜欢这个通情达理的儿媳妇，让贾政带着葛文丽各处玩玩。贾政和葛文丽先后游览了蓬莱阁、戚继光故里、蓬莱水城等景点。蓬莱阁景区素有"人间仙境"之称，传说蓬莱、方丈、瀛洲是海中的三座仙山，为神仙居住之所，亦是秦始皇东巡求药、汉武帝御驾访仙之地。广为流传的"八仙过海"神话传说，便源于此。蓬莱阁坐落在蓬莱城北濒海的丹崖山巅。丹崖拔海面而起，通体赭红，与浩茫的碧水相映，时有云烟缭绕，蓬莱阁高居其上，"仙阁凌空"确是一幅天开的画图。葛文丽跟着贾政几乎转遍了蓬莱的各处景点，转眼间俩人就要去长岛了，老两口依依不舍地告别了小夫妻俩。

贾政和葛文丽住进了月亮湾风景区的一家旅馆，难得的安静，两人享受着二人世界。

两人每天都沿着月亮湾的海滩散步。月亮湾风景区位于长岛县北长山岛北部海滨，长约1公里左右，海滨犹如一牙弯月，依山而伸，伴水而卧，故称之月亮湾。此处风光旖旎，海水碧蓝、山峦点缀、海滩奇特，而海滩奇特源自这里滩涂并非一般海滨那样的沙滩，是多少年来海水潮起潮落冲击，将海中礁岩冲碎、反复磨合而形成的石子滩。

走进石子滩，俩人仰卧在石子构成的海滨上，远望着无际的大海，享受着海风的吹拂、阳光的抚慰，欣赏着遍地大自然的杰作海岸球石，置身其中，就像进入一个五彩缤纷、珠光宝气的神妙世界，在此地，拾石头是游人最大的乐趣。葛文丽捡起一粒鹅卵石看着，石子圆滑、洁净、晶莹剔透，有各种图案，忍不住感叹大自然的鬼斧神工，竟然将天然的石头雕琢得如此美丽！她想把石子递给贾政看，这才发现贾政正盯着浅水区两位穿比基尼在戏水的美女，看得非常专注，文丽拿着鹅卵石在贾政的眼前晃了一下，贾政回过神来，从文丽手里接过石头看了一下，说道："真美！你觉得这个美女像谁？"

"不过是一块石头而已，哪有那两位美女漂亮！"葛文丽眼睛向海边望去，语气里略带酸意。

贾政有点不好意思，想解释却又不知说什么好。

贾政沉默一会儿，说道："文丽，男人看美女没有别的意思，你别多心。美国某大学的科学家对289名男生进行了跟踪调查，记录了他们看到美女的反应，每天想到性、食物的次数。结果发现，80%的男人路上遇到美女，都会去看一眼，看到背影好看的还故意走快，然后装作回头偷看别人。另一个调查数据显示，男性每天想到性的次数从1—388次不等，平均值为18次。"

听到贾政的话，葛文丽非常生气，不管贾政怎么哄她，一路上她都不理贾政。

贾政为讨好葛文丽，拉着葛文丽去九丈崖为葛文丽捉螃蟹，九丈崖位于北长山岛的西北角，由于崖壁的高且险峻而得名。这里的山、崖、石、礁、洞千姿百态，可谓集山、海、岛、礁、崖、滩、湾、洞、古迹于一体，融奇、雄、秀、美、险、神于一隅。贾政爬到岩石背后，好久没有回来，这可吓坏了葛文丽，她用略带哭腔的声音喊着贾政，还是不见贾政回来。直到葛文丽慌了神，一边呼喊贾政一边试图绕到岩石背后去寻找贾政，贾政这才拎着几只碗口大的螃蟹走了过来，葛文丽在短时间内经历了从担忧贾政的安危到得知他安全之后的狂喜，突然抱住了贾政，哭着说道："你吓死我了！"两人终于和好了。

看到扑进自己怀里，因为担心自己安危而痛哭流涕的葛文丽，贾政的嘴角露出一丝笑意。是的，他就是故意躲起来让文丽担心的。因为他知道对于一个吃醋的女人来说，你越解释，她越觉得你心虚。既然这样，那他又何必去解释，不如转移矛盾，让她从对他不满的情绪中跳脱出来，而贾政的做法就是让文丽为自己担心，让她意识到自己对她的重要性，从而加深她对自己的感情。

13．世纪之交路漫漫

刘歆瑶自从赵红梅大闹公司后，见识到了赵红梅的厉害，她向公司提交了辞职报告离开了铁哥俩。葛星火与刘歆瑶的婚外情总算告一段落，李铁英期望葛星火与赵红梅的关系能恢复正常，更希望他与葛星火的关系能和好如初。

哪知道一波平息，一波又起。李铁英没等来葛星火的回归，却见到了研发部经理潘玮的辞职报告。潘玮是李铁英招的第一位硕士生，经过几年时间的精心培养，潘玮在工作中也表现出了非凡的才能，李铁英对他委以重任，把重要的课题都交由他牵头开发，又提拔他担任研发部经理。潘玮的辞职对李铁英是一个不小的打击，他怎么也没想到一个他如此器重的人才会辞职，李铁英为了留住人才，对潘玮好言相劝，并提出给他加薪，甚至承诺等自己跟葛星火商量后，给他公司的股份期权。但潘玮执意要离开，说要回老家的省城研究院工作，以便照顾重病的母亲。李铁英再三挽留，还是没有留住潘玮。

后来李铁英听说潘玮是和同学创业去了，不由得感慨万千，工资再高也抵挡不住创业的诱惑，潘玮肯定是看到了他和葛星火创业成功，也效仿铁哥俩创业去了。果然，时隔不久就看到了潘玮创业的公司出了与铁哥俩类似的产品。研发部是公司的核心，潘玮离开后，李铁英需要亲自管理起来。

葛星火回老家后，竭尽所能地在赵红梅面前表现自己，每天接送儿子上下学，星火这才意识到了自从创业以来自己确实当了甩手掌柜，赵红梅既要工作又带孩子确实不易。

葛星火在家里待了一段时间后，还是放不下公司，眼见着赵红梅气消了，便和赵红梅商量，说家里现在富裕了，想给家里找个保姆，接送孩子上下学，也可以帮助做做饭，以减轻赵红梅的负担。赵红梅怎么也不肯，说自己应付得来，让葛星火回去放心工作，别再金屋藏娇就行了。

葛星火正在准备返回北京之时，他的父亲葛志军却因做企业转型累倒生病住院了。中原搪瓷厂响应国家"抓大放小"的政策，作为全市首家改制试点企业要把中原搪瓷厂改制成为全员持股公司，公司经常开会讨论改革方案。由于管理层想法很难统一，每次开会熬到深夜也没有什么结果，而且是连续开，葛志军毕竟是快60岁的人了，他哪里受得了这种折腾，加上他与副厂长欧阳光观点很不一致。

葛志军觉得，既然全员持股，工商注册时，148位员工的名字都要放进去；而欧阳光主张实行代持，即公司股份集中在十几位管理层名下，员工的股份由这十几位管理人员代持。因为入股时员工要拿钱出来，员工不一定每个人都愿意出钱入股，而由管理人员代持灵活度高。一次中层经理会议上，葛志军和欧阳光吵得不可开交，一气之下，血压飙升，在开会现场直接晕倒，被送进医院。

葛星火去医院看望父亲，父亲向他讲了厂里的情况。葛星火听到搪瓷厂要改制，顿时来了精神，他自己曾经也是搪瓷厂的员工，对工厂做了很大贡献，他觉得自己也应该持有搪瓷厂的股份。但他离职快八年了,离开工厂时办的是停薪留职,要是父亲和副厂长欧阳光、钱晓宇同意,他就完全可以拥有股份。从前他和钱晓宇都是负责销售的,钱晓宇曾任销售科长,是葛星火的上司,钱晓宇升任副厂长后提拔葛星火为销售科长,两人关系很好。

他帮父亲分析了厂里现在的情况,也觉得欧阳光的方案有他的道理,相较于全员持股,代持股方案比较灵活,他劝父亲好好养病,由他与欧阳协调解决改制方案的事。

葛星火找到欧阳光,说由于父亲病情严重暂时不能回厂工作,委托他与欧阳聊一聊。葛星火说父亲很固执,仍然坚持自己的观念。听到欧阳无奈地叹了口气后,葛星火表明自己虽然离开公司七八年了,但自己的组织关系还在厂里,离开时办的是停薪留职,也希望参与厂里的股份制改造,自己很赞成欧阳光的股改方案,愿意和欧阳一起说服父亲。

欧阳光一下子就明白了葛星火的意思,他同意了葛星火参与厂里的股改。欧阳光跟葛星火说,由于星火离开工厂时间比较长,建议他按班组长一级入股,如果按科长一级入股,下面的员工会有意见。葛星火与欧阳光达成了一致意见,开始说服老父亲。

葛星火告诉父亲全员持股不现实,有的员工不一定愿意入股,总不能强制员工入股,另外国家有规定,有限责任公司股东人数限制为50人以内。而代持股份有很大的灵活性,15位管理层分别代表一部分员工持有公司股份,愿意入股的先交钱入股,不愿入股的可以先不入,等想通了可以随时交钱入股。

在葛星火的解释和说服下,葛志军终于同意了修改后的股改方案,《中原搪瓷厂改制为中原搪瓷有限责任公司方案征求意见稿》下发全体员工讨论。股改方案把工厂职工按厂长/副厂长、科长、班组长、工人分为四个等级,高管3人(厂长1人,副厂长2人),科长5人,班组长7人,工人133人。改制后,发起人葛志军、欧阳光、钱晓宇……葛星火等15位股东代表148名员工持有股份公司100%股份,葛星火成了小股东,持有搪瓷厂2%的股份。

股改方案获得了中原市小企业改革领导小组审批,不久,审计事务所对中原搪瓷厂全部资产进行了评估,并出具了《资产评估报告书》,评估结果经中原市国有资产管理局批复确认。接着,中原搪瓷厂职工代表大会选举葛志军、欧阳光、钱晓宇等15人代表全体职工,参与改制并买断中原搪瓷厂全部国有生产经营性净资产。

根据中原市国有资产管理局《关于同意转让中原市搪瓷厂国有资产产权的批复》,中原搪瓷厂全部生产经营性净资产由葛志军、欧阳光、钱晓宇等15人代表全体出资职工按照批准的文件规定的价格标准和办法购买。中原搪瓷厂非生产经营性净资产(即已进行房改的两栋职工宿舍楼,以及相应的国有土地使用权)予以剥离,由中原市政府相关部门依据国家房改政策处理。

葛星火回家快两个月了,一点信息也没有,李铁英知道葛星火是生他的气了。在葛星火离开的这些日子,李铁英忙晕了,本来是两人一起管理的事,如今他一个人在承担,销售方面的事李铁英本来就不擅长,可几个办事处主任什么事都找他,加上研发经理辞职，研发方面什么事他都得过问，他是如此迫切地希望葛星火早日归来，帮他分担一些工作上的压力。

2000年，世纪之交，人们都在回顾过去，展望未来，李铁英也开始反思自己走过的路。创业几年来，李铁英可以说是没日没夜地工作，但辛苦的同时也有收获，他觉得自己研发的产品推向社会，给社会带来巨大的效益，自己也获得了财富，这是对他最大的安慰。

有时李铁英也在想，这样每天像驴拉磨似的工作到底是为了什么，有时他甚至怀疑自己是不是走错了路，当年大学的同事如今都是副教授了，要不是葛星火动员他创业，他也许还在学校，享受着假期，肯定也不会这么累。

李铁英觉得命运好像在作弄人似的，他很偶然地来到了北京，很偶然地和导师的女儿结了婚，又很偶然地创了业……这些年感觉日子过得忙忙碌碌，结婚、生子、工作、创业、随波、逐流……他对自己的人生并没有什么想法。

正在迷茫之时，李铁英周末参加了一个《高效能人士的7个习惯》培训课程，当培训到第二个习惯"以终为始"时，老师要求每个人自我反省，写下自己的使命宣言。当时，史蒂芬·柯维的一句话触动了李铁英的灵魂："当你离开这个世界，别人为你开追悼会时，你希望得到怎样的评价？"

李铁英开始思考自己的人生，在培训课上写下了自己的使命宣言：

（1）我相信"平衡"是宇宙间的普遍原则，我要努力使自己的生活过得丰富多彩，创造一个遵循宇宙法则的和谐世界，保持事业、家庭、健康之间的平衡及内心的平和，做一个值得信赖、正直、宽容的人。

（2）深入了解自己，发掘自己的潜力，对未知世界充满好奇，正视问题，迎接挑战，通过服务社会使自己获得成功，同时自身得到不断完善和提高。

（3）我要在自己的后半生帮助他人寻找生命的意义，并依照自己的原则和价值观对他人产生积极的影响，帮助更多的人、更多的组织获得成功。

为此，李铁英还为自己制定了ABC（Adhesives胶黏剂专业-Business管理与投资-Consultants咨询与写作）三步走的金字塔式人生规划，把它看成是自己生存、发展、自我实现的三个发展阶段。

尽管人生的最终目标是咨询与写作，但李铁英认为自己目前的任务是从胶黏剂专业向管理转变，工作重点是公司管理，自己绝不能退却，干大事就要能容人，他时常为自己将葛星火与刘歆瑶的事告诉赵红梅而后悔。毕竟人无完人，除了个人生活不检点外，葛星火在销售方面确实是个难得的天才，他与葛星火的配合绝对无人可比。

李铁英觉得自己是幸运的，他选对了项目，选对了合伙人。他和葛星火优势互补，李铁英擅长技术，负责公司内部运营管理；而葛星火具有营销天赋，喜欢与人打交道，是个"见面熟"，很快开拓了市场，并占据市场重要的位置。由于他们的良好配合，加上勤奋努力、不断创新，公司业绩蒸蒸日上，很快成了细分行业里的龙头企业，在行业内小有名气，李铁英也成了行业内响当当的人物……

创业路上充满着艰辛和风险，比的是耐力、智慧和运气。创业初期，李铁英和葛星火没日没夜地工作，承受着创业成败以及资金短缺的巨大压力。李铁英觉得自己是个幸运儿，尽管非常辛苦，但毕竟自己创业是成功的，公司的发展也是迅速壮大起来。在李铁英所在的学校里，有几十位老师下海创业，但成功者甚少，不少昔日的同事创业失败，不得不到李铁英的公司来"打工"。

葛星火离开这两个月，公司像塌了半边天似的，李铁英决定去一趟中原市向葛星火赔礼道歉。来到星火家，李铁英看到葛星火、赵红梅和儿子葛明一家人相处得其乐融融，李铁英放下了心来，并诚挚地向葛星火道歉。

得知星火的父亲葛志军住院后，李铁英赶快去医院看望葛伯伯，20多年前他来中原市时才11岁，也正是那次去中原搪瓷厂参观激发了他对化学的兴趣，以至于在初中、高中举办的化学竞赛中，李铁英几次获得全校第一名的荣誉，他在心底由衷地感谢葛志军伯伯。如今葛星火的奶奶也不在了，看到葛伯伯已是白发苍苍，李铁英不由得感叹岁月不饶人。

李铁英再次去中原搪瓷厂参观，还是那个熟悉的地方，厂房还是那些厂房，看起来比以前破旧了许多，也"小了"许多，也许当时他年纪小，没见过世面，看什么都是大的，20多年过去了，李铁英视野大开，再看中原搪瓷厂，厂房是那么"小"。工厂几乎没有什么变化，还是那些产品，还是那些人，工厂甚至都没有扩张，只有一幅醒目的标语挂在办公楼上"热烈祝贺中原搪瓷有限责任公司改制成功"。在工厂里，他见到了当年给他介绍搪瓷工艺的欧阳光叔叔，他如今已是公司的副总经理，却也是满头白发。

葛星火是个待不住的人，本来就想尽快回到公司工作，李铁英的到来给了他一个台阶下。葛星火要和李铁英一起回北京，路上两人互相道歉，关系得到了改善。公司有太多的事情等待他们去商量，需要他们齐心协力去做，他们俩决心回去大干一场。

14．海外来鸿太突然

葛星火回到公司，立即召开销售会议，向各办事处主任解释说父亲住院陪护了一段时间，现在正式上班了，其实各办事处主任对最近发生在葛总身上的事心知肚明，葛星火与刘歆瑶的恋情以及老婆赵红梅闹到公司的事早已传遍公司。

除了葛星火与刘歆瑶之间的这些事，李铁英对葛星火还是非常满意的，葛星火工作非常卖力，两人配合得非常好，所以铁哥俩这些年才得以快速发展。经过几年的奋斗，铁哥俩修补类产品在全国小有名气，最近几年又开发出了汽车、机械装配用的产品。东北办事处主任崔天胜到大众汽车推广公司产品，把铁哥俩宣传得无所不能，说服工艺处处长邓易超来铁哥俩考察。李铁英与葛星火热情地接待了邓处长，在办公室，李铁英向邓处长介绍了公司的产品和研发生产情况，随后邓处长要求参观公司研发实验室和生产车间。

李铁英、葛星火、崔天胜陪邓处长到铁哥俩租用的厂房参观，车间和实验室就在学校一端的校办工厂里，那时正值学生们在操场上上体育课，一行人来到生产车间，邓处长看到简陋的厂房，生产设备和原料、成品布置码放整齐，李铁英自豪地向邓处长介绍，公司两年前就进行了9001质量体系认证，邓处长说给汽车行业配套公司需要通过16949质量体系认证。接着他们参观了实验室，实验室只有几间房，不足100平方米，里面有几台搅拌机，实验台上摆满了三口瓶、烧杯等瓶瓶罐罐。在测试实验室，李铁英还特意给邓处长介绍了几年前购置的一台材料万能实验机，说公司生产的每一釜产品都要抽样检测，公司非常重视产品质量，邓处长点头不语。

参观完车间和实验室，李铁英、葛星火邀请邓处长一起吃午饭，邓处长推脱还有别的安排就离开了。这一走就再没有回音，葛星火催促崔天胜再去拜访邓处长。邓处长反馈说目前贵公司的规模与设施无法与大众汽车匹配。这下可气坏了葛星火和李铁英，他们这才知道原来邓处长看不上铁哥俩这样的民营公司。可转念一想，换位思考一下，在跨国公司德国大众眼里，铁哥俩目前这样的实验室和生产车间，确实没办法与之匹配。

李铁英和葛星火商量，一定要建立自己的研发和生产基地，可是资金哪里来？李铁英让财务部统计了一下财务情况，目前公司的资金只够建厂房和实验室，可建厂房就需要买地，在科技园区买地的钱又要哪里来呢？没有抵押银行贷款几乎不可能，李铁英和葛星火伤透了脑筋，他们俩去找开发区管委会主任，介绍铁哥俩公司的发展前景，终于说服管委会，争取土地5年分期付款。于是铁哥俩生产与研发基地终于开工了，开工典礼上，李铁英叙说了建立生产和研发基地对公司发展的重要性，没有正规的研发与生产基地，公司产品再好也无法与高端客户匹配，铁哥俩要以建立生产研发基地为契机，使公司发展登上一个新台阶。

时下工商管理硕士MBA备受关注，朱镕基总理说中国需要30万MBA。读MBA（工商管理硕士）已经成为当今的时尚。不只是企业管理层读MBA，连政府官员都在读，好像没有MBA学位就不能做好管理者似的。有的读了中欧（中欧国际工商学院）还要读长江（长江商学院），花上十几万、几十万元也不在乎。

葛星火报考了中欧国际工商学院的EMBA，每月上四天课程，两年后可以拿到文凭。MBA课程无疑给企业经营者提供了经商和管理所需要的大部分知识。但如今，大家读MBA不是为了学习经商技巧，而是成了建立人脉的一种途径，可以说MBA已经变了味。

葛星火也建议李铁英上中欧EMBA，铁英开玩笑说，我都是博士了，不再拿硕士文凭了。但玩笑归玩笑，李铁英还是上了许多中欧商学院的课程，眼界大开。李铁英在思考铁哥俩目前处于什么阶段，他觉得随着公司规模的不断扩大，以企业家精神为主导的管理模式开始不灵了，企业必须建立正规的管理系统，管理人员要提高能力。企业的快速增长需要管理人员进行规范化的管理、计划、组织、激励、领导和控制，管理人员必须成为管理专家。企业必须实现由"企业家精神"为主导的企业向"专业化管理"的企业转变。

李铁英与星火商量，觉得公司除了建立研发与生产基地硬件设施外，还要加强人力资源等软件管理。在这一点上，两人达成了一致意见。

李铁英聘请了人力资源管理公司为铁哥俩公司人力资源顾问，从组织与流程、招聘和培训、薪酬和绩效三个方面入手为铁哥俩搭建人力资源管理体系，首先制定职位说明书，明确每个岗位的职责和所需技能，再进行员工岗位培训，最后制定绩效考核方案。

通过一系列的培训和流程梳理，铁哥俩的管理上了一个台阶，各部门分工协作，公司效率大大提高，通过设立目标和绩效考核，员工的积极性也大为提高。李铁英和葛星火也感觉轻松了许多，通过授权，各层领导各负其责，不用再事事都向李铁英和葛星火汇报。

2001年12月11日，中国正式成为世界贸易组织成员，中国对外开放进入新的阶段。李铁英觉得，中国加入WTO，对中国企业来说既是机会又是挑战。加入WTO有利于中国扩大对外开放，在更大范围内融入经济全球化，更快更好地参与国际竞争，促进经济发展，有利于扩大出口贸易。

但是，加入WTO，中国必须向世界经济实力较强的发达国家开放国内市场，中国企业和产品要参与国际竞争，国内一些产品、企业和产业将受到严重冲击，甚至存在被淘汰的危险。铁哥俩必须练好内功，研发经理的离职，大众汽车拒绝与公司合作，说明公司实力不够，不能留住人才，得不到大客户认可。铁哥俩必须加大创新力度，以应对中国加入WTO之后面临的挑战，并抓住中国加入WTO给企业带来的机会。

2002年新年即将到来，葛星火突然收到来自美国的一封信，葛星火心生疑虑，自己没有亲戚朋友在美国啊，或许是有同学出国了没告诉自己？葛星火好奇地打开了信，信纸包裹着的是两张照片，葛星火拿起照片看，上面的一张是一个可爱小女孩，大约一岁多的模样，在草地上玩耍，他又拿起下边的一张去看，是刘歆瑶和小女孩的合影。葛星火想：刘歆瑶不会这么快就结婚有孩子了吧？他打开信阅读起来：

星火，亲爱的：

请允许我这样称呼你！

你老婆闹到公司之后，我好没面子，一气之下离开了公司。心情烦闷之时，正好我美国的一个姑姑回来探亲，我从小就和姑姑关系非常好，我把心里的苦闷向姑姑倾诉了一番，姑姑说让我到美国散散心，于是我就办了签证来到姑姑家。

到了美国，我发现自己怀孕了，我非常痛苦，想赶快把孩子做掉。姑姑得知我怀孕后，建议我在美国生下孩子，我很不解，我说孩子来得不明不白的，生下他干什么，以后碰到熟人问我孩子父亲是谁怎么说、怎么养。姑姑说，在美国出生的孩子就是美国人了，可以直接获得美国国籍，孩子的父母就可以选择依亲直接拿到美国绿卡，以后还可以获得美国国籍。

看到这里，葛星火脑子有点蒙，心想，不会是他和刘歆瑶的孩子吧？中国改革开放以来，出现了留学潮、移民潮，拿到绿卡、获得美国国籍成了许多中国人的梦想。但是想要拿到美国绿卡困难重重，取得美国国籍更难。但是有两个比较简单的方式，一是在美国参军，二是出生在美国，就可以直接拿到美国国籍。所以很多中国产妇都冒着风险选择到美国生孩子。在美国生了孩子，宝宝的父母就可以选择依亲直接拿到美国绿卡，以后还可以获得美国国籍。

应该没有那么巧合，除了两三次外，他与刘歆瑶的接触中都是采取安全措施的。葛星火继续读信：

> 姑姑说，你来到了美国，又有孕在身，是上苍安排你以后陪姑姑生活在美国。我反驳说，生下来，未来怎么养？我现在连个工作也没有。姑姑说，你千万别错失了这个机会，许多孕妇都被拒绝在关外。你年轻，未来有的是办法，你还可以联系孩子的父亲出抚养费。即使你们以后回中国生活，由于中国政策对外国留学生是优待的，孩子也会以留学生的身份享受各种优待。在姑姑的再三劝说下，我在美国留了下来，生下了孩子。
>
> 转眼间，孩子已经一岁半了，长得非常可爱，会叫妈妈和姑奶奶了，只可惜还没教她如何叫爸爸。看到孩子，就想起了与你交往的那段日子，你有激情，敢想敢干，我是真心地喜欢你这样成熟的男人，我不后悔把自己的第一次献给你，也不后悔生下这个孩子。我目前的身份回不去中国，希望你以后有机会来美国看看孩子，期望能和你在美国相聚，让孩子看看她的爸爸。
>
> ……

看到这里，葛星火脑子都要爆炸了！刘歆瑶离开公司后，葛星火给她打了很多次电话，手机都是关机，后来是手机号码不存在。两年来他一直惦记着刘歆瑶，一直联系不上。没想到她去美国了，还生下了他们俩的女儿。这让他如何是好！

葛星火从内心也是喜欢刘歆瑶的，他始终认为都是因为李铁英把他俩的事告诉了赵红梅才造成了今天的局面，不由得又怪罪起李铁英来。

看着小女儿可爱的照片，葛星火觉得自己该担起一份做父亲的责任，尽管这并不是自己期望要的，但事情已经这样，他第一个念头是先给刘歆瑶汇一笔钱，让刘歆瑶能在美国好好生活，他看到信上留的手机号码，立刻拨通了刘歆瑶的电话……

春天到了，沙尘暴再次袭击北京，时间持续长达51个小时。铁哥俩研发生产基地一期工程已经封顶，正在进行内部装修和设备调试，李铁英不放心公司里的事，冒着沙尘开车去研发生产基地检查工作。

李铁英来到工地，看到工人们正在实验室调试设备。新基地研发中心是参照德国的大学胶接实验室建的，是当时国内胶黏剂行业最先进的实验室，两年前李铁英到德国参观时照了很多照片。车间采用了意大利、美国、德国生产设备与自动化灌装设备。

办公楼里还设置了一个展室，除展示公司产品外，还对公司创业发展过程做了一个介绍，创业初期那台曾经为公司立下汗马功劳、也曾轧伤李铁英手指的用台钻改制的搅拌机，也被放在了一个角落里，它是公司创业历程的见证。

铁哥俩生产研发基地在开发区建成，全体员工搬进了新基地办公和生产。铁哥俩研发与生产基地的落成，标志着铁哥俩开始走上了规模化、规范化的道路。

15．空降人才生隙嫌

私生女的事令葛星火烦恼，最近销售部门又出现了令他更烦心的事。各办事处办公室恋情不断，东北、华东、华中、华南、西南五个办事处三个发生了类似的事情，先是西南办主任梁思诚与秘书崔艳的恋情被老婆发现，老婆的电话打到了公司来，李铁英大为恼火，让葛星火去处理，葛星火把华中办主任和西南办主任对调，暂时平息了事件。

没想到几个月后，东北办事处主任崔天胜和秘书董晓红、华南办主任胡杨与秘书骆锦也发生了恋情，他们的老婆先后告到公司来，令李铁英无法接受。每次办公室恋情的曝光，都引发员工们对葛星火办公室恋情新一轮的讨论。

员工们甚至私下里认为是葛星火带头搞办公室恋情，引得各办事处主任纷纷效仿，这才引发了办公室恋情频发的"连锁反应"。

李铁英考虑目前办事处这种办公模式应是发生这种问题的根源，办事处的地点设立在市中心的写字楼里，销售人员只有每月开会时才来办事处，平时客户来办事处的机会也不多，整个办事处里经常就只有主任和秘书两人，一男一女一起办公，时间长了难免出问题。

李铁英找到葛星火讨论，建议撤销办事处秘书这个职位。葛星火最近本来就心烦，听李铁英说要辞掉办事处秘书，大为恼火，说道："取消秘书，开什么玩笑？主任出去拜访客户时谁来听电话？销售人员的客户记录谁来整理？"

李铁英说："一男一女一起办公，这种模式肯定有问题！"

"那也不能因噎废食啊？办事处出问题是个别现象，做好监督和教育就行了！"葛星火说话有点激动。

"个别现象？五个办事处三个出问题还是个别现象？"李铁英也火了。

"那可以招聘男秘书，总之不能取消办事处秘书这个职位，否则有些事没人做。"葛星火说道。

李铁英辩论不过葛星火，愤怒地走出葛星火办公室。

回到办公室，李铁英一脸无奈，他觉得这种状况继续下去肯定不行。正在困惑之时，一家同行业的美国跨国公司副总经理许光达给李铁英打来电话，说他来北京了，想和李铁英聊聊。

这家跨国公司在细分市场中占全球市场份额的60%以上，是名副其实的隐形冠军，是李铁英最仰慕的业内公司。李铁英曾把这家公司定为铁哥俩的标杆。李铁英与许光达以前在行业交流会上见过几次面，有过交谈但没有深入交往过，因为两家公司毕竟是竞争对手。

李铁英想，这次许总主动来找自己谈不会是要收购铁哥俩吧。

李铁英开车来到许总住的宾馆，在一层的咖啡厅见到了许光达。两人寒暄之后，许总不掩饰地说："我所在的美国公司被一家德国公司收购了，并购整合中，由于年龄原因，我也会被迫离开公司。"

李铁英一怔，原以为许总是来谈收购铁哥俩的，没想到自己所在的美国公司被别人收购了，许光达也会在这次并购中被裁掉，惊讶道："许总，不会吧？您可是这家公司的元老，中国市场的开拓者！"

"我也很困惑！合资公司建立后我就进入了公司，公司中国市场就是我带领团队开发的，我在那工作了15年。"

"您这样元老级的人物还会被公司辞掉？"

"岁月不饶人，我今年55岁了，虽然我感觉自己心还很年轻，干销售行业依旧热情洋溢，但公司觉得我老了，想提拔年轻人来干，并购过程人员调整很正常，我预料到了。"

"太可惜了！许总，您在我们行业可是响当当的人物！"

"李总过奖了！我这个人不服老，离开公司不甘心退休过悠闲的生活，还想大干一番！所以这两个月思来想去，最后决定来找您，想为铁哥俩的发展尽一份力！"

"太好了许总！只要您看得起铁哥俩，铁哥俩太需要您这样的人才了！"

"铁哥俩这几年发展不错，在维修领域已成了行业的龙头。在工业制造与装配市场也有起色，像您这样的民营企业前途无量！我愿意为中国民营企业尽一份力。"

李铁英毫不隐瞒公司的现状，他告诉许总这几年公司从维修市场拓展到装配市场做得并不好，一是产品刚研发出来，质量问题不断；二是营销方面缺少经验，仍然按做维修市场的那一套。

许总说，再好的公司，产品也会有问题，销售人员要促进公司不断改进，而不是抱怨，销售目标达不到就抱怨公司产品有问题的销售员不是好销售员。

李铁英与许总谈得非常投机，李铁英又跟许总聊起办事处目前的问题不断，想听听许总的看法。

许光达说他所在的公司从前和铁哥俩一样也曾经设立过办事

处，出现过类似情况，后来取消了办事处办公室。

李铁英听到这家美国企业取消了办事处办公室，疑惑道："取消办公室，那销售人员如何管理啊？"

"可以网上办公，在公司的销售管理系统上提交信息，销售老总、办事处主任可以分级查看销售人员的信息，进行指导和管理。但需要给每个销售员配置笔记本电脑，这需要一笔费用。"许光达说。

"这个太好了！美国公司的管理模式就是先进，这样的确可以提高办事效率。"

李铁英很想引进许光达这个"空降兵"，为铁哥俩销售的规范化管理和拓展新市场发挥作用。但葛星火会同意吗？

李铁英找葛星火商量，当葛星火听到要引进销售老总，还要取消办事处，简直是气坏了。他反问李铁英："为什么要取消办事处？引进岁数这么大的老头能有什么用？"

"你也很清楚，许总在咱们这个行业可是元老，在美国同行的公司里做了15年的销售，过来后可以帮公司尽快地拓展市场，为公司带来新的管理理念和模式。"李铁英说。

"你是在说我的销售模式不行是吧？"

"你说哪里去了！我是说许总能给我们提供好的经验。"

"外来和尚未必会念你的经，跨国公司的销售模式未必就适合咱们这样的民营公司！"

"不试一下怎么会知道？"

"真正能够全面了解自己企业文化和产品，并愿意用心为企业做事的是自己培养的人。"葛星火争辩道。

李铁英与葛星火僵持不下，下班回到家里，李铁英心里很郁闷，儿子李响叫爸爸他也爱答不理的，王京看老公一脸愁容，将儿子拉到一边："你爸太累了，让他休息会儿，你做作业去吧。"

李铁英放下书包，换了衣服，坐在沙发上发呆。他想，也许是自己考虑不周，跟葛星火说话太直接了，引进"空降兵"确实会打击原有人员的积极性，导致他们担忧自己的前途，进而影响到他们的工作效率。

还有，"空降兵"一来就身居高位，新人指挥老人、外来人指挥内部人会给企业带来一系列的影响：首先会影响团队士气，因为他们的到来取代了原有员工的晋升，影响的不仅仅是未被提升者本人，还有所有的员工和管理者；其次是"空降兵"在没有了解和接受企业文化时就身居高位，会不知不觉地将自己原来的文化带到企业来，冲击本企业的文化；最后是薪酬体系，"空降兵"往往意味着打破企业既有的薪酬体系，这是个非常大的问题。这样不仅会造成原有员工的不稳定，也不利于"空降兵"与团队的融合。

李铁英又想，企业适当引入"空降兵"，采取内部培养和外部引进相结合的人才模式才是上策。如果企业内部具有良好的培养能力和人才储备计划，当事业发展、新的市场机会出现、新的战略需要有接班人的时候，人才就可以对接上。但企业不是万能的，不可能什么样的人才都能按时培养出来，市场机会出现的时候不可能等待，这时就必须采用猎头快速"空降"。

而当企业在新产业培育等外生性机会出现的时候，原有的人才储备可能就满足不了新行业和新市场的需求，这时可以更多地选择外部引进的方式。企业面临转型期时，一定需要大量"空降兵"，因为原有模式下培养的人才不一定适合企业的发展。

李铁英觉得像许总这样的"空降兵"可遇不可求，他一定要说服葛星火，让许光达给葛星火当副手，但当副手许总不一定乐意，两个人未必能配合得好。

王京做完饭，喊李铁英吃饭，问道："遇到什么难题了？"

李铁英说："没事，不用你操太多的心。"

王京说："说说嘛，也许我能帮你出出主意。"

李铁英把碰到的问题跟王京说了一下，王京没加考虑说了一句："你把总经理的位置让葛星火坐不就解决了吗？"

一句话，提醒了李铁英，吃过饭，李铁英给葛星火打了电话说了自己的想法。

葛星火答复说："我考虑一下。"李铁英从葛星火的话里听得出来，他并不反对这样的决定，问题已经解决了。

李铁英非常高兴，急忙跑到儿子房间给儿子说抱歉的话，儿子这才告诉李铁英："姥爷住院了，妈妈下午去医院看望，回来后在家还哭了好久。"

听到岳父住院了，李铁英急忙找王京问："爸住院了？你怎么不告诉我？"

"本来想吃完饭就告诉你，可看到你回到家一脸愁容，就不知道怎么开口了。"王京说着眼泪流了下来。

李铁英着急地问："爸病得严重吗？"

"胰腺癌晚期，我也是下午才知道。半年前体检时还没事呢，前几天他突然感觉不舒服，就去了医院，检查出胰腺癌，整个人都崩溃了，我妈怕给咱俩添乱，办完住院手续才告诉我。"王京说着哭了起来。

125

李铁英搂着王京安慰道:"现在医生误诊的挺多的,别着急,我现在去医院看看。"李铁英说着就要穿衣服。

王京拦住道:"今天太晚了,明天早上送完儿子上学,咱俩一起去吧。"

第二天上午李铁英和王京来到医院,看到老岳父,这才发现几天不见岳父像变了一个人似的,突然老了许多。葛星火听说李铁英的岳父住院了,也匆忙赶到医院看望,还带了2万元让王京给王叔叔买些好吃的。

许光达到铁哥俩任副总经理、全面负责营销的事终于解决了,葛星火任总经理,李铁英任董事长,只负责公司研发和新的领域拓展。

许光达果然不负众望,总结他在美资公司多年的销售经验,结合铁哥俩目前的实际情况,为公司建立了"铁哥俩销售信息管理系统",取消了办事处办公室,利用系统信息对销售人员进行管理。

许光达仍然沿用铁哥俩"顾问式销售",把每位销售人员培养成技术顾问("地区服务经理"),每天拜访客户,了解客户需求,为客户提供解决方案。同时公司为每位销售员配备了笔记本电脑,通过"铁哥俩销售信息管理系统"进行管理。

ADR(客户访问报告)表格每周提交一次,不同的级别有不同的批阅权限,通过销售信息管理系统对销售人员客户拜访情况、开发进度进行管理,并建立客户档案;销售漏斗表中30-60-90所代表的意思为客户开发进度,"30"为客户立项准备做试验,"60"为客户试验通过,"90"为客户批量进货。ACH

（用胶点开发进度报告）用于监督开发进展和销售人员之间的成功案例交流。

在许光达的带领下，铁哥俩在工业制造与装配中的业务快速增长，公司的销售管理也上了一个新的台阶。

葛星火当了公司总经理，感觉很荣耀，对李铁英的气也消了。公司营销问题解决了，李铁英终于松了一口气，李铁英目前兼任研发部经理，只管公司研发和新业务拓展，为此他成立了一个部门叫战略规划部，谋划公司未来发展，从营销部调了一名懂市场又懂技术的人员担任战略规划部经理。

卸了总经理的重担，李铁英还真有点不适应，以前财务、行政人力资源、生产、物流他都要过问，而目前只剩研发了，业务拓展处于纸上谈兵阶段。

李铁英到研发中心实验室检查了一圈，布置好实验任务后回到了办公室。感觉心里空落落的，又担心起葛星火来，他觉得葛星火是一个坐不住的人，粗心大意，一个性情中人，能管好财务吗？能管好生产运营吗？

16．十周年庆谋发展

只负责公司研发和新业务拓展，李铁英感觉工作轻松多了，摆脱了许多日常琐事，如今他有了时间思考公司未来的发展。明年2月将迎来铁哥俩公司创建十周年。李铁英开始筹划公司成立十周年庆祝活动，同时举行战略研讨会，回顾公司过去十年的发展，总结经验教训，确定公司未来十年的发展方向和发展目标。

9月中旬，王京的父亲病危，李铁英立即赶到了医院，此时王智勇已是气息微弱，铁英贴近跟前，轻声呼唤道："爸，我来了！"

王智勇睁开了眼，面带微笑，用很微弱的声音说："铁英，你好……"尽管他用尽了力气，还是没有说出来，闭上了双眼。站在一边的王京大哭起来："爸，爸，你醒醒……"

王智勇去世了，葛星火在八宝山殡仪馆为王智勇教授举行了告别仪式，以感谢王教授一生所做的贡献，特别是对铁哥俩公司的作用。可以说没有王智勇教授的研发课题，就没有铁哥俩的今天。葛星火组织公司部门经理以上管理人员50余人参加了王教授的告别仪式。李铁英此时的心情是复杂的，他与王智勇相处的一幕幕浮现在眼前，王教授对他是严格的，又是器重的，否则不会把自己的女儿嫁给他。李铁英觉得对不起王教授，他违背了王教授的意愿，在王京的鼓动下出来创业，导致王智勇刚当了一年的系主任就被撤职了，退休这几年过得也不开心。李铁英猜测着岳父最后没有说完的话"你好……"是什么意思，是说"你好样的"，抑或是"你好让我失望"。无论如何，今后他都要好好干，干出一番事业来好好报答王教授对他的器重。

王京非常感激葛星火为父亲举办这么隆重的告别仪式，李铁英和葛星火之间的关系也得到了很大的改善。

葛文丽打来电话，对王教授去世表示慰问，劝李铁英节哀。葛文丽说，贾政已升为开发区招商局副局长了，最近经常出差招商引资，下一步还要去北京。李铁英对妹夫取得的进步表示祝贺。

老岳父的丧事办完之后，李铁英开始组织做公司战略规划。

他聘请了管理咨询公司作为铁哥俩的战略规划顾问,在咨询公司老师的指导下,铁哥俩公司成立了战略规划小组,由30名董事会成员、总经理、副总经理、总监、部门经理以上骨干员工组成。

在战略规划启动会上,咨询公司的老师引导30名战略小组成员畅所欲言,并设计专门的表格让大家在会上填写,综合大家的建议,最后总结出了铁哥俩的101个愿望。

战略规划小组把公司过去10年发展分成创立、发展、专业化三个阶段,大家一致认为,当前公司正处于专业化发展的关键时期。

放眼未来,战略规划小组通过3个多月的分析、研讨,在对公司内、外部环境分析的基础上,确定了公司的使命、愿景、价值观,确定了公司的战略定位。分析企业外部环境以便发现市场机会(Opportunity)和威胁(Threat),同时评估企业所具备的能力,识别企业的优势(Strength)和劣势(Weakness)。通过SWOT分析,确定企业优先战略重点,形成总体目标以及具体明确的指标,制定了公司未来10年三个阶段的发展目标与策略。

大家还特别讨论了中国加入WTO带给中国企业的机会和挑战。经过市场分析,大家认为,未来10年中国在汽车、电子、工程机械、光伏发电等新能源领域将快速发展。为此铁哥俩一定要抓住机遇,主动调整,实现四个战略转变:

(1)在市场方面,规避单一行业销售额比重过大的风险,"抓大出新",从新的市场寻求增量,实现汽车、电子、光伏等多个支柱行业的协调发展;

(2)在产品方面,规避产品线过长过泛很难专业化的风险,由追求"大而全"转变为"横向成线、纵向成系"的专业化产品结构；

（3）在技术方面，规避单一自主研发模式制约公司发展的风险，由目前以自主研发为主转变为"自主研发与引进、合作相结合"的技术创新模式，同时提高技术门槛，注重形成公司独到的核心技术；

（4）在客户服务方面，要强化与竞争对手服务的相对优势，从常规型服务转变为为客户提供专业化解决方案型服务，强调与经销商及客户的战略合作。

与公司战略相匹配，铁哥俩公司调整组织结构，成立了汽车事业部、电子事业部、维修事业部、一般工业事业部、新能源事业部，采用专业化管理。

马企远敢于挑战自己，自告奋勇担任新能源事业部总经理，李铁英和葛星火批准了马企远的请求。马企远最初是李铁英招来做技术支持的，后来改做了销售，既懂技术又懂销售，葛星火对他也比较满意，一年前提拔他当华东办事处主任。

李铁英的弟弟李铁雄经过两年的函授学习，拿到了企业管理大专文凭。李铁英与葛星火商量安排李铁雄到一车间当了车间主任。

战略规划为企业及员工提供方向感，同时也提出了明确的目标以及激励和引导全体员工的行动。管理层通过参与战略规划过程，形成对企业前景的共识。

铁哥俩开始实行量化管理，制订年度业务计划，每个月都要开一次协调会，检查协调目标完成情况。战略执行的关键是把战略转化为可操作的行动，即要把企业战略目标分解到年度目标，通过平衡计分卡，实现目标的层层分解，从财务角度、顾客角度、内部运营角度、学习与成长角度把企业目标分解到企业各模块、各部门及各位员工，使每一个人都有自己的明确目标，清楚自己的奋斗方向。千斤重担众人挑，人人手上有指标，使每位员工的努力能更科学地量化。具体化的目标能够提供足够的动力。只有目标明确后，执行才有了前进的方向。要使目标具备明确、可测量、可实现、相关性及时效性等特征，也就是我们所说的SMART原则，这样就可以把战略转化为可操作的行动。

在公司成立10周年庆祝大会上，葛星火代表公司作了大会报告，回顾了公司过去10年的发展历程，铁哥俩仅用10年时间就在行业内小有名气，这是全体员工共同努力的结果。随后，葛星火向全体员工讲了公司未来10年的发展目标。接着是员工代表、客户代表、经销商代表、供货商代表发言。

最后李铁英进行了总结发言，李铁英总结了铁哥俩成功的关键因素：股东同心是企业发展之根，走专业化之路是公司发展之本，创新是企业发展的源泉。

李铁英还强调了未来加强企业文化建设对公司的重要性，如今企业员工已经发展到了300余人，企业从创立到现在，聘用了几代员工。第一代员工是在企业规模比较小、很不正规的第一阶段到来的。在这个阶段，企业文化是通过老板与员工之间的日常接触来传递的。在第二阶段，企业快速扩张招来了第二代人，第一代人把企业文化传给了下一代。第三代员工是企业专业化阶段进来的，由于企业部门错综复杂，企业文化非正式的传递方法无法再像以前一样发挥作用了。因此，企业必须建立一个正规的传播企业文化的方式，这样企业才能保持上下一致，得以长久发展。

最后李铁英指出：面对未来，铁哥俩将继续践行"诚信、负责、协作、创新"的价值观，未来10年力争成为国内细分行业最具创新能力的企业，综合实力做到中国细分领域第一。

台下响起雷鸣般的掌声，每个员工都感到自己肩上的重任，都看到了企业发展的前景。

2003年春季，公司10周年庆祝会开过不久，一场从未出现过的非典型肺炎（也称SARS）重大疫情从广东开始向全国蔓延，北京成了重灾区。北京高校采取校园封闭管理紧急措施，中小学师生暂时停课，全市网吧、电子游戏厅、剧场、影院、录像厅等公众聚集的文化娱乐场所暂停经营活动。北京市政府用七天七夜紧急建成小汤山非典定点收治医院，一批综合医院从"毒染"中被解放出来。

铁哥俩的生产经营活动虽然受到了一定的影响，但仍在正常运转。响应政府号召，一手抓非典防治，一手抓经济建设。6月下旬中国取得了抗疫胜利，一切恢复了正常。

接着，好消息不断传来，李铁英被评为第五届科技之光优秀企业家。铁哥俩被认证为国家级高新技术企业。

李铁英正在办公室端详获奖证书之时，潘玮突然敲门进来了，这出乎李铁英意料，李铁英示意潘玮坐下，潘玮声音消沉地说道："李总，不好意思，没给您提前打招呼就突然闯进您办公室。"

李铁英当年对潘玮的离开很生气，但后来还是理解了他，自己不也是在岳父坚决反对的情况下出来创业的吗？年轻人出去闯一闯无可厚非。他问潘玮："公司运营得好吗？有什么需要我帮忙的？"

"李总，实在不好意思，我很佩服您，也想效仿您创业，但是……"潘玮哽咽着说不出话了。

"我理解你当时的心情，需要帮忙的话尽管说。"

"李总，我的公司运作不下去了，投资的朋友只投了钱，也不管经营，如今责怪我产品卖不出去，我老婆也和我闹翻了。"

"创业中的艰难我理解，受到些挫折也很正常。不要灰心，总会迈过这道坎的。"

"我现在懂得了不是人人都适合创业的，我想回来做研发，希望您再给次机会，我一定会好好干。"没想到潘玮会这样说。

李铁英也觉得，不是每个人都适合创业，创业对一个人的素质要求是全方位的。比如，敢于承担风险，善于谋划全局，坚忍不拔，从不轻言放弃……创业者有成功的，但大多数人都失败了。有的人喜欢单打独斗，喜欢钻研，适合做艺术家、工程师等；有的人喜欢按照规则完成被赋予的任务，适合做企业职员、公务员等；有的人拥有良好的交际能力和谈判技巧，则适合做记者、政治家等。有一技之长未必能创业成功。创业是一项复杂的系统工程，你要面对招人、用人、管人，还有研发、制造、销售、代理商、供应商，也躲不开工商、税务、融资……

俗话说"浪子回头金不换"，李铁英始终觉得潘玮是一个非常适合做研究的人才，只是经过他贸然离职这事，对他的信任度差了许多，他不可能再让潘玮当研发经理，也不想把最具市场前景的新产品开发交给他。略微思考了一下，李铁英对潘玮说：

"回来需要从课题组长做起，还是负责你从前做过的密封锁固胶吧。"潘玮点头同意了。

10月15日—16日神舟五号载人飞船成功升空并安全返回，首次载人航天飞行获得圆满成功。中国成为世界上第三个独立掌握载人航天技术的国家。不久桂林某军工电子公司给铁哥俩发来贺电，铁哥俩产品成功用于神舟五号的继电器零件中，李铁英非常兴奋。

王京的父亲去世后，母亲心情一直不好，身体越来越差。王京所在的国有企业也改制上市了，她作为上市公司的财务经理，公司的季报、半年报、年报都要精心策划，整天忙个不停。上市后公司募集了几十亿资金，总经理要挪作他用，王京作为财务人员，感觉风险很大，为此和总经理吵翻了，一气之下撂挑子不干了。

李铁英了解到王京公司里的情况，对王京说："不想做就回家吧，家里现在也有这个条件。"王京考虑再三，回家做了全职太太，相夫教子，照顾年迈的老母亲。王京能适应做家庭主妇的生活吗？且看下文。

17．回乡探亲慨万千

王京回家做全职太太半年多了，她每天接送孩子，买菜做饭，还要不时地去看望年迈的母亲，闲暇时间看看电视，浇浇花，织织毛衣。多年来，上班工作压力很大，如今做了全职太太，王京感觉心里轻松多了，她不再整天忙着上下班，更不用加班、赶进度，在家里生活惬意自在，有时候和老同事打电话聊聊天，偶尔一起吃个饭，她倒是很适应这种生活。

这不，王京和几个老同事又凑到一起了。

一个年轻姑娘对王京道："如今财务部气氛可压抑了，我都快受不了了，哪像您当经理的时候，大家多开心啊！"

一个上年纪的同事附和道："确实是这样的！王经理，要我说，你现在还不到40岁，正是年富力强时却放弃事业，未免也太可惜了。"

另一个同事说："哎呀，人家王经理是富婆，家里有大公司，哪像咱们还得为这点钱看人家脸色！"

听到同事的话，王京突然有一种失落感，她觉得同事们说得对，研究生毕业后，她从记账员开始做起，做过成本、做过总账，一步一步走上管理岗位，做了财务处副处长，公司改制上市后又做了上市公司的财务经理，要是再坚持几年，财务总监非她莫属，然而她却在事业顺利、步步高升之时，选择了回家做全职太太。之前因为骤然卸下压力而产生的愉悦情绪迅速消散，取而代之的是对未来的迷茫和深重的失落感。

李铁英下班回家，看到王京一动不动地坐在沙发上，明显感觉王京情绪有些不对劲，他试探着问道："怎么了，有什么不顺心的事？"

王京声音低沉地道："你说我这么年轻，就放弃打拼辞职回家是不是有点太突然了，这样的日子过久了会不会被人瞧不起？"

李铁英笑了笑道："你不适应在家的日子了吧？不管选择上班还是回家做全职太太，你自己决定！"

被李铁英说中了心事，王京有些不好意思地捋捋头发："也没什么,就是白天与同事聊天,突然有种失落感。"

"要是真不适应,你就再回去上班,找个保姆打理家也是一样的!"

听到"保姆"二字,王京瞬间觉得有些心寒,她想到如今自己在家,不就跟个保姆差不多嘛,于是面露不悦。李铁英看到王京一脸不快,意识到自己说错了话,他搂着王京解释道:"我不是那意思,我只是想让你顺应自己的心,觉得做什么开心就做什么!"

王京的脸色这才缓和下来:"过一段时间再说吧,也许慢慢就适应了。对了,儿子小学毕业了,暑假咱们回老家一趟吧,自从你创业以来,都没怎么回去过。"

李铁英很高兴:"太好了!你想得真周到,儿子上次回老家还没上学呢,一晃六年过去了,如今儿子都小学毕业了,这日子过得真快。"

暑假到了,李铁英一家三口回到家乡看望父母,李寿祥、曹心慧见到孙子高兴极了。上次李响来看望爷爷奶奶时才6岁,如今个子长这么高了,都成大孩子了,那年李响戴着草帽、开手扶拖拉机的照片还挂在堂屋的墙上,那时的李响活泼可爱,到处玩耍,现在长大了,反而变得与李铁英一样沉默寡言了。

这次回去,李铁英发现母亲的头发几乎全白了,父亲的背也驼了,真是岁月不饶人啊!李铁英看着父母苍老的面容鼻子有些发酸,眼睛也涩涩的。眼前12岁的儿子让李铁英想起自己12岁时,爷爷给他"开锁"的情形,如今爷爷已经不在了,李铁英自己也迈入不惑之年。

回到家乡的第二天,李铁英带着儿子在村子里到处转转,街上人很少，年轻人都出去打工了，剩下的都是老人和孩子。放假了，孩子们在街上、田头互相追逐、玩耍，看着那群孩子天真烂漫的身影，李铁英仿佛看到了儿时的自己。

李铁英18岁去北京上大学，如今20多年过去了，小小的村庄也发生了很大变化，村里大多人家都盖上了新房，有的还是两三层的楼房。李铁英跟李响讲，他小时候这里还是一个几十户人家的小村庄，是黄河边上典型的"防水村落"，村庄离黄河只有几公里远。

从前为了应对黄河发水，村庄东、南、西三侧都是堰岗，北侧是避水台。堰岗和避水台大约有3米高，上面种着各种灌木，两侧有大树，堰岗和避水台把小村庄围成封闭状。这样的设计可以有效地预防黄河发水时村庄被淹没，即使村庄被淹，村民也可以上避水台临时避难。村庄的四周是小河沟，如同"护城河"一般守护着他们的小村庄，是修堰岗和避水台挖土形成的，小河沟与邻村的小河沟连接，并与一公里外的一条叫"回木沟"小河打通，平日里小河沟流水潺潺，清澈见底，他们这群孩子经常在河沟里摸鱼，好不热闹。

村庄就东西一条街，在东西堰岗上开了两个口，就像是一座小城的东西大门，旁边堆着砖头、石块，以便来水时堵住村口，防止村庄被淹。街的两边分布着十几个南北向的胡同，街的北边村中央是生产队队部和打麦场，也是村民开会和放电影的地方。打麦场对面，街的东南是一个池塘，夏天开满荷花，李铁英和小伙伴们经常在里面戏水。

周围的村庄大概都是这个样子，不是南北向，就是东西向，堰岗、河沟起到了防水、泄洪、灌溉的作用，到了夏天暴雨季节，十里八乡的河沟、池塘都灌满了水,一夜间就变成了"江南水乡"。

　　李铁英来到儿时跟葛星火玩过的地方,感触颇深地跟李响讲,30年前他很偶然地结识了葛星火,由于星火伯伯太淘气,他爸爸让他来村里锻炼,在他们的村子里住过两年,他们一起上学,一起玩耍。当时虽然家里很穷,但作为孩子的他们却很快乐。他还跟李响讲起了他与星火伯伯、铁雄叔叔许多有趣的事。来到村里的小学,李铁英思绪万千,仿佛又回到了从前。

　　葛星火刚到村子里,对乡下的一切都很好奇,小燕子、压水井、打工分、印模儿……印模是乡下孩子的玩具,是泥做的,上面印有人物、动物图案。拿这些印模可以跟其他小伙伴换小人书、换糖吃,还可以和小伙伴换更多图案的模子。葛星火感到很新鲜,原来乡下孩子都是这样玩的。李铁英做印模是把好手,但是换东西却很费劲。葛星火知道后,一拍胸脯说道:"换东西的事交给我,你负责印就行了。"李铁英听了非常高兴:"好啊!以后咱们俩合作,我负责印,你负责换。"

　　葛星火跟着李铁英去上学,老师让葛星火自我介绍一下,星火站在前面说道:"我叫葛星火,你们叫我胖子就好了。"同学们听到葛星火这样介绍,哄堂大笑起来。

　　葛星火接着说:"我爱好广泛,游泳、跑步、打球,什么都喜欢,以后你们要是玩什么一定要叫上我。"

　　乡村的孩子没见过世面,大多腼腆,见这位省城里来的同学一点也不怕生,都高兴地鼓起掌来,热烈欢迎他。

　　课间,葛星火问身边的同学有没有印模,同学说有,葛星火见与李铁英的印模不同,就让铁英拿出早已做好的印模与这位同学交换，又把铁英印的许多图片与其他同学换来纸笔。铁英暗暗佩服星火的能力，一天的工夫他就和大家都熟悉了，而且带来的印模都被星火给换出去了，这要是换作自己，这点事少说也要两三周才能完成。

那时他们最快乐的事，就是自己做印模。印泥模用的母模一般都是从走街串巷的小货郎那里买来的，图形是凹进去的，有点像糕点师的模具，上面刻着各种人物、动物、花卉图案，是烧制而成的，像砖一样硬。用胶泥从母模复印出来的叫公模，是凸出来的，图形清晰可见。李铁英琢磨能否用印出的公模印出母模，再放到火里面烧，烧成像从小货郎那里买来的一样。

周末，铁英、铁雄、星火三人从村边小河沟挖来了红色的胶泥，在院子里开始做印模。铁英教星火揉胶泥，像和面似的反复搓揉，直到把泥揉得光滑柔软，有了韧度，就开始印模了。铁雄给星火示范如何印制，他取一小块胶泥在手掌里拍成圆片，先在印模上撒一层筛好的细沙土，把印模贴上，挤压，再去掉多余的泥巴，把泥巴与母模轻轻地抠开，一个印模就做成了，然后他把"复印"好的公模小心翼翼地放到窗台上晾晒。葛星火也试着印了几个，感觉并不难，很有趣。不一会儿工夫，他们就印出了很多，铁英还用各种图案的公模印了些母模。傍晚时分，他们的印模儿就基本晒干了，铁英利用妈妈做饭灶膛里的余火，用小铁铲小心翼翼地把十几个母模放到灶膛里用底火埋好。晚饭后，他们从灰里扒出印模，尽管有几个烧裂了，大部分还算得上是"完美"，他们高兴极了。

铁英跟星火道："我真佩服你的交际能力，那么快就集齐了孙悟空、猪八戒、唐僧、沙僧等许多图案，还换了许多小人书、写字本、糖果……"

葛星火笑笑说:"主要还是你模子做得好,不但新颖,而且全面。"

李铁英好钻研,葛星火善交际,俩人突然发现,他们在一起合作简直就是绝配。

李响看到爸爸在小学前久久地盯着破旧的校舍,驻足不前,问道:"爸,你在想什么?"

李铁英突然回过神来,回答道:"想起了从前我和你星火伯伯一起做印模、换小人书的事。"

"什么是印模?"李响很好奇。

李铁英跟儿子解释了一通,李响似乎明白了,印模原来是爸爸小时候的玩具。李响又问爸爸:"你和星火伯伯是性格完全不一样的人,你俩怎么能玩到一起?后来又一起创业办了公司?"

李铁英答道:"是机缘巧合,也是优势互补!要干成大事,合伙人之间互相配合、齐心协力很重要!"

李响点了点头,听爸爸说村子离黄河很近,于是问李铁英:"爸,改天你带我去看黄河吧?"

"当然!我也有这个打算,骑自行车20分钟就到,走路也不过一个来小时。"李铁英突然想起了家乡的另一处古迹,补充道,"过些天回北京路过县城,我带你和你妈到西水坡看看'中华第一龙'。"

"太好了!我们在六年级语文课里学过,'中华第一龙'具有六千多年的历史,是用蚌壳摆砌的龙虎等动物图案。"

"是啊!'中华第一龙'是我大学毕业那年挖掘出土的,据说是五帝之一的颛顼的墓葬。之后咱们的家乡就被誉为'中华龙乡''华夏龙都',你一定要亲眼目睹一下!"

李响兴奋地点头称是。村子不大,李铁英带儿子逛了一遍。

这次回乡,李铁英感叹儿时的情景永远成了回忆,如今村民不再担心黄河发大水了,新中国成立以来也确实没有发过水,因此村子四周的堰岗被平掉了,村中央东南边的池塘也填平了,村子北边的避水台上也盖起了房子。小时候李铁英家的房子是村子里最好的,如今已经变成最差的了。

李铁英被村西头那幢漂亮的楼房惊艳到了,晚上忍不住问父母:"村西头新盖的那座漂亮楼房是谁家的?"

父亲李寿祥说:"是你杨大爷家的。"

铁英惊讶道:"杨大爷?他家里就两个闺女,都嫁出去了,哪里来的钱盖楼?"

母亲曹心慧说:"是他二闺女杨丽娟出钱盖的,对了,杨丽娟不是你小学同学吗?"

铁英回答:"是啊!杨丽娟出息了?葛星火几年前在济南见过她,后来就不知去向了。"

母亲说:"听说她带着闺女在广东打工,前两年回来过,闺女比李响大三四岁,如今也是十五六岁的大姑娘了!"

铁英想知道详情,又问道:"我听铁雄说她丈夫死了,后来她没有改嫁吗?"

母亲说:"本来寡妇门前是非就多,她自己又跟生产队长弄得不清不白的,哪还有人敢娶她啊!"随后,母亲小声嘀咕着杨丽娟在广东挣的钱也不是正道来的,听人说她在广东那边做"小

141

姐"了。

铁英忍不住替杨丽娟惋惜,上学时多好的一个女孩啊,怎么就走了一条让人看不起的路呢!

这次回乡,李铁英感慨万千,父母老了,家里房子也破得不像样了。回到北京,李铁英与王京商议给父母翻盖新房的事。王京说道:"这次回去我感触也很深,感觉爸妈突然老了那么多,心里挺不是滋味的,要我说咱们还翻盖什么新房,难不成你打算让他们在村里住一辈子啊?"

"那怎么办啊?他们来北京和咱们一起生活也不习惯,李响上幼儿园前妈不是来住过一段时间吗?那时她总抱怨自己住不惯,她说话别人也听不懂,还遭人耻笑,她觉得住这里很憋屈。"

"你和铁雄都出来了,爷爷也不在了,两位老人住在村里孤零零的,现在咱们条件好了,要不在咱附近再买套房让他们单独住,住时间久了也就习惯了,咱们照顾起来也方便些。"

李铁英觉得这倒是个好主意,由于文化差异、生活习惯、饮食习惯不同,住在一起时间长了婆媳之间肯定会有矛盾。让老两口来北京单独住,问题就解决了。

李铁英紧紧抱住王京,在她脸上亲了一下道:"谢谢你老婆,你想得真周到!"

18．人人都有烦心事

转眼间两年过去了,葛星火的儿子葛明就要初中毕业了,这个年纪正是青春叛逆期,最近葛明又迷上了网络游戏。面对着越来越不听话的儿子，赵红梅非常苦恼，她经常和儿子争吵，加上她又怀上了第二胎，心情也不好，因此脾气变得异常暴躁，常常被儿子气得直哭，于是便给葛星火打电话，希望他能腾出时间回来管管儿子。

葛星火自从担任铁哥俩总经理以来，更加繁忙了，接到赵红梅的电话，考虑到妻子孕期不能生气，葛星火周末抽出时间回了趟家，狠狠地揍了葛明一顿，拔掉了家里电脑的网线，停掉了家里的宽带，然后又赶回公司。

没想到葛星火走没几天，葛明自己买了网线、办理开通了家里的宽带，放学回到家就玩游戏，赵红梅做好饭叫他吃都不吃，事事都与赵红梅对着干，母子俩经常是剑拔弩张，火药味十足。

由于葛明经常整夜打游戏，导致他上课时精神不集中，经常开小差，甚至在课堂上顶撞老师，不服管教。葛明的这些行为跟葛星火小时候简直一模一样。学校老师多次打电话找赵红梅，赵红梅也很无奈，因为儿子迷上游戏无心学习，最近成绩下降很快，照这样下去，估计连高中都考不上，更不用说以后考大学了，她干着急，一点办法也没有。

几个月后，赵红梅生下了小儿子，因为违反计划生育政策，受了单位的处分，还被罚了款。赵红梅生产后，葛星火为她请了个月嫂，在家陪了妻子两周就回公司上班了。

赵红梅因为受到单位的处分而心情郁闷，加上她一个人既要照顾刚出生的小儿子，又被叛逆的大儿子气得抓狂，各种不如意导致她郁结于心，患了产后抑郁症。葛文丽得知后带着女儿去看她，赵红梅一见文丽就委屈地哭了起来，她双眼红肿地向葛文丽哭诉葛星火整日不着家，自己一个人又要操持家务又要带娃有多难，言语中有着说不尽的委屈。

葛文丽待赵红梅情绪稳定点了，安慰道："家家有本难念的经，贾政不也是一样的，他现在当上了招商局副局长，负责招商引资这块，全国各地到处跑，好容易盼着他回来了，还要向上级汇报工作，有时候夜里一两点才回到家，每天都喝得醉醺醺的，家里的事全丢给我一个人了。"

得知葛文丽的日子比自己也好不到哪去，赵红梅的情绪缓和了下来，叹了口气道："看来下辈子不能嫁给商人。"

葛文丽笑道："是啊，也不能嫁给官员！"

正在聊天之时，葛星火打来了电话，赵红梅把手机递给葛文丽，示意文丽接电话，文丽拿起电话道："葛星火，你还能想起给家里打电话，这个家还是你的吗？我告诉你啊，你要是再不回来，嫂子就不跟你过了！"

赵红梅见葛文丽把葛星火数落了一番，心里痛快了许多。葛星火听到文丽的声音，知道文丽来家里看望红梅，说道："好妹子，我太忙了，你要有时间多来看看你嫂子，你现在把手机给她。"

赵红梅接过手机，葛星火说道："亲爱的！我如今负责公司全面事务，实在脱不开身，这些天辛苦你了。"

赵红梅说："我知道指不上你，放心吧，月嫂照顾我比你细心多了，只是葛明越来越叛逆了，实在让我受不了。"

"葛明的事，我想了多时，我觉得他不太适合在国内升学发展，我想让葛明去美国读高中、上大学。"

"孩子小，平时娇生惯养，我又不能去陪读，他一个人怎么行?"

"贾政的妹妹贾敏不是在美国吗？我已经跟贾政说了，让她作为葛明的监护人，临时住她家里，放心吧，等过两年咱们在美国买个房，你去陪读。"

赵红梅也清楚葛明的现状，他确实不适合在国内升学，也觉得去美国读高中是个好主意。

两个月过去了，贾敏为葛明在洛杉矶联系到了一所私立高中，葛星火准备送葛明去美国，就找到李铁英，告诉他自己要送儿子去美国读高中，希望李铁英这段时间照应一下公司。

李铁英觉得葛星火现在送儿子出国留学有些为时过早，劝他道："现在孩子还小，世界观还没确定，去美国读书，受美国教育的影响就变成美国思维了，不如大学毕业再过去。"

葛星火说："我原来也是想让葛明大学毕业后才去美国留学，可他这两年迷上了网络游戏，学习成绩急剧下降，在国内读高中估计考不上好的大学，如果能去美国读高中，就不用再参加国内累人的高考了。"

"这倒也是，国内以升学为目的的考试确实把孩子学傻了！红梅刚生孩子，也不能去陪读，你把孩子一个人放在美国能行吗？"

"贾政的妹妹贾敏在加州，我暂时把孩子托付给她照顾吧！过两年红梅再过去陪读。"

"公司这边你放心，你去了多陪孩子几天，顺便去看一下我那个师弟陈新Peter，他在咱们的竞争对手美国公司那里做研发，听他说在研发电子胶。你可以让他带你去他公司实地考察一下，取取经，也许以后还有合作机会。"

就这样，葛星火带葛明飞往了美国。

葛星火去美国之后，李铁英找负责公司营销的总经理许光达了解销售情况，看到许光达表情沉重的样子，李铁英猜到许光达与葛星火合作肯定不愉快，问道："许总，你来公司快两年了吧？"得到肯定的答复后，李铁英向许光达投去赞许的目光："许总来的这两年，公司销售突飞猛进，感谢许总！"

许光达："刚到公司时还真是困难重重，不过感谢李董的大力支持！"

李铁英："别老叫李董李董的，听着别扭，外企不都是相互称呼名字吗？你就叫我铁英吧，或者叫我Marc，我上大学时给自己起了英文名Marc Li，多年不叫了！"

许光达："李董，入乡随俗，美国企业和中国的企业文化确实不同，美国人讲究平等，老总和普通员工之间都相互称呼名字，即使CEO来中国都不让去接，自己打车到宾馆。"

李铁英："是的，中国的企业，哪怕公司就两三个人，也称自己是董事长、总经理，让人感觉有点不可思议！"

许光达："刚来铁哥俩我真的不适应，建立网上销售管理系统，让每个销售员填各种表格，阻力太大了，多亏李董的大力支持我才坚持了下来！"

李铁英："取消办事处办公地点、采用网上办公确实有好处，节省了费用，提高了效率。ADR既保存了客户信息，又加强了销售员的管理，30-60-90漏斗落实了客户开发进度，ACH加强了销售员之间的交流，这点就连葛总也不得不佩服您！"

许光达："感谢李董的支持，如今网上销售管理系统基本落实了，就是……"许光达欲言又止。

李铁英突然感到许光达到公司后变得有点俗套了,他刚来公司时敢说敢为,不是这种风格。李铁英问道:"不适应葛总的管理风格吧?"

许光达点了点头:"葛总的风格和你完全不同,他许多事太理想化了!"

李铁英笑了,道:"是的,葛总就像是一个浪漫的诗人,思路极具跳跃性,又多变,有时让人不知如何是好!"

"还是李董了解葛总,他的思维跳跃得太快了,又多变,常常是今天提的想法,过些天又给否了,这样许多事情很难落实下去,我没有你这样的心胸,也许是年龄大了,有时感觉很苦恼。"

"开始我俩分歧也很多,后来规定他管营销,我管研发和内部运营,二人分工明确,自己负责的领域自己做决定,这样反而没有太大的矛盾了。"

"葛总太理想化,你很务实,你俩能合作在一起,优势互补,简直就是个奇迹。"

李铁英摇摇头道:"一言难尽,如今他全面负责公司,我没有过多干涉,其实他的很多做法我是不赞成的!"

"李董,我没有私营企业工作经验,以后我得多向你请教,否则我很难适应公司的发展。"许光达看着李铁英,诚恳地说道。

李铁英点了点头。

随后,李铁英又找到新能源事业部总监马企远了解情况,探讨今后公司在新能源市场新产品开发做试点实施项目管理制的事,提出把销售、研发、技术、生产、采购捆绑在一起,组成项目组。马企远觉得这种做法很好,可以提高效率。

李铁英问他与葛总配合得如何,马企远苦笑了一下:"葛总激情高，工作勤奋，但是……"

和许光达类似，马企远也是欲言又止，好像在担心什么。马企远是李铁英招来做技术的，后来做了销售，如今已是新能源事业部总监，两人志趣相投。李铁英对马企远说："企远，在我面前还有什么顾虑的？"

"葛总一切以销售额为上，最近联系一家小企业做风力发电用胶，贴了铁哥俩的牌子来卖。其实我们在这方面没有一点优势，销售价格也很低，贴牌根本没有利润，而且质量没法保障。"

李铁英一直反对葛星火开发风能胶，没想到葛星火自作主张，买别人的胶贴牌，李铁英得知后对葛星火非常不满，觉得这样做亏钱不说，以后出现质量问题不仅会涉及赔偿问题，甚至还会导致铁哥俩的声誉受损，得不偿失。

19．人间天上皆娇艳

葛星火带葛明到了美国，把儿子托付给贾敏。贾敏非常热情，周末开车陪父子二人参观了迪士尼乐园，贾敏有一儿一女，儿子比葛明小两岁，女儿才3岁。

告别贾敏，葛星火说要去康涅狄格看望一个老同事，其实他是去纽约见刘歆瑶。葛星火先到了康涅狄格州，见到了李铁英的师弟陈新Peter，Peter很热情，安排葛星火住在了自己家里，还请了几天假来陪葛星火，Peter问了李铁英的情况，又带葛星火去公司参观了一番，两人谈了行业的发展。

听葛星火说要去纽约见一个朋友，这个朋友住在华人社区法拉盛，Peter怕葛星火人生地不熟，开车100多英里送葛星火去法拉盛朋友家里。刘歆瑶见到了葛星火，并留Peter吃饭，Peter才知道葛星火要见的是自己的旧情人和私生女。

那是葛星火第一次见到自己的女儿，小姑娘的眼睛长得有点像葛星火，但与刘歆瑶相像的更多，又漂亮，又可爱。葛星火抱起了女儿，女儿竟然没有认生，任由他抱着，一双大眼睛一眨不眨地盯着葛星火看。

晚上，刘歆瑶的姑姑早早把刘歆瑶的女儿安排到自己的房间，让刘歆瑶和葛星火叙叙旧。刘歆瑶终于又见到葛星火，眼泪夺眶而出，她用小拳头狠狠地敲打着葛星火的双肩，喜悦中充满着委屈。

葛星火搂着刘歆瑶，眼睛有些湿润，他喃喃地说："对不起，亲爱的！我会好好对你的。"

刘歆瑶紧紧地抱着葛星火，什么也不想说，只想就这样两人长久地抱着。

葛星火与刘歆瑶相聚了一周，回到北京时，恰逢贾政招商团队一行五人来北京招商，五人住到金融街丽思卡尔顿酒店，下午，贾政指示他的助理去钓鱼台国宾馆落实明天会议室和晚宴的事，另外两人落实参加招商会的贵宾。贾政安排完来到铁哥俩公司找葛星火。

一番客套之后，李铁英向贾政介绍了铁哥俩公司的发展情况和未来发展规划，中国加入WTO以来，各行各业快速发展，投资、出口、消费三驾马车齐头并进，出口方面尤为明显。

李铁英讲道：交通运输业迅速崛起，胶黏剂用量高速增长；电子电器成长迅速，电子用胶日新月异；环保形势日趋严峻，新能源用胶迅速发展。铁哥俩抓住了中国工业快速发展的契机，最近5年，公司销售以50%的复合增长率发展，特别是在光伏新能源领域发展更为迅速，2005年销售额突破了两亿人民币。

听完李铁英的介绍，贾政对李铁英和葛星火说："欢迎两位企业家到家乡投资，为家乡的工业做贡献！"

李铁英明显感觉到贾政是在说客套话，他其实并没有看上铁哥俩这类小公司。贾政跟李铁英和葛星火说，他这次来京招商，主要想引进一家大型国有企业到中原开发区投资的，明天下午在钓鱼台国宾馆举行推介会和晚宴。

随后，贾政来到葛星火办公室，贾政说宴会后他要单独请一位关键领导——公司的二把手，问葛星火有没有推荐的地方。葛星火暗想这样的领导什么没见过，档次低了肯定谈不成。葛星火脱口道："天上人间！那里我去过，绝对是上档次的！"之前葛星火招待大客户去过几次。

葛星火介绍道，在坊间，"天上人间"有很多别号："京城第一选美场""中国娱乐至尊"。那里面的小姐阵容强大，都是20多岁、容貌靓丽、身材高挑的，许多还是在校大学生。那些陪侍的小姐，都是一口的标准普通话，有的还能说一些简单的英语、日语、韩语，她们能和你聊电子科技，聊历史人文，甚至政治经济，绝对的高颜值高品位的。就是有一样，价格也不菲。

"怎么个不菲？"贾政问。

星火说："每晚几万、十几万，甚至几十万的消费并不鲜见。

一瓶普通的啤酒，价格七八十元，一杯鸡尾酒200元；一瓶在普通酒吧最多2000元的'皇家礼炮'，在这里需要5000元，一瓶洋酒甚至几万元。小姐的坐台费约在500到1000元之间，只是陪坐不卖身，这是'天上人间'的规定，当然也可以出台，出台费则为3000到1万元，几万元甚至更多。"

听到这个价格，贾政有点惊讶："确实是价格不菲！"

葛星火强调说："人都说，找有身份的人办事，不去'天上人间'就没有面子。你得这样想，你花几万、几十万，他能给你带来几亿甚至几十亿的投资，还是划得来的。"

贾政思索一番，像是下了很大决心，说道："只要招商成功，这钱也值得花。"

"好，那我明晚带你们过去。"

第二天下午，国有大公司主管投资的副总常杰、投资处处长、技术处处长以及相关人员10余人参加了会议。双方经过相互介绍和一番寒暄之后，3点钟招商会正式开始，贾政首先致词感谢各位领导在百忙之中参加会议，欢迎各公司到中原市投资，开发区将为公司提供最优惠的条件。随后，招商局人员介绍了开发区的规模、发展前景、优惠政策等。最后，播放开发区发展规划的宣传片。

之后，大家互相交流，公司的领导们对开发区的优惠政策进行了问询。下午5点半，晚宴开始，贾政敬酒，说了一堆感谢的话，大家都很开心，饭后贾政安排车辆、送上礼品把领导们送回了家。

葛星火开车接贾政和这家国有公司的副总常杰到了"天上人间"夜总会，一进门，富丽堂皇的大厅映入眼帘，贾政看到确实与别处不同，服务小姐过来咨询，葛星火说已经安排好了。服务小姐引导他们前行，大厅一侧，几十名靓丽的女孩坐在一边，有着正装的，雪白的衬衣，合体的西装，光滑的丝袜，十厘米往上的高跟鞋；有暴露式的，低胸露乳，超短裙，大长腿。

常总一进来就被镇住了，哪见过这阵势，看得他眼花缭乱。他们在服务小姐的引导下走进豪华包房。包房内铺着高级地毯，高档的真皮沙发，茶几上摆着几个高脚酒杯和红酒，两台大屏幕可供点歌。两位小姐已经等在房里。

见客人来了，两个小姐笑脸相迎，齐声说道："领导好！"

一个小姐介绍自己："我是海玲，很荣幸为领导服务！"常总看到这位身材火辣、皮肤白皙、脸蛋漂亮、气质不凡的女孩，被惊到了，特别是她那说话的声音，娇滴滴的，像极了台湾的志玲，其温柔程度丝毫不逊于志玲。不知有多少男人迷倒在她的石榴裙下。妈咪介绍说这是"天上人间"的"第一花魁"，示意她站在了常总身边。

另一个女孩说道："领导好，我是欣欣，很高兴为您服务！"妈咪介绍说这是"天上人间""四大头牌"排行老四的欣欣。欣欣礼貌地站到了贾政跟前，葛星火跟常总说："您玩得开心，我就不陪您了。"葛星火随妈咪走出了包房。

常杰和贾政每人唱了一首歌，然后聊起天来，海玲被客人们评为"第一花魁"，但海玲并不是这些女孩子中最漂亮的，只不过会做人、会做事。

常杰问："海玲是哪个大学毕业的?"

海玲说道："我大专毕业，说实话是个'北漂'，老家河北的，'非典'那年，公司不景气，我辞了职来到北京。刚来时找工作，生活都挺难的，后来被人看上，就来到'天上人间'了。"

欣欣补充说："很多人都说自己是大学生，其实话不能完全信。的确有些女孩子是知名影视院校的，有些也是群众演员，红不起来的小明星，还有些只是在这类艺术院校的旁听生。但大部分不是大学生。"

海玲接着说："每位初到天上人间的姐妹，都要接受1个月的礼仪培训，所以这里的小姐显得有素质。"

正聊着，贾政看到葛星火打来电话，他走出包厢接起电话，星火告诉贾政他已经跟妈咪讲好，两位小姐都可以出台，今晚的费用他已经付了，他在外边等候，随时送他们回宾馆。

回到包房，贾政跟常总说，葛星火开车随时送咱们回宾馆，常杰有点迫不及待，4个人立即坐上了葛星火的车。

……

葛星火担任公司总经理，李铁英把平时的财务报销签字权也交给了葛星火，李铁英只是每个季度看一下账目，向财务总监询问一下财务状况。有一天，财务总监主动找李铁英反映情况，说葛总最近花钱大手大脚，动不动就有几万、十几万的娱乐消费报销，最近还有一笔50万的都城俱乐部会费，李铁英非常生气，他要找葛星火问个明白。

20．冲突加剧设陷阱

李铁英找到葛星火了解娱乐消费费用的情况，葛星火说这些都是招待大客户的需要。还没等李铁英提起俱乐部会费的事，葛星火就自豪地聊起了都城俱乐部："加入俱乐部，找合作不愁，见高官方便。"

李铁英开玩笑道："是不是还有美女随叫随到，这个俱乐部无所不能啊！"

葛星火眉飞色舞："那当然，凡是会员提出的合理要求，俱乐部都会设法满足。这俱乐部就是一个平台，他可以提供企业家之间的交流、企业家与银行家之间的交流、企业家与政府官员之间的交流等等。我已经通过俱乐部为咱们的大客户解决了一些难题，所以这些大客户才牢牢掌握在手中。"

李铁英知道，如今公司进入光伏新能源行业，年销售额都是千万级的大客户，有些销售费用还是有必要花的。李铁英没有过多地责备葛星火，但对这样的花费心里很矛盾，觉得它虽然能带来销售额，但也助长了不正之风。

中国经济的快速发展给铁哥俩带来了很多发展机会，战略规划为公司指明了发展方向，但最头痛的问题是如何在众多的市场机会中做出选择。公司近几年在光伏行业取得了明显优势，葛星火又想进入风力发电领域，李铁英极力反对，他认为别的公司在风电用胶领域已经明显占据优势，而且该行业利润很低，铁哥俩再进入该领域挣不到钱。李铁英主张开发利润高的电子用胶，如半导体、芯片、笔记本电脑、手机用胶，这些领域长期被一些跨国企业占有，他们有必要在这个领域研发出属于自己公司的产品，葛星火却坚决反对，认为开发出这些产品耗时太长。于是，两人在公司产品发展方向上产生了严重分歧。

葛星火主张一切以销售额为上，而李铁英主管研发的项目，这几年把主要精力放在了光伏新能源用胶和电子胶新产品研发上面，葛星火认为李铁英对他提出的风能胶不重视，大为不满。他听说有家小企业做风力发电用胶，于是用这家的产品贴上铁哥俩的牌子来卖，结果产品质量出了问题，客户要求索赔几十万，李铁英很恼火。

面对众多的市场机会，最难做的是取舍，要明白资源是具有稀缺性的，所以才需要制定战略，而战略核心是聚焦，集中有限的资源来完成有限目标。多数公司往往什么都想做，却什么都没有做好，就是因为他们同时追求很多目标，而不是将足够的资源都集中到几个关键目标上来实现突破，导致大多数企业的资源都没有得到集中化利用。因此，战略规划中一定要做到"有所为，有所不为"。

在处理公司的事务中，李铁英与葛星火的分歧越来越大，两人经常吵得不可开交。最近葛星火又和市场部经理董莉有染，许多员工向李铁英反映，董莉经常与葛星火一起出差拜访大客户，俩人之间举止亲密。这一下彻底气坏了李铁英，李铁英找到葛星火郑重地道："作为两个孩子的父亲，你要对得起自己的孩子和老婆！作为公司高层，你也要注意自己的形象！"

葛星火本来因为业务上与李铁英有分歧，心里很不爽，这下更加生气："你瞎说，你有证据吗？"

一句话说得李铁英哑口无言，李铁英确实没有亲眼见到俩人在一起，只是无意中听到员工私下交谈，得知葛星火居然送了董莉一辆宝马车，于是随口问道："那董莉开的宝马车是怎么回事？"

"我哪里知道，我从不过问员工的隐私！"

"那是我婆婆妈妈，窥探员工的隐私了？葛总，你不要揣着明白装糊涂，董莉的丈夫已经跟董莉提出离婚了，这点你不否认吧？你敢说这事跟你没关系？"

葛星火听到李铁英对自己的称呼从"星火"变成了"葛总"，第一次感觉到了自己和李铁英之间的疏离感，心里虽极为不快，却也无话可说。

随着时间的推移，兄弟俩之间的隔阂越来越深，甚至到了不可调和的地步。葛星火始终认为喜欢年轻漂亮的女孩不过是男人本性，他一直觉得李铁英是在装正经、假清高。俗话说"男追女隔座山，女追男隔层纱"，更何况是年轻貌美的女孩，他就想知道，要是李铁英遇到了一个主动投怀送抱的漂亮女孩，还能不能经得住诱惑。

机会来了，葛星火得知李铁英下周要去深圳出差开学术交流会，就跟都城俱乐部联系给李铁英安排一个女士"陪同"一下，还特别强调俱乐部要找一个高素质的女士为伴。都城俱乐部服务人员接到电话后再三保证一定会安排合适的人选，让葛总放心。

李铁英坐飞机前往深圳，上了飞机，李铁英把行李箱放上行李柜，刚要坐下，发现一位长发披肩气质脱俗的女孩站在自己面前，李铁英打量了一下这位姑娘，修长的身材，白皙的皮肤，年纪约莫二十七八岁。女孩微笑着示意她要坐里面的座位，李铁英让开位置，女孩坐了进去。

李铁英坐到座位上，系上安全带，打开书看起来，这是李铁英出差路上的习惯性动作。女孩瞥了一眼李铁英手里的书，红色的封皮，里面都是英文，不由得好奇道："看的什么红宝书？"李铁英把书合上递给女孩，书的封面是青年毛泽东身穿红军军装的半身像，书名是 MAO：The Unknown Story，中文应该译为《毛泽东：鲜为人知的故事》。

"果然是本红宝书！"女孩翻了翻书，然后看着李铁英，好奇地问道，"你研究毛泽东？"

李铁英推了推眼镜，有些拘谨地道："谈不上研究，我只是敬佩毛泽东！这本书是朋友送的，我也想看看毛泽东不为人知的故事。"

女孩认真地说："你敬佩毛泽东哪些方面？"

"他拥有诗人般的浪漫气质，从来没有扛过枪却有能力指挥千军万马！我很喜欢毛泽东的诗词，尤其是《沁园春·雪》。"

"他枪还是拿过的，据说是在一次庆功会上。"

李铁英惊讶地问道："你也喜欢毛泽东？对他了解这么多啊！"

女孩学着李铁英的说话方式："谈不上喜欢，就是敬佩共和国两位伟人，毛泽东和邓小平，一个是理想主义者，一个是现实主义者。"

理想主义者和现实主义者，李铁英还是第一次听到这样评价毛泽东和邓小平的，他追问道："怎么讲？"

"你看啊，大炼钢铁、赶英超美是理想主义吧？黑猫白猫抓住老鼠就是好猫是现实主义！"女孩微笑着说道。

"照你这么说，美帝国主义和一切反动派都是纸老虎，战略上要藐视敌人就是理想主义；打破姓'资'姓'社'的争论，发展才是硬道理就是现实主义了。如此说来，正是因为有了共和国这两位伟人的领导，中国才强起来、富起来了。"李铁英接口道。

"总结得不错嘛!"

李铁英被女孩一夸,倒有些不好意思起来,羞怯地说:"受你的启发啊。"

女孩开心地笑了起来,说道:"真是英雄所见略同。"说着伸过手来道:"我叫白珊珊,在深圳一家外企工作,good to meet you!"

李铁英被女孩的笑容感染了,伸出手:"我叫李铁英,good to meet you!"李铁英握着这个年轻姑娘温暖柔软的手,突然像触电一般,一股电流传遍全身。他慌乱地松开手,不自在地坐正了身子。

看到李铁英的囧态,白珊珊心想,这个文质彬彬的中年男人还挺有意思的,随口问道:"你在深圳工作吗?"

"不是,我去深圳参加一个学术交流会。"

"你们公司是做什么的?"

一提到自己的公司,李铁英侃侃而谈起来,两个多小时不知不觉已经过去,俩人还在兴头上聊着,广播里传来飞机就要降落了,他们互留了电话号码,匆忙下了飞机。

第二天,学术会开幕,李铁英在大会上作了主旨演讲,李铁英是行业学术界响当当的人物,他的演讲精彩纷呈,博得台下阵阵掌声。中午吃饭时李铁英接到了白珊珊的电话,问李铁英什么时候忙完,想约他见个面。李铁英才想起来,他的"红宝书"昨天落到飞机上了,对白珊珊说下午还要听重要报告,晚上有宴会,看明天下午是否合适,白珊珊说了句"一言为定,你这么忙就不打扰了"便挂断了电话。第三天下午,李铁英欣然赴约。

11月下旬的北京已是落叶满地,寒风飕飕,而深圳的天气还是温暖如春。白珊珊和李铁英漫步在海边,一望无际的大海令李铁英心旷神怡,温柔的海风吹在脸上身上,柔柔的,暖暖的,沁人心脾。

李铁英说道:"我上大学那会儿,在阅览室看到一篇关于深圳经济特区的报道,非常兴奋,没想到一个小渔村,几年的工夫竟然发展成一座对外开放的城市了。晚上回到宿舍,我就和室友聊起了深圳特区,谈到深圳的口号是'时间就是金钱,效率就是生命',当时我把深圳(zhèn)说成了深chuān(川),引得室友笑我半天,后来都成笑柄了。"

"哈哈哈,还有这种事啊?"

"后来,我就特别向往深圳这个地方。1995年我第一次来深圳,那时公司刚成立两年,我用自己发明的堵漏剂产品为变电站的变压器堵漏。从那以后,几乎每年都要来深圳。"

"公司经营得好吗?"白珊珊关切地问。

"公司业务蒸蒸日上,但我与合伙人闹得很不好,心里很不爽!"

"有什么烦心事,说来听听。"

李铁英压抑了很久的郁闷终于有了倾诉的对象。

没有工厂的嘈杂声,没有汽笛的喧闹声,李铁英和白珊珊漫无目的地走着,开心地聊着。因为聊得太投机,不知什么时候他们的手已经握在了一起。李铁英从来没有像现在这样放松过,他真希望就这样一直走下去,没有烦恼,没有忧虑,只有平淡的生活。

不知不觉太阳已西斜,落日的余晖将天空渲染得五彩斑斓。

白珊珊指着前面不远处的一片楼群说自己的家就在那里。

白珊珊邀请李铁英到她家里玩，李铁英虽然觉得有些不妥，可是因为俩人相谈甚欢，他也就跟着去了这个现代而又时尚的女孩子的闺房。

白珊珊的家是个两室两厅的海景房，装饰简洁而现代，白珊珊从美国留学回来后，没有回杭州父母身边，而是独自来到深圳。她的父母在大学教书，只有放假时才过来陪女儿住上几天。两室的房子里平时就只住着白珊珊一人，显得空荡荡的。

白珊珊叫来了外卖，又开了瓶红酒，然后点起了蜡烛，两人坐在露台上，一边欣赏着美景一边品尝着红酒的醇香。一瓶红酒喝完了，白珊珊又打开一瓶，李铁英问道："还要喝？"

"还没尽兴呢。"白珊珊给李铁英倒上酒。

"你今年多大了，怎么还不结婚？"李铁英问道。

"嘘，"白珊珊将食指放在李铁英的唇边道，"不许问女孩子的年龄。"

李铁英再一次被电到，他慌乱地拿起酒杯，"Sorry！我自罚一杯！"李铁英喝干杯中的酒，又倒上半杯。

白珊珊道："我有房有车，挣的钱足够自己花，我觉得这样生活挺好的。要是找一个条件好的，我要受他制约，我想干什么还要看他脸色，他愿意还好，要是不愿意就得闹别扭。找个条件不好的，那我的生活质量又要下降，我怎么甘心？现在社会啊，结婚哪有单身自由？只要自己有钱有闲，及时享乐不更好吗？"白珊珊端起酒杯，与李铁英的杯子碰了一下，喝了一口，放下酒杯道："还是说说你吧，你想要过怎样的生活？"

"我喜欢平静的生活，身边有个懂我的女人，一起聊聊天，说说话，看看书。"

"像现在这样？"

已经有些醉意的李铁英，看着烛光中白珊珊那挑逗的目光，有些心猿意马。白珊珊端起酒杯走过来，坐在李铁英的腿上，一手揽着李铁英的脖子，一手往嘴里倒了一口酒，她含着酒，将嘴对着李铁英的嘴，李铁英张开口，一股甜丝丝热乎乎的液体顺着他的舌头、咽喉、食管流入他的胃里，随即他的全身燃烧起来，李铁英再也控制不住自己的激情，抱起白珊珊进了卧室，两只炽热的嘴唇紧紧地粘在一起……

21．艳遇终将被发现

李铁英在深圳出差一周回到北京，第二天也没有休息，一早就开车上班去了，因为下午要召开公司月度会议，管理层都要参加。

李铁英走后，王京把家具擦了一遍，又将花盆里的花枝修剪一番，便呆坐在窗前，整个人陷入一种虚无的状态中，自从儿子上了中外合办的寄宿中学，家里又少了一个需要侍候的人，她每天的生活好像只剩下跟这些花花草草打交道。王京打开电视，坐到沙发上，拿起织了一半的毛衣织起来。

到了公司，李铁英先到实验室看了一圈，然后听研发经理的汇报。下午两点李铁英来到会议室参加公司月度汇报会。

李铁英与葛星火虽然矛盾不断加深，但在员工面前二人还是客客气气的。当李铁英来到五楼会议室时，葛星火主动跟李铁英打招呼，询问深圳的会议情况。开会时，葛星火先让李铁英介绍一下去深圳开会的情况和新的想法。

李铁英心情舒畅，滔滔不绝地讲了起来，他讲了这次开会的收获，为了提高公司竞争力，李铁英谈了今后两大设想：一是公司必须建立合成实验室，从分子结构设计解决性能难题；二是公司为满足光伏行业生产需要，要为客户提供自动涂胶设备（涂胶机器人），为客户提供一体化解决方案，这样公司就可以把竞争对手甩在后面。

李铁英讲完后，会议室响起一片掌声，大家都赞成李铁英的新想法。葛星火看到李铁英精神焕发、心情舒畅的样子，暗想，去了一趟深圳就跟变了个人似的，定是此计已成，他的嘴角往上翘了翘。接着，销售副总许光达汇报本月的销售情况，李铁英认真地听着，不时地点点头。

王京一边看着电视，一边织着毛衣。"叮叮"，王京听到自己的 iPad 里发出提示音，她放下手中的活，拿起 iPad 去看，几个没头没脑的信息跳了进来，短信没有显示对方的名字，而是一个陌生的手机号码。

136###："hello."

136###："亲爱的，我来北京了！"

136###："我想死你了！"

136###："怎么不理我？"

"无聊，现在不要脸的人还真多。"王京嘟囔一句，手机里经常会有这些骚扰信息，王京也没当回事，她扔下 iPad，拿起毛衣又织了起来。

"叮叮"声不断响起，王京这才觉得有些不对劲，又拿起iPad来看，这一看不要紧，她差点晕过去，只见短信聊天界面显示着：

李铁英："您是？"

136###："我是珊珊啊。"

李铁英："珊珊？"

136###："一周前，飞机上……"

李铁英："哈哈，同座（桌）的你！不好意思，想起来了。"

136###："你们这些忘恩负义的坏男人，个个都是陈世美！"

李铁英："哪里，哪里，最近忙晕了！"

136###："我说这么快就把我忘记了？"

李铁英："哪能忘记你啊，只是一时没反应过来。"

136###："我可记着那一夜情深呢！"

李铁英："是的，是的，终生难忘！"

136###："亲爱的，我住希尔顿，晚上来看我吧！"

李铁英："重温旧梦？"

136###："哈哈，你感觉到了？"

李铁英："当然！"

王京把iPad摔到沙发上，闭上了双眼，眼泪顺着眼角流了下来。

……

许光达还在汇报着销售情况，葛星火不时打断许光达的话，提出新的疑问，明面上看着是想让许总帮忙解惑，可是明眼人都看得出来他是在刻意为难许光达。在销售方面，葛星火和许光达的分歧也越来越大，近些天来，许光达在处理很多问题上并没按葛星火的指示去做，这让葛星火觉得自己的权威受到了挑衅，心里对他的不满越发强烈。

李铁英握着手机在桌子底下不停地发着信息：

李铁英："你的柔情似水我怎能忘记呢！"

136###："这次不再温柔了，我要把你绑起来！"

李铁英："啊？这么漂亮的姑娘，不会吧？"

136###："你早点过来吧，我让你流连忘返。"

李铁英："真的吗？"

136###："那当然了。"

李铁英："我在开会，开完会马上去见你！"

136###："快点，I miss you！"

李铁英："So do I."

136###："那你亲我一下。"

李铁英："mu a！"

136###："不行，再来一下。"

李铁英："mu a！mu a！mu a！"

136###："这还差不多，记得早点过来啊！"

李铁英："OK。"

李铁英突然有一种快感，和白珊珊聊天令他兴奋，令他刺激，甚至有一种跃跃欲试的冲动，他多少年都没有这种感觉了。他的心咚咚地跳起来，脑子里开始想入非非，葛星火与许光达的争吵他全然没有听到。

突然，手机屏幕上显示着王京的电话，李铁英心里一惊。他拿着手机走出会议室，"什么事？"还没等他说出我正在开会呢，电话里就传来王京歇斯底里的喊叫声："李铁英，你马上回来，我要和你离婚！"

离婚？李铁英顿时蒙了，结婚这么多年，俩人虽有摩擦，但还不至于到离婚这种程度，今天王京这是唱的哪出啊，难道自己和白珊珊的事让她知道了？不可能啊，他和王京这么多年相互信任，两人从来不看对方的手机，自己和白珊珊上次分别后就再无联系，连蛛丝马迹都不曾留下。直到今天白珊珊才给自己发了信息，更何况他在这里发信息，王京在家里怎么可能知道？但李铁英还是有些心虚，结结巴巴地说："好，好，好，我马上回去。"

李铁英脸色沉重，慌忙地跟葛星火打了个招呼说家里有急事便走出了会议室。葛星火看到李铁英刚才还阳光灿烂，突然间变得阴云密布，葛星火的嘴角再次往上翘了翘，好戏还在后面呢。

李铁英忐忑不安，急忙开车向家奔去。路上，他给白珊珊打了个电话，说家里有急事要回去处理，非常抱歉不能去了。白珊珊很纳闷：刚才还说得好好的，怎么突然就变卦了？但听到李铁英焦急的声音，觉得他肯定有急事，不然语气不会那么慌张。白珊珊嘴上说着让李铁英不要着急，心里不免有些遗憾和失望。

李铁英刚到家门口，王京的哭声就透过门缝传了出来，李铁英心里一惊，能让一向理智的王京痛哭出声，可见这事情对她的伤害有多大！他打开门，王京见他回来了，冲他吼道："你还回来干什么？找那个狐狸精去！"说着一把将李铁英推出门外，咣当一下锁上门，号啕大哭起来。

李铁英纳闷，难道自己和白珊珊的事情真的被王京知道了？

他拍打着门喊道："你开门听我说嘛！"虽然心虚，但还是强硬地给自己辩解道："你是不是听别人说什么了？我是什么人你还不了解吗？"

王京打开门，"啪"的一声将iPad扔出来，随后重重地关上门，隔着门喊道："你以为别人都和你一样，人前一套人后一套，你自己做了什么事，还要别人来说吗？直到今天我才了解你是什么样的人！"

李铁英拿起iPad一看，他和白珊珊的聊天记录全在上面，李铁英看着自己和白珊珊那露骨的话，顿时觉得脸发烫、头发晕，他不知道自己当时怎么就能说出那么露骨的话，更不知道要怎么跟王京解释这件事，他和白珊珊之间的那点事，如同秃子头上的虱子，明晃晃地摆着，他无论怎么解释，看起来都像是在掩饰。更何况，在持有传统观念的王京面前，他连一句露骨的情话都没说过。他心里的震惊和懊悔，不足以用语言来形容。可是这到底是怎么一回事？

说来也巧，一个月前，王京要在iPad上下载APP，她不会操作，李铁英教她下载，用的是自己的ID，这样王京的iPad与李铁英的手机用的同一个ID。李铁英从来没有使用过iMessage聊天，更不知道iMessage有同步功能，是白珊珊使用iMessage发短信触发了李铁英手机的功能，短信聊天同步到了王京的iPad上。

李铁英是一个家庭观念非常强的人，这些年可谓一帆风顺，事业、家庭双丰收，这其中有王京很大的功劳，他不想毁了这个家。现在眼见着事情已经败露，只好认错了。

他手足无措地站在门口，像极了一个初次犯错却不知道怎么掩饰的孩子："老婆,我错了,你开开门吧……"

王京打开门,一把将他拽进门内,毫无防备的他被拽了一个趔趄这才站稳。

王京的眼睛和鼻头红红的,显然是哭了很久的样子,她鼻音浓重:"我让你进来是不想把你的事情闹得尽人皆知,但我还是要和你离婚的!"

"老婆,我错了!你就原谅我吧。"

"你一句'我错了'就完事了,这么多年你管过这个家吗?擦过一次桌子扫过一次地做过一次饭吗?当初我放弃自己的工作来成就咱们这个家,如今儿子有出息你也事业有成,我熬干心血却换来你的背叛,你嫌弃我老了,转头就找更年轻的女孩子,暧昧短信一条一条地跳出来戳我的心。咱们这么多年的夫妻情分就比不上年轻小姑娘漂亮的脸蛋?想当初你那么介意葛星火的事情,我还以为你和他不一样,其实内心是一样的!你比他还恶心!你不是喜欢年轻小姑娘吗,我成全你好了,我们离婚,你就能光明正大找她去了……"

王京越说越委屈,哭声更大了。

"铃铃铃"电话铃响了起来。王京一看是儿子打来的,赶紧擦了擦眼泪,努力平复一下自己的情绪,走进卧室,关起门来接儿子的电话。

"喂——"她浓重的鼻音透过话筒传了过去。

"妈,你怎么了?感冒了吗?"儿子显然听出了她声音有些不对劲。

听到儿子的声音,王京的眼泪又流了下来。她想着儿子还小,本来还想隐瞒,却没有控制住自己,哽咽地道:"你爸他在外面有女人了，我要和他离婚!"

现在的小孩子什么事不懂，更何况李响已是中学生了："不会吧？我爸那么传统，谁出轨他也不会，您别多想了。"

没想到儿子这些事很明白，王京继续说道："我都看见他们的聊天记录了。"

李响沉吟了一会儿道："那您就更不应该离婚了，像我爸这样的年纪，长得又帅，又有钱，女孩都喜欢成熟型的，您要是离婚了，那不正好给她们腾地方吗？"

挂断电话后，王京想想儿子说得不无道理，自己已经到了这个年纪，对于情啊爱啊什么的都看得很淡。如果离婚了，李铁英肯定是抢手货，而自己人老珠黄没有半点优势。想想李铁英还是不错的，除了这次的出格之外没有任何恶习，也顾这个家。自己这样做等于是把他往外推嘛！但她还是要给李铁英一个教训，免得他下次再犯。想到此，王京打开屋门，见李铁英蹲在自己卧室门外，说了声："进屋吧。"

李铁英和王京结婚后关系一直很好，小两口床头吵架床尾和，李铁英从未想过离婚，更不会为了一个刚认识没几天的女人而离婚。听到王京的喊声，李铁英揉揉发麻的腿，站起身走进卧室。他走到王京跟前，愧疚地说道：

"老婆，对不起，我错了。"

王京冷冷地说："老实交代！"

"就是前些日子我去深圳开会，刚好我俩坐邻座，就聊了起来。"

李铁英当然没敢告诉王京那些酣畅淋漓的细节，他如同一个偷吃糖果被抓住的孩子一般手足无措地站在王京面前。

"老婆，我错了，你原谅我吧！"

李铁英想拉王京的手，被王京一把推开："别碰我，我嫌你恶心！你背着我干了多少见不得人的事？"

"我保证，就这一次。都怪我没经受住诱惑，事后我就后悔了，回北京的路上我就把她的电话号码删除了。"

"我一直认为天下的男人都出轨了，你李铁英也不会，你这个骗子！"王京又哭起来。

李铁英央求道："你不都看到了吗？我都把她忘了！请你相信我，不会有下次了！"

王京哼了一声，说道："你是把她忘了，但她一个信息你又屁颠屁颠地去了，你让我相信什么？"

"我没去，你就给我次机会吧！"

王京擦了把眼泪，情绪又激动了起来："没什么好说的，离婚！"

她一赌气又将李铁英推出门外，砰的一声将门重重地关上。整个人倚着门，滑坐在地上，眼泪无声无息地流了下来。她怎么也不明白，自己这个如此憎恶别人作风不正的老公，是被怎样一个姑娘迷了心智，做了自己最不齿的那一类人。

李铁英坐在客厅的沙发上呆若木鸡，不知说什么好。与王京逐年变胖的身体和越来越大的脾气相比，白珊珊的确是又温柔又迷人，他这才惊觉，今天要不是被王京发现，自己真的抵挡不住这样的诱惑，又去和白珊珊幽会了。也许是上苍的安排，不让自己在这条路上越陷越深吧，这才让王京及时将自己拽入生活正轨。

"我能想到最浪漫的事……"一个女星的歌声传来，这是李铁英设置的手机铃声,他掏出手机,是儿子李响打来的。

"爸,你到底怎么回事?"

李铁英听儿子的口气,知他已经知晓此事,愧疚地说:"儿子,爸对不起你,对不起你妈,爸知道自己这事做得有些不妥。"

"你不该这样,我妈也不容易的。"

"我都认错了,你妈还不肯原谅我,非要和我离婚。儿子,你帮帮我,劝劝你妈!"

"你多哄哄她吧!"

"她都不理我。"

"好,回头我再给我妈打电话。"

天色渐黑,李铁英做了一锅西红柿鸡蛋面,他盛好一碗放在桌上,然后敲敲门,喊道:"老婆,别生气了,出来吃点饭吧!"

门开了,王京将被子和枕头扔在李铁英身上,随即又将门关上。任李铁英说多少好话,王京就是不开门,他只好抱着被子睡到儿子的房间。

还有两三周就要过春节了,王京还在和他冷战,李铁英非常着急。前两年,在王京的建议下,李铁英在北京给父母买了房。装修后刚将二老接到北京,今年是李铁英父母第一次在北京过春节,如果他和王京继续闹下去,不去陪父母过年,必然引起父母多想。那段时间里,李铁英每天上赶着和王京说话,学着做她喜欢的饭菜,放低姿态努力去迎合王京的喜好……纵然如此,王京都不理他,李铁英不知道如何是好,王京能和李铁英的父母一起过年吗?且看下文。

22. 哥俩散伙事已然

马上就要过年了，王京还是不理他，怎么办呢？李铁英思前想后，想到平日里只有儿子和王京亲近，便给儿子打了个电话，让儿子做做王京的思想工作。李铁英说："这么多年我的压力很大，你妈也不理解我，我一时糊涂做了错事，但我真的不想伤害她，这事都过去一个月了，你妈还是不理我。你妈心思重，别人的话她听不进去，也只有你能和她说几句贴心话，你帮我劝劝她。"

李响了解父母之间存在的问题，说道："我妈就这脾气，你平时多和她沟通点，别一回家就干你那点事。这么多年，我妈一个人在家不容易。"

"我不是不想和她说话，你看她成天挑我的毛病，尤其在外人面前说我的不是，弄得我很没面子。"

"我妈确实有点爱挑剔，但她刀子嘴豆腐心，有时候也是为了你好，为了这个家好，你多理解她。她现在情绪不好，你更要体谅她点。"

李铁英说道："你以后找女朋友，一定要找个性格开朗、脾气好的。"

李铁英放下电话，刚松了一口气，就听背后王京吼道："有你这样当爸的吗，竟然和儿子告状，说我脾气不好，这是你出轨的理由吗？"

李铁英这才发现王京就站在他跟前，没想到他和儿子说的话王京都听到了，于是辩驳道："我哪里是那个意思！"

"不是这个意思是什么意思？你怎么能跟你儿子说那种话？"王京非常生气。

"我是让李响以后找女朋友找个脾气好的，这话有错吗？"

"让李响找个脾气好的，就是在嫌弃我脾气不好。"

"你平时说话老是盛气凌人，谁能接受得了，还老想改造别人。"李铁英抬高了嗓门。

"不改造你，就你那些臭毛病能改得了吗？"

"那我问你，你的毛病改了吗？"

王京愤怒地吼道："现在说你，不要扯到我身上！"

两人又无休止地吵了起来……

一切出乎王京的意料，这些天里她受到的打击太大了，十几年来她精心呵护的小窝似乎要崩塌了。她不明白她和李铁英怎么会走到今天这个地步。当初她鼓励李铁英下海，就是希望他能干出一番成绩，因此，自己包揽了一切家务，不让他分心。现在，李铁英确实成功了，而她自己得到了什么，得到了日渐苍老的容颜，和李铁英毫不留情的背叛！两人的信任被摧毁，感情也即将分崩离析。她愤怒，她痛苦，她困在自己的情绪里不得解脱。自从辞职回家，她的心里只有老公和儿子，和同学、同事之间也没了话题，渐渐疏远了。

儿子李响从中周旋以及为王京分析利害关系，王京渐渐地冷静下来，毕竟她和李铁英一起快二十年了，两人还是有感情基础的。以前李铁英工作忙，有时回家会有些抱怨，两人也曾为此发生过争吵。李铁英比较固执，又不注重细节，说话直来直去，从不会拐弯抹角，说话时难免会伤害到王京。被王京误认为老公瞧不起她，两人吵架后，王京连续几天不理李铁英，李铁英就用默默地为她做事来换取她的原谅。

王京回想李铁英创业这些年也不容易，结婚这么多年也没有什么不良嗜好，应该是个优质男了。她安慰自己，当今社会，那些当官的、有钱的，哪个不在外面包二奶、养小秘、私生子女，这种现象越来越普遍，她已经见怪不怪。尤其现在的女孩子不想奋斗，都想找个成功男人坐享其成，一个漂亮的女孩子想要主动出击勾引男人，他李铁英怎么能抵得住诱惑呢？她不想因为李铁英的一次出轨就与他彻底决裂，她希望李铁英悔过自新。眼看李响要放寒假回家了，再闹下去对孩子影响不好。而且李铁英的父母第一次来京过春节，不去面子上也过不去。王京决定原谅李铁英一次，答应去李铁英父母家过年。

大年三十下午，李铁英和王京拎着大包小包来到李铁英父母家。小弟李铁雄开了门，高兴地喊道："妈，我大哥大嫂来了。"弟媳刘美娟从厨房里出来，和王京打过招呼，接过她手里的东西将他们迎进门。母亲曹心慧端着一盆饺子馅从厨房出来，她本以为自己现在住在北京，离这么近，大儿子一家应该一早就过来，现在这个点才来，她心里多少有些不高兴，不冷不热地跟儿子媳妇打了声招呼："来了！"

王京在客厅里打开袋子，拿出里面的蔬菜，刘美娟惊讶道："买这么多菜？"

"过年了，一会儿多炒几个菜，大家热闹热闹。"王京说道。

李铁英的父亲李寿祥看了看王京，点头说"好，好"。李铁英把曹心慧拉进屋，掏出一个红包递给母亲说："过年了，这个给您。"

曹心慧拿着沉甸甸的红包说:"还是大儿子孝顺,总想着妈。"说着将红包放进柜子里。

李铁英嘱咐道:"您和我爸吃点好的,别老舍不得。"

曹心慧道:"现在虽说日子好了,也得省着点花。"

曹心慧听到哗哗的流水声,赶紧跑出来,进了厨房,见王京正在洗菜,水龙头开得很大,曹心慧忙将水龙头关上,心疼地说道:"这菜不用这么洗。"

王京道:"这菜上都是农药,要多冲冲吃了才放心。"

"你歇着去吧,去吧去吧。"曹心慧边说边将王京"轰"出厨房。

李铁英一看自己媳妇被轰出来了,厨房里只剩下老妈一个人忙活,有些不忍心,便说要给大家做几个菜,就进了厨房,他抓起水池子里的鱼,那条鱼来回摆尾,李铁英没拿住,鱼掉进水池里,溅得到处是水。曹心慧说道:"哎呀,你哪会干这些,快给我吧!"

"您别管了,我会弄,我现在正在学做饭呢。"自从李铁英出轨后,他才体会到王京这些年不容易,自己这么多年竟然没炒过一次菜,没做过家务,为了好好表现,求得王京的原谅,每天他主动做饭,不会做,就照着菜谱写的学,两个月来厨艺大涨,今天他想给大家露一手,让家人尝尝他的手艺。

李铁英可是曹心慧的骄傲啊,他是村里第一个大学生,还是博士,又娶了个北京媳妇,曹心慧逢人便夸大儿子多么有出息,尤其是李铁英自己有了公司,还能挣钱,更是锦上添花。曹心慧得知如今铁英居然在家做饭,侍候媳妇,心中多有不满。她停下手里的活问铁英:"那王京又不上班,天天在家没事,她怎么不做饭?"

李铁英边将鱼放进水池里,边说:"她也做,她做了快二十年的饭了,我不是最近才学吗?"

曹心慧一边择菜一边道:"按咱老家的规矩,三十晚上只吃饺子。这可倒好,还要弄这么多菜!"

"城里人都讲究年三十晚上一家人围坐在一起吃年夜饭,这样显得热闹。"

曹心慧扯着脖子往外看了一眼,见王京在和刘美娟忙包饺子的事,凑近李铁英跟前小声问道:"我问你,你买这房她是不是不乐意?"

"没有啊,这房子还是她提议买的呢!"

"那她今天一进门就嘟着脸子。"

李铁英听出了老妈话语里的怨气,不好意思说他俩正在闹离婚,打岔道:"她这两天身体不舒服。"

刘美娟在餐厅的桌子上和面,王京被婆婆推出来没事干,环视屋内一圈,发现原本挺宽敞的房子如今被塞得满满当当的,墙角堆着一堆纸盒子、空瓶子,柜子上摆着一摞一次性饭盒,还有许多空塑料袋、空罐头瓶子。王京想帮婆婆收拾收拾,就拿着那些饭盒对曹心慧说:"这些饭盒扔了吧?"曹心慧赶忙抢过王京手里的饭盒道:"留着,我还用它盛东西呢?"

"这都是塑料的,有毒!不能再用了,要不我帮您扔了吧!"

"不用,不用,你快歇着去吧。"曹心慧把饭盒重新放回原位。

"我帮您收拾收拾。"

曹心慧说道:"你什么也别管!要不你进屋看电视去吧。"

王京看大家都在忙，自己也不好意思在那看电视，空着两手正不知如何是好。刘美娟把面板放在餐厅的饭桌上，端过来面盆，将和好的面拿出来，在面板上揉了起来。王京洗了手，走到桌前，和刘美娟一起包饺子。

王京问美娟在公司工作怎么样，刘美娟本不想说这两年李铁雄受的委屈，后来还是说出来了。刘美娟说："不知怎么回事，最近葛总总是找铁雄的毛病，训斥铁雄生产没安排好，耽误了发货。销售那边本来没有计划，突然有个大单来了，肯定生产不过来，铁雄最近得了疝气，只好忍着疼去加班。"

王京听到刘美娟的抱怨，心里有点不悦，低声说道："我回去给你哥说，让你哥找葛星火聊一聊。"

刘美娟说道："嫂子，听说葛星火在美国有两个私生女，你知道吗？"

王京很惊讶："私生女，你哥没跟我提过啊！"

刘美娟说："估计我哥也不一定知道，我是从刘歆瑶的闺蜜那里听说的。刘歆瑶离开公司时就怀孕了，后来去美国她姑姑家生下了个女儿。前两年，葛星火送儿子去美国读高中，又偷偷去见了刘歆瑶，刘歆瑶又在美国生了个闺女。"

刘美娟和王京正聊得起劲，厨房里传来一股煎鱼的腥味，随即一股烟弥漫到整个屋子。

王京满肚子的不痛快像是找到了发泄口，她冲着厨房大声喊道："李铁英，你看这满屋子的烟，快把油烟机开开，告诉你多少次了，做饭时要开油烟机，你总不记着！"

不常做饭的人没有开油烟机的意识，李铁英在家炒菜常常忘了开抽油烟机，总是在王京的呵斥声中才赶忙开启，今天自然又忘了，听到王京当着这么多的人说他，心有不悦，但是母亲在旁边，只好忍了，他讪讪地打开了油烟机。

曹心慧听到王京当着全家人的面数落儿子，想着这儿子在家里得多受气啊，她心理不平衡了，说道："这有什么啊，煎鱼哪能没有烟，他能做饭就不错了，以前在家什么都不会干，让你调教得现在什么都行了。"

吃过晚饭，全家人坐在一起看春节晚会，因为刚才的那点不愉快，大家都没怎么开口说话，气氛冷清得有点过分。曹心慧对坐在一旁的李响说："响响，你多跟小冉聊聊天，看你俩来了就没说话，咱们都是一家人。"

婆婆这话是什么意思，难道把我们当外人了，王京觉得婆婆在挑孙子的毛病。王京这样好，就算她再生气，也从来不在婆婆面前发脾气，虽然不高兴也没说什么。

等到新年的钟声敲响，李铁英让李响继续陪爷爷奶奶过年，他和王京回到了自己的家，两人都憋着一肚子气，一路上谁都没说话。

到了家，王京将包扔在桌上，进了卧室，咣的一声将门关上。李铁英冲着卧室说道："你今天什么意思？"

王京打开门质问道："你说什么意思？"

"为一点鸡毛蒜皮的小事，你成天挑我的毛病，平时我让着你也就算了，今天你居然当着全家人的面训斥我，弄得我下不来台不说，你让我家人怎么想？"

"你还有脸说，你干事总是丢三落四，后面总得跟个擦屁股的，说你多少次都不改，我还不该说吗？"

177

李铁英平时是有许多毛病，如打开柜子门拿完东西就忘关了，开了灯离开时就忘关了，一件事没干完就去干另一件事，常常是李铁英在前面干，王京在后面收拾。为这事，王京经常不分场合数落李铁英，弄得李铁英有时挂不住脸，心想：我在行业里也是响当当的人物，受到很多人的尊重和羡慕，在公司里什么事都是我说了算，回到家你王京为了这点小事，当着全家人的面训斥我，像今天这样很不给我面子。李铁英争辩道："男人天生粗线条，哪做得了这么细致的活？我又不是今天才这样！再者说，你干吗老是把我当孩子似的训，就不能多看看我的优点？老挑毛病，谁受得了？"

"就你这臭毛病，天天说你，都没改了，不说你能成？"王京反问。

"人家的老婆在外面总是称赞自己的丈夫，你可倒好，在你眼里我永远不如别人。"

"人家老婆好，你找人家去啊，你不是有相好的了吗？"

李铁英急了，喊道："你又提这事，我不是给你道过歉了吗？你难道就不能放下吗？"

"放下！你让我怎么放得下！我放弃了工作放弃了一切，到头来就换来了自己的丈夫出轨，在我眼皮子底下恶心我！这是随随便便'放下'两个字就能解决的事吗？"王京说着流出泪来。

李铁英知道自己这事做得确实不对，可王京老是揪着这事不放，多少让他心里生出几分不满，他暗想道：我这点事和葛星火相比算什么，嘴上不自觉就冒出一句："我这事和葛星火相比简直就是小巫见大巫！"

这句话激怒了王京："小巫见大巫？你找野女人还有理了？

葛星火有两个私生女,你也去生。离婚!离婚了,就没人再拦着你!"

什么私生女,李铁英听得一头雾水。王京气愤地抓起茶几上的水杯狠狠地摔在地上,杯子被摔得粉碎,当王京又拿起茶壶要摔时,李铁英快步上前拦腰抱住,抢过茶壶。王京无力地垂下手,号啕大哭起来:"你这个大骗子!口口声声说要好好待我,我妈刚去世不久你就这样欺负我,这日子没法再过下去了!"王京奋力挣扎,李铁英死死地抱住,使她挣脱不开。

"老婆,原谅我的一时糊涂!"李铁英再次道歉。

"没什么好说的,离婚!"王京又把卧室门关上了,两人原本缓和的关系又恶化了。

总算挨过了假期,李铁英早早就到了办公室。春节刚过,公司也没有多少事,由于王京和他闹矛盾,李铁英倒是宁可每天在公司上班,也不愿在家听王京的言语轰炸。

突然接到白珊珊发来信息:"hello,过年好!"

李铁英心里一惊,赶紧看看短信,还好,没有发在iMessage上,才放下心来。白珊珊说自己过年回杭州了,感觉在家好温馨,有父母的宠爱,她这个小公主真是太幸福了。

白珊珊问李铁英:"这段时间都在干什么?想我没有?"

李铁英羡慕白珊珊过年期间与父母团聚的幸福时光,想起这段时间在自己身上发生的一些糟心事,他都差点抑郁了。他没有说出王京正在和他闹离婚,只是单纯地想有个人和自己聊两句,排解心中的郁闷,随手打了一行字:"春节期间在家无所事事,就是看看书。"

白珊珊:"上次来北京没见到你,太遗憾了,下次来北京一定见你。"

李铁英苦笑了一下，心想就是因为上次你来京才导致今天的局面，如果再见面，还真不知道会再出什么幺蛾子，他和王京的日子迟早得玩完。想到这，他也没心思和白珊珊继续聊天，推脱自己正忙，改日再聊。

葛星火与许光达的矛盾不断加深，春节后不久，葛星火没有和李铁英打招呼就辞退了许光达，李铁英非常生气，加上家里的烦心事，李铁英情绪有点失控，在员工面前和葛星火发了火。葛星火毫不示弱，说许总太固执，年龄六十了，也该退休了，气得李铁英有苦难言。

转眼间，到了8月份，8月1日我国第一条拥有完全自主知识产权、具有世界一流水平的高速铁路——京津城际铁路通车运营，中国有高铁了，这具有划时代的意义。2008年对中国是不平凡的一年，8月8日第29届奥运会在北京召开。9月27日"神舟七号"载人飞船实施宇航员翟志刚空间出舱活动。

9月份，美国次贷危机引发的国际金融危机全面爆发，这次危机是美国20世纪30年代"大萧条"以来最为严重的一次金融危机，对国际金融秩序造成极大的冲击和破坏。

在公司10月份的月度会议上，李铁英建议大家讨论一下次贷危机给公司带来什么影响，结果葛星火首先向李铁英开火："讨论什么次贷危机？新产品质量老是出问题，影响了公司的销售额和形象，开发那么多的产品有什么用？"

李铁英针锋相对："哪个公司的产品没有问题？许总说得对，公司有什么样的产品就卖什么样的产品这才是好的销售员，销售额上不去，怪公司产品有问题，绝对不是一个合格的销售员。"

李铁英一想到葛星火没和他说一声就把许光达辞退的事就生气，有点歇斯底里地喊道："公司开发出这么多新产品，你作为总经理，不鼓励去推广，还找产品的毛病，新产品怎么能卖出去？你不配当这个总经理！"

李铁英压抑了多年的怒火终于发了出来，葛星火也气愤地拍桌子："你配当总经理，你来当，我是没法再和你合作下去了！"说着摔门大步走出了会议室。

23．星火回厂巧安排

两个公司负责人在会议上发生争吵，这还是头一次，然而正是这次的争吵，将两个人的矛盾和分歧推到了不可调和的地步，只能以散伙收场。

创业以来，葛星火主要负责营销，李铁英负责技术。铁哥俩的业务，目前分汽车、工业、维修、电子、新能源几个事业部，如何分割公司资产是比较头疼的问题。李铁英建议请律师解决，葛星火说没必要，好聚好散。

葛星火憋着火气："家里老父亲年纪大了，想让我回去接班，这样吧，干脆找个会计师事务所评估一下公司价值，按照股份折合成现金给我就行。"

李铁英吃了一惊："哪有那么多现金给你？"

"现金需要你想办法，要不就只能按业务划分成两个公司，但这样一来公司业务会每况愈下，这应该不是你想看到的局面。"

李铁英觉得也是，公司拆分成两个公司，竞争力肯定会下降，只得答应了他："好吧，我想办法解决，不过只能按评估打七折，按三次付款，先付50%，第二年付30%，第三年付20%。"

葛星火没有意见，只是强调以后不能阻止他做铁哥俩同类的业务。李铁英知道，葛星火未来不可能放弃他熟悉的这块业务。李铁英很无奈，鉴于目前的情况，只好同意，也做好了未来与葛星火竞争的思想准备。这样，两个人分家的问题就初步解决了。

两人散伙后，葛星火获得大笔资金，回到了父亲以前任厂长的搪瓷厂。几年前该厂响应国家"抓大放小"的政策，成为了全中原市首家改制试点企业，成为全员持股的公司。

葛星火离开公司后，李铁英又重新担任总经理，任命新能源事业部马企远为销售总经理，又把许光达请回公司担任营销顾问，协助马企远工作。葛星火的离开，让李铁英感觉像塌了半边天似的，以前公司的营销他根本不用过问，如今需要事事操心，公司繁杂的事务像山一样压在了他一个人的身上。

葛星火回到中原搪瓷有限公司，担任公司副总经理，负责公司营销。公司股份制改革以后，业务虽然有些起色，但改变并不是太大。重新到岗后，葛星火觉得公司的传统搪瓷产品竞争激烈，他建议做搪瓷怀旧纪念品，就是搪瓷厂六七十年代那些产品，在搪瓷缸上印上"好好学习，天天向上""广阔天地，大有作为""农业学大寨""毛主席万岁""深挖洞，广积粮""大海航行靠舵手"文字和图案。而担任公司内部运营的副总经理欧阳光对葛星火的销售策略不屑一顾，觉得这些都是老掉牙的产品，已经过时。但葛星火还是说服欧阳光同意小批量地生产出一批怀旧产品进行市场调研。

怀旧产品投入生产半年后，销售量大增，公司销售额很快翻倍，之后，葛星火的父亲卸任总经理，让葛星火当总经理，自己只担任公司董事长。尽管欧阳光极力反对，但公司管理层还是投票通过了葛星火担任总经理的这一提议，管理层都觉得葛星火思路开阔，是挽救公司的不二人选。

担任总经理后，葛星火大权在握，他留意到越来越多的家庭开始使用不锈钢产品，觉得搪瓷产品未来会被不锈钢和塑料制品替代，于是决定在拓展搪瓷怀旧纪念品的同时，拓展化工新材料业务。

这几年，贾政因招商有功，一路高升，先任招商局副局长、后又被任命为局长，任局长期间，他与市委领导打得火热，去年更是升任中原市经济技术开发区管委会主任。

周末，葛星火一家人、葛文丽一家人来看望葛志军。贾政建议老岳父在开发区买块地建厂，葛志军叹了口气说："哪有钱买地建厂啊？"这下正中了葛星火的下怀，他手里有钱，买地皮的钱肯定够，但建厂房需要银行贷款，贾政与葛星火一拍即合，他提出自己可以想办法帮助葛星火弄到贷款。

葛星火琢磨着，不如趁这次在开发区建厂的机会，给公司做第二次股份制改造，把公司由有限责任公司改造成股份有限公司，他可以利用自己的资金入股，再加上他父亲的股份就可以达到绝对控股权。同时葛星火还有一个更大胆的想法——上市。但此时的葛星火并没有向管理层和员工透露半点公司要预备上市的信息，过早透露上市信息不利于股份制改造，不利于他用自己的资金收购不愿持股员工的股份。

本来仅仅是持有2%股份的小股东，这次改制，葛星火通过入资，加上购买一部分不愿继续持股的员工的股份，自己持股达到了25%，成为公司第一大股东。欧阳光也购买了一部分员工的股份，成为公司第二大股东，葛志军、钱晓宇持股位列第三、第四，如今共有106位员工持有公司的股份。

第二次改制完成后，公司改名为"中原新材料股份有限公司"，葛志军仍担任董事长，葛星火担任总经理，欧阳光、钱晓宇担任副总经理，欧阳光负责公司运营，钱晓宇负责公司销售。欧阳光的女儿欧阳兰担任财务总监，钱晓宇的女儿钱璟担任董事会秘书。

又一个周末，葛文丽、贾政带着女儿去看父亲，碰巧葛星火带老婆和小儿子也去了，一大家子人热闹非凡。聊天时，贾政提起他下周要陪副市长林森去北京出差，问葛星火有什么好的地方可以推荐，葛星火想都没想就直接推荐了都城俱乐部。因为葛星火有求于贾政，他要在开发区建厂，需要贾政帮他打通银行关系，所以他不等贾政表态，就提出自己可以帮助贾政安排林市长下周出行的一切事宜。

葛星火打通了都城俱乐部的电话，万经理开玩笑说："安排林市长跟国家主席、国务院总理吃饭恐怕不行，要是安排跟哪个部长、副部长吃饭，还是可以的。请葛总放心，请先问好了林市长想见谁，我们尽量满足您的要求。"

这次林副市长去北京，名义上是去开会，其实会议并不重要，重要的是要跑跑关系，而贾政则是为他经济上保驾护航。听贾政说能安排自己见一些人，林森很高兴，他正为有几个部门他并不很熟悉而犯愁，如果能安排自己与相关人士见见面、吃吃饭，那是再好不过了。

葛星火想，一定要给林市长一个惊喜才行，对于销售出身的葛星火来说，这点事算不了什么。葛星火很快向贾政打听到了林市长的需求、兴趣爱好，甚至个人隐私，告诉俱乐部一定得安排林市长见到两个重量级的人物。费用的事除了机票、宾馆贾政来付，其他一切费用葛星火全包了。

俱乐部给葛星火来电话，说北京的事情除了林市长要求见的杨老还在联系之中以外，其余几个部委的事情基本落实。而且告诉葛星火，去机场的车是在舷梯下面等的。到了北京，无论是吃住行，都有专人负责安排，只要吩咐一声就好了。

贾政和林副市长在北京下了飞机，贾政发现前来接机的居然是两部车，前面一部是俱乐部的接待人员和林市长的秘书坐的，后面一部是林市长和贾政坐的。

车一前一后出了机场，司机按了一个按钮，一道玻璃从前后座位之间升起，这样保证了后座两人谈话的隐私性。林森道："真的感谢你啊，贾政！能安排得这么周到，你一定费了不少心思吧？"

"林市长别客气，贾政能有机会为林市长服务，那是求之不得的，安排得不满意还请林市长海涵。"贾政诚恳地看着林森。

"有什么不满意的？这样的待遇我还是第一次享受到。你知道，我只是个副市长，在中原市里就是为领导服务的，以前也多次跟领导一起出差，哪次不是我鞍前马后地安排，争取叫领导满意？可是，无论怎样，也很难安排到这次这样的程度。"林森感慨道。

"林市长，千万别这么说，这都是我大舅哥安排的。他以前在北京创业，如今回到中原市，目前担任我市首家中小企业股份制改造的中原新材公司的总经理。我告诉他林市长就是我的衣食父母，要是接待不好让林市长不高兴，回到中原给我小鞋穿，我就跟他翻脸。"贾政假装一本正经地板着脸，但是口气能叫林森感到是在开玩笑，因为这样，能让两个人之间互相放松下来。

"你呀，下回不许这么安排了，这要是叫别人知道了，那可不是闹着玩儿的。现在我在市里担任这个职务，万事都要小心，不能叫别人挑出一点错处，你明白吗？"林森用手拍着贾政的手背，言语间虽有责备之意，但那亲昵的微小动作却表明了林森对贾政的极度信任。

贾政点着头："林市长，你尽管放心，我办事绝对靠谱，不会让人挑出一点错处的。"

林森一行人住在东方君悦大酒店，俱乐部的服务人员跟贾政说之所以安排住在这里，是因为这里距离林市长要办事的几个部都很近。还有一个原因是这里的粤菜在北京是出了名的，请客也有面子。

贾政和林森住的是楼顶的行政楼层，俱乐部服务人员把林森送回房间后，来到贾政的房间告诉贾政，他跟林市长的秘书住在下面，随时听候他们的安排，车子也停在楼下随时待命。另外，服务人员拿了一份这几天的行程安排让贾政过目，贾政注意到，这份行程表安排得十分详细，甚至连请客的菜式都一一列出。贾政注意到,最后两天的下午和晚上暂时没有任何安排,疑惑道:"这两天怎么不安排?"

服务人员礼貌地解释:"我们现在还在联络杨老,杨老最近刚从国外访问回来,时间比较紧,好在我们现在已经联络上了他的大秘,他正在积极安排,空出的那两天时间就是给杨老接见林市长做的准备。一旦接到杨老大秘的通知,我们随时会将林市长送到杨老家。对了,大秘说杨老最近对中原市很关注,很想了解一下基层的情况,他会争取叫林市长在杨老那里谈话的时间长一些,最好能一起吃个晚饭。"

"杨老能轻易地请林市长这种级别的干部吃饭吗?"贾政有些不放心。

"这得安排妥当,最好是让俩人无意中碰面。碰上了,自然也就能有机会。对了,去的时候要带点中原的土特产。"俱乐部的服务人员神秘一笑。

"这没问题,你叫联系人问一下杨老的大秘,看看杨老都有什么特别的嗜好,我叫他们准备。"贾政把行程表还给俱乐部的服务人员。

"等一下7点钟在楼下吃饭,我们安排了几个林市长的老同学为他接风,同学中还有他当年的梦中情人。"俱乐部的服务人员道。

贾政笑了:"你们安排得太周到了,通知林市长了吗?"

俱乐部的服务人员粲然一笑:"我们怎么会提前通知他?这样做就是为了给他一个大大的惊喜。你们先休息一下,等一下我提前十分钟打电话给你。"

那天晚上,吃饭的气氛很好,林森的几个同学虽然也都在各个部委工作，但都是些没什么权力的司局长。这使得作为副市长的林森在饭局上备受推崇，毕竟他的权力摆在那里呢。

贾政在饭局上见到了林森的那个梦中情人牟芸，她的确与众不同，不仅长相漂亮，性格也沉静。牟芸是北大的教授，知识的积累，更使她的眼神里闪烁着一种智慧的光芒，这不仅表现在她的谈吐举止间，更洋溢在她的气质上。超高的文化素养让她褪去了虚华浮躁的浅薄，既像出水的芙蓉，又像一块美玉，一举一动都透着一种浑然天成的美。尽管她待人态度平易随和，但骨子里却隐藏着一种难以同俗的清高，这种清高使得她不怒自威，让人不敢心存贪念，更不敢有任何亵玩之心。

贾政看得出来，虽然林森与她天各一方，但林森还是对她心存敬畏，一点也不敢在她面前造次。倒是他那几个同学似乎都知道他俩当初的那点事，为了缓和气氛，同学们便开他们的玩笑。开始，两个人还有些尴尬，但是时间一长，气氛自然也就轻松起来了，两个人也逐渐不那么紧张了。

在这种场合里，贾政很少说话，但是每次说话都能化解林森与牟芸之间的尴尬，并能将他们的感情拉近一步，经过他的几次调和，牟芸跟林森说话终于随意起来了。

牟芸一有欢颜，林森就难抑自己的兴奋，跟其余几个同学打了两个通关。他的秘书知道他的酒量一般，便不时地提醒他，但林森根本刹不住车，一杯接一杯地干起来。也许是酒精的刺激，也许是有牟芸在场，林森开始有点话多，不时说出一些一语双关的话来，幽默而又得体。

有同学冲林森打趣道："老林，像你这样在中原市身居高位、身材一流、文采飞扬的干部，是不是有很多女性仰慕者啊？"

林森看了一眼牟芸道:"哪里,哪里,我这人无趣得很。我只知道工作,没什么特别的爱好。再说,我这人情商太低,不懂风情,哪会有人喜欢我这么无趣的人呢?"

"不懂风情?不懂风情当年谁一首接一首地写情诗?"其中一位同学揶揄道,大家都被逗得放肆地笑起来。

林森还想装糊涂:"写情诗?有吗?我怎么不记得。"

"不记得?这老林就是装,当年趴在宿舍床上打着手电筒写的那些都是啥?"同学继续加了一把火。

林森被说得有些不好意思,不时偷偷地扫一眼牟芸。牟芸脸色绯红,眼神里既有少女般的羞涩又有某种期待。

贾政留意到,可能是那几句无伤大雅的玩笑话拉近了大家的距离,林森的几个同学都好像回到了大学时代。尤其是牟芸,居然有某些晶莹剔透的东西闪亮在她的双眸。不用说,林森唤醒了她尘封多年的记忆。贾政于是插了一句:"林市长,你平时很严肃,没想到原来骨子里还那么浪漫。"

那天晚上,林森和他的同学们都喝了很多,就着林森感情这个话题,大家在一起回忆了许多的往事,就连贾政这个外人也深受感动,跟着喝了很多酒。

临分手时,大家都互相拥抱,牟芸没有开车,林森坚持要送她。几个老同学都开玩笑说:"送什么送,干脆你俩在这里回忆回忆当年算了。"

牟芸也不生气,笑道:"就算是回忆过去也不能在今天,两个酒鬼岂不是把美好都破坏了?"这个回答叫贾政感到很意外,酒这个东西真是很奇妙,就连牟芸这样的女人在酒精的刺激下也会变得如此口无遮拦。

在林森的一再坚持下，牟芸坐上了早在门口等待的车。

望着他们的车消失在车流中，俱乐部的服务人员张望了很久。回头见贾政站在那里，道："贾主任，感觉怎么样？我看你也没少喝啊。"

贾政回答："还好，这种场合我也有点感动。"

俱乐部的服务人员笑着问："这个效果还不错吧？"

贾政赞许道："真的不错。你看，林市长在牟教授面前今天是把坚强和柔情都表现得淋漓尽致。这样的安排一定会让他难忘的。"

俱乐部的服务人员微笑着："贾主任，能让您和林市长满意我就知足了。"

第二天早餐时，林森问贾政："贾政，你大舅哥的本事真是通天啊！昨晚我送牟芸，她告诉我，今天下午是她们副校长亲自打电话叫她晚上参加一个晚宴，只是说有重要客人，却没有说跟谁。说实话，要是我打电话给她，她还真的会犹豫，而她的主管副校长打电话，她则不得不来。没想到，却是这么个场合。你要知道，一见到她，我真是百感交集啊。"

贾政问："林市长昨晚的感觉怎么样？"

林森叹口气："人生能有几个昨晚？"

"那就好，只要您满意，我就放心了。"贾政道。

这时林森的电话响了，他接起来，笑靥如花："牟芸，昨晚真的很高兴。我还要在北京耽搁几天，回头我单独请你。好的，拜拜。"

接着贾政把这几天的大致安排说了一遍，特别提到杨老，他极力强调了杨老的大秘准备安排他跟杨老吃个便饭的事。林森很高兴，对贾政道："贾政，要是我有机会往上走一步，绝对忘不了你的。我这个人，既不会像某些人那样有着不可遏止的权力欲，把脑袋削尖了往上爬，甚至用别人的鲜血染红自己的官翎也在所不惜；也不是金钱拜物教的忠实信徒，为了抓钱把道德与良心拿去喂狗，闻呛人的铜臭如沁人心脾的花香；我只想一心一意追求自己心中青春的梦想，成就一番卓尔不群的事业。贾政，你给我搭建了这个平台，我一定会把它利用好。"说着，紧紧地握住了贾政的手。

"上午司机送您和秘书去开会，下午的行程和晚上的安排，已经交给您的秘书了。"贾政道。

"对了，贾政，去杨老那里是不是要准备点什么特别的礼物？"林森问。

"这个您不用担心，我已经有安排了。您这几天晚上回来要做点案头工作，据说杨老很想了解点基层的真实情况。您看看应该怎么说？"贾政道。

"真的？"林森问。

"是的，这是杨老大秘说的。"贾政回答。

"可真实的情况怎么对杨老说呢？这可真是个难题啊。要是这个度把握不好，会捅娄子的。"林森脸色凝重。

"那您就挑点不轻不重的说？"贾政试探地问。

林森面带愁容地说："那可不是随便地隔靴搔痒就能糊弄过去的。那样的话，杨老会觉得我的工作不深入不细致，敷衍了事。杨老虽然在北京，下面的事他也不可能没有耳闻的，所以，我不能不拿出点猛料。但是，拿什么样的猛料我需要好好想一下，既不能让杨老觉得我是个庸庸碌碌的无能之辈，又不能把话说出去之后收拾不了烂摊子，甚至引火烧身。我了解杨老一点，抬轿子、吹喇叭等，只能有损自己的人格，却得不到他重视，倒很可能引起杨老的反感和轻视。贾政，我这两天想想，你放心，你动用了这么多关系，我不会让你失望的。"

接下来的几天，林森在开会之余，不仅见到了几个相关部委的重要人物，还跟他们之间拉近了不少关系。这些活动绝大多数贾政都没有参加，因为他知道自己也不适合参加这样的场合。直到第三天，贾政才得到准确的消息，杨老要在第二天下午四点钟接见林市长。

到了那天，俱乐部的服务人员特地安排了一辆不起眼的车子将林市长送到杨老家的门外。由于他们去的时间比较早，所以大家就在车里等着。直到杨老大秘打来电话，贾政才叫林市长的秘书提着他们事先准备好的土特产，陪着林市长走进那个门面并不很大的四合院。

望着林森小心翼翼的样子，贾政不由得感叹："林市长怎么说也是管理着上千万人口大城市的副市长啊，来到了这里，也是战战兢兢啊。"

贾政本来以为林森在杨老家两小时就差不多了，谁知道这一等就是四五个小时。开始，贾政跟俱乐部的服务人员还能东拉西扯地说些大家都感兴趣的新鲜事，到后来大家都有些饿了，心思也就不在聊天上了。

杨老住的这个地方周围没什么商业，他们又不敢轻易离开，因为不知道林市长什么时候会出来，让一个副市长在这条灯光不是很明亮的路上走出一两公里去打车，万一出点什么事那可不是闹着玩儿的。然而他们也不敢打电话给林市长,因为不知道他现在跟杨老是在谈话还是在吃饭,万一打断他的思路,让他在杨老面前说错话那罪可就大了。

幸亏这车上有水,不然的话,他们可真是要重温一下上甘岭了。差不多到了晚上十点钟,林市长才跟秘书从杨老家走出来。

见二人站在路边,问道:"你们就一直在这里等着?"

贾政点点头,林森又问:"一直没吃饭?"贾政又点点头。

林森叹口气:"辛苦了,上车吧。"

路上,林森坐在那里一直没说话,表情也很沉重。贾政不好问他效果怎么样,也只好默默地坐着。

路上的灯光不停地明明暗暗,映在林森的脸上,似乎他的表情也阴晴不定。

到了宾馆楼下,他对贾政说:"我累了,你们去吃点东西吧,我就不陪你们了,今天辛苦了。"

说着就下了车,走了两步,他回过头说:"对了,回头订明天早上最早一班飞机票,咱们回中原市。"

那天晚上,贾政和俱乐部的服务人员谁也没吃好,因为他们不知道林森此次见杨老是个什么样的结果。

第二天,林森和贾政及秘书乘第一班飞机回中原市,在飞机上,林森一直没提见杨老的事情,也没怎么说话,整个人一副心事重重的样子。

直到下飞机,他才对贾政道:"贾政,回去问一下你大舅哥,趁我工作没有发生变动之前,看他有什么需要帮助。你是我兄弟,我不会忘记这次安排。"

贾政心里一紧:"林市长,您要调走吗?杨老有这个意思?"

193

林森道："这不是他一个人能决定的，不过我必须有这种心理准备。"

24. 铁英经受双磨难

在贾政的引荐下，葛星火见到了林森副市长，葛星火给林市长介绍了中原新材的情况，当听到中原新材是中原市首家改制全员持股的公司时，林森非常感兴趣，葛星火谈到搪瓷业务已经过时，正在拓展化工新材料业务，在开发区建厂，并准备在中小板上市。林市长听到葛星火的发展设想，作为主管工业的副市长，表示坚决支持。当听说葛星火是市人大代表时，林市长立即给市人大主任拨通了电话，将葛星火推荐给市人大主任，告诉他葛星火是中原市难得的人才，并介绍了葛星火的上市计划，市人大主任马上在电话里表示有空一定要见见葛星火。

葛星火很快弄到贷款，转型搞起了新材料业务，从铁哥俩公司挖了一批人，曾经辞职创业未成功重回铁哥俩研发部的潘玮，回来后感觉没得到李铁英的器重，也被葛星火挖去当中原新材的研发部副经理。中原新材很快在市高新园区建厂，与李铁英搞低价竞争。

葛星火公司发展顺利，李铁英却陷入困境。葛星火离开公司后，铁哥俩公司资金紧缺，后又因技术人员被挖走，李铁英只能自己担任总经理兼技术总监，却还是难以扭转局面，加上公司销售不力，公司业务每况愈下。与此同时，那次艳遇事件导致李铁英家庭关系紧张起来，夫妻关系受到了严峻的考验，李铁英与王京关系时好时坏，本来良好的婆媳关系也开始变坏，弄得李铁英焦头烂额。

又是一年春节到，大年三十上午，鉴于上次的情况，李铁英、王京在自己家提前备好了一些菜品，鸡鸭鱼肉虾等也都做成了半成品，准备下午带到父母家稍加处理即可食用。

下午，李铁英和王京拉着购物车、拎着大包小包来到父母家，李铁雄、刘美娟已经到了，刘美娟在和面，曹心慧在和饺子馅。

王京把婆婆叫到卧室，悄悄塞给她一个大红包。父母来北京居住后，李铁英和王京每年过年都会给父母准备一个大红包，开始由李铁英给母亲，现在李铁英让王京给婆婆，觉得这样更好一些，显得王京重视这个婆婆。曹心慧自从来到北京后，才知道原来北京人都是这么生活的，看他们大把挣钱，尤其当她知道了儿子能挣钱时，曹心慧开始心理不平衡了，所以王京给她钱时，不再是惊喜给这么多，而是认为理所应当的，反正都是自己儿子挣的钱，她充个好人罢了，但碍于面子，还是对王京说了声谢谢。王京拿出顶毛线帽子，对曹心慧说："这是我给您织的帽子，以后您出去买菜戴上，可暖和了。"说着将帽子戴在曹心慧头上，又拉着曹心慧站在镜子前面看。曹心慧看着镜子里的自己，还真年轻了许多，但是转念一想："一顶破帽子才值几个钱，这就打发我了？"她摘下帽子说道："我成天也不出门，戴不上，还是给别人戴吧。"王京说道："我每人给织了一顶。"曹心慧只好将帽子收下，放进立柜里。

大家聊了一会儿天，开始包饺子和准备年夜饭，王京和公公、弟弟弟媳一起在餐厅包饺子，李铁英把曹心慧推了出来，然后关上了厨房的门，一个人在厨房炒菜。

王京对婆婆道："您别管他，铁英说了今天要给大家露一手，他准备了十个菜呢，这叫十全十美！"

曹心慧看李铁英一个人在厨房忙活，又心疼起儿子来，想着儿子要在外面辛苦挣钱，还要在家做饭伺候媳妇，心里很不痛快。听到王京的话，曹心慧一脸不高兴，说道："炒什么菜啊？吃个饺子不就行了！"

李寿祥接腔："按咱老家的规矩，三十晚上只吃饺子，初一午饭才炒菜，吃年饭。"

王京对公公的话没太在意，公公是个实在人，一般不发表意见。

李铁雄说道："我们自己过年时，三十晚上也只吃饺子，吃完饺子消消停停地坐在那看春晚多踏实啊！"

王京心想：好心好意准备一桌子的菜，不就是为了过年大家在一起热闹热闹吗？他们还不领情，王京心里起火，但还是对自己说，大过年的别闹不痛快。最后还是没有忍住，说道："那多没有气氛啊！大过年的只吃饺子太没有年味了吧？"

曹心慧心想这是挑我的理啊，曹心慧自从嫁到李家，大事小情都是她做主，她说出的话从没人敢驳她的，如今见王京这样说话，心里自然不痛快，声音不免也抬高了许多，气冲冲地说："年年三十都做一桌子菜，哪能吃得完啊，大年初一得吃一天剩的！"

王京不想和婆婆吵，毕竟他们是农村人，不懂城里人的规矩，还是低着声音解释道："这三十晚上有鱼有肉，说明生活富足,剩一些预示着年年有余!"

李铁雄和刘美娟自从来到北京,和王京接触多了,感觉王京总有种高高在上的优越感,也别说,自己是乡下人,人家是北京人,又是硕士毕业,教授家的独女,他们俩在李铁英公司打工,总有种寄人篱下的感觉,时间长了对王京就有些怨言,双方走动也不是很勤。刘美娟见王京还要说话,怕双方争吵起来,用胳膊肘碰了一下王京,用眼色示意嫂子不要再说话了。王京为了保持良好的过年气氛,也没再继续争吵下去。

吃年夜饭的时候,一家人沉着脸只是低头夹自己的菜,在厨房里专心炒菜的李铁英不知道餐厅里发生的冲突。他见大家不说话,想调节一下气氛,举起酒杯道:"今天过年了,我祝大家新年快乐,祝爸妈健康长寿!"说完喝了杯中酒。众人应付着也喝了一口。李铁英是个粗心男,没有发觉今天的气氛有些怪异,对儿子李响道:"李响,快给爷爷奶奶敬酒。"李响站起来举着酒杯道:"祝爷爷奶奶新年快乐!"说完就坐下了。孙子敬酒,曹心慧还是高兴的,说道:"奶奶谢谢大孙子,你看你来了只知道自己玩手机,也不说话,和你妹妹都多长时间没见面了,俩人好好聊聊。"

李欣冉端着酒杯走到爷爷奶奶跟前和两人碰杯道:"祝爷爷奶奶生活愉快,身体健康,长命百岁!"曹心慧笑开了花,搂着李欣冉道:"我孙女多懂事啊,奶奶最疼你了!"李欣冉是奶奶从小带大的,尤其李铁雄和刘美娟来北京打工的前两年,她成了"留守儿童",因此和奶奶比和父母还亲。

王京看婆婆对两个孩子的态度截然不同,心里更是有气,又不好发作,闷闷不乐地吃了几口,便搁下筷子,推托胃疼坐到一边去了。

李欣冉敬酒打破了僵局,铁雄和刘美娟也纷纷敬酒,一家人开始有说有笑。王京坐在那里看着他们一家人高兴地吃着说笑着,突然感到自己是个局外人。

为了不影响过年气氛,王京把这几天的不愉快一直憋在心里,等李响开学回学校住宿,王京才把大年三十包饺子期间发生的事告诉了李铁英,说公公婆婆、弟弟弟媳联合起来欺负她,李铁英想都没想,随口冒出一句:"怎么可能?你别瞎想了。"

李铁英的话让王京有一种自己在无理取闹的感觉,她一下子火了,反驳道:"你当时不在场,怎么就知道不可能?每个人对我说话都带着气,我觉得他们就是事先商量好对付我的。"

"你整天瞎琢磨,你也不想想,他们干吗商量好欺负你?对他们有什么好处?"李铁英的老毛病又犯了,他经常撑人,让王京听起来很不爽。

"我就知道跟你说也没用,你们都是一家人,我算什么?"王京生气地进卧室去,李铁英跟进去,说道:"咱俩才是一家子!我始终认为,人生一世,夫妻关系是最重要的,按八十岁的寿命算,夫妻要在一起生活五六十年,而父母与孩子在一起生活的时间不过二十几年。你才是我最亲近的人。"

"我是你最亲近的人,你哪句话向着我说的?每次我一说你都护着你们家,当你的孝子去吧!"王京冲着铁英吼道。

王京一句"孝子",刺痛了李铁英的心,他瞬间觉得愧对父母,做公司这么多年,由于工作忙,他很少回老家看望父母,更别说尽孝了。李铁英的眼泪夺眶而出,着急地说道:"我是孝子吗？父母在老家时，我回去看过他们几次？"

"你不回去能怪我吗？我又没有拦着你！"

李铁英被王京的语气激怒了，她不理解自己就算了，还拿这话来刺激他，反口质问她："这么多年，你陪我回去过几次？"

王京哼了一声道："我陪你回不回去重要吗？这跟我对你爸妈好冲突吗？为了支持你尽孝，我让你给你父母在北京买房，默认你不计回报地帮衬你的兄弟，我付出这么多，没想到最后会得到这样的结果。你还要我做什么？我还要做到哪一点你才能满意？"

李铁英心里的火直往上拱，心想：这钱都是自己辛辛苦苦挣来的，你生活这么好还不知足，我给父母买个房你也要拿出来说事。刚想说"你一直待在家里又没挣钱"，话到嘴边溜达了一圈还是被他咽了下去，他疲惫地抹了一把脸："你怎么能这样说我和我妈！"

"我就这么说，一家子混蛋！不知好歹的东西！"

听到这句话，李铁英惊呆了，想不到这个平日里端庄大气的女人，竟然说出那么粗俗的话，更不知道她居然会这么恨自己的家人。他不知道他和王京为什么会走到今天这个地步，过去没钱的时候他们过得很快乐、很幸福，现在钱多了，矛盾也多了，反而没以前快乐了。李铁英强压怒火说道："如果我父母伤害了你，我替他们给你道歉，你也没必要把这些小事天天挂在心上，请你宽宏大量些！"李铁英语气软了下来，他实在不愿再激化矛盾。

李铁英本来是想站在朋友的角度劝一劝王京，没想到王京像一只被踩到脚的猫一样，跳着脚跟他争论："我宽宏大量的次数

199

还少吗？你妈那么矫情，你不知道？在你父母面前我从来都是笑脸相迎，从来没有和他们争吵过，我付出了那么多，结果呢？"

"王京，我是站在你的角度考虑问题，内心充满仇恨的人是不会幸福的！"李铁英说道。

王京更火了："少讲大道理。你什么时候站在我的角度想过，你这个自私的东西！少给我灌毒鸡汤。"

李铁英一怔，他的朋友有矛盾，用这些道理就能解决问题，可是王京怎么就这么油盐不进呢？

"还是离婚的好，省得见了你家人心烦，见了你更心烦，我不会再见他们了，也不想见你！"

李铁英这才觉察到王京的情绪好像有点问题，他盯着王京那发红的眼睛问道："你怎么这么悲观？"

王京一下子哭出声来："哪个女人愿意动不动把离婚挂在嘴边？那是因为我在你这里没有安全感！从来没有过！李铁英，我告诉你，作为一个男人，你不仅没有担当，还不会处理事，总是把我夹在你的亲人中，让我去接受道德的审判，让所有人都觉得问题出在我身上，我现在做什么都是错的，所以你家人才联合起来欺负我，我走到今天这一步都是你逼的！"

两个人一直吵到深夜，王京又和李铁英分床睡了，两个人之间的温度也降至冰点。

李铁英躺在儿子床上翻来覆去，思来想去，他觉得和王京的关系发展到今天，自己负有大部分责任。李铁英开公司这么多年，王京一直在背后支持他，承担起相夫教子的责任，为这个家付出了巨大心血，是他一直忽略了王京的付出，还大男子主义地将这一切都当成理所当然。所以当王京指出他的错误的时候，他才会不以为然，根本没想过反省自己，更没想过为对方做出什么改变。

李铁英想，两个人的关系总不能这样僵持下去，他是爱王京的，两个人是有感情基础的。在李铁英看来，一边是抚养自己长大的母亲，一边是和自己生活多年的妻子，都是自己最亲近的人。婆媳关系的实质是两个女人争夺一个男人的爱，要想拥有和谐的婆媳关系，男人要主动承担起和解的责任。李铁英第一次意识到，正是因为自己以前的不作为，不仅没能帮忙解决问题，还激化了矛盾。这种不担当也许是出于无心，但是结果却非常严重。导致这么多年王京与自己母亲始终处于对立面，以至于矛盾到了不可调和的地步。李铁英决定抽出时间与父母进行一次推心置腹的谈话。

星期天下午，李铁英一个人去看望父母，他跟母亲聊着聊着，不由得将话题扯到了王京身上，母亲抱怨王京性子冷、脾气大还不容人，李铁英听着母亲抱怨的话，本能地就对王京产生了抵触情绪，甚至还想着回去好好跟王京谈谈，让她收敛一下自己的情绪，不要让老人感觉她不好相处。可是转念一想，自己今天是来调和母亲和王京之间的婆媳矛盾的，怎么母亲几句抱怨的话就让他忘了自己的初衷？

结婚这么多年来，李铁英第一次站在王京的角度为王京考虑了一次，他觉得自己就像一棵依靠原生家庭给养的树，无论这个家是什么样子，无论自己的父母家人是什么样子，自己都在骨子里习惯并接受了。可是王京不同啊，王京嫁给他就相当于将另一棵树连根拔起移栽到他家里，而当家里所有人都对她的行为评头论足的时候，她也会不习惯，会"水土不服"，会感觉自己被孤立被排挤。

李铁英也是第一次意识到，想要从根本上解决婆媳矛盾，首先自己必须要让母亲接受王京，跟王京产生共情。李铁英想了半天措辞，才斟酌着对母亲开口："你们年纪大了，以后好好享受生活，别总操那么多心了！"

"我不操心行吗？这一大家子的事哪样我不惦记着。哦，对了，听说那天王京穿的大衣要一万多块钱，这得多贵啊，你说你挣点钱多不容易，她就不知道省着点花，就她这样花钱大手大脚的，得挣多少够她花的啊！"

"妈，王京不像你说的那样，那件衣服是我们结婚20周年我送她的礼物。"

曹心慧指着李铁英道："你就宠着她吧！你就说我那些饭盒，好好的，她就看着不顺眼，非要给我扔了，这破家值万贯，要是扔了，到用的时候不得花钱买？一点不是过日子的人。"

李铁英见母亲对王京一大堆意见，还是硬着头皮继续说："您知道，我小时就不爱说话，李响性格像我，以后你别老在王京面前挑李响的毛病。"

这下气坏了曹心慧："我哪里挑李响的毛病了？孙子跟奶奶不亲，这都是王京教的吧？"

过去几年才见一面，王京去村里，还没焐热乎就走了，现在不一样了，隔三岔五就能见上一面，矛盾也就显现出来了。曹心慧越想越生气，说道："整天板着个脸，过年也不让我们开心？"

李铁英有苦难言，又不能给父母说出自己出轨两人闹离婚的事。

曹心慧连珠炮似的继续说道："你别事事都听王京的！以后吃亏的是你！"

"妈，您说的什么话啊？王京不是那样的人！"

"我说什么话了？你看看王京那张脸，从我进北京，就没看她笑过几次，她从心里就瞧不起我这个乡下婆婆，好吧，这房子我不住了，收拾行李，回家！"曹心慧打开柜子收拾衣服，李铁英赶忙拦住母亲："妈，我嘴笨，不会说话，但您应该知道我不是这意思，我只是心疼您和我爸，这么大年纪了还要为儿孙操心受累！"李寿祥在旁边也不说话，眼泪扑簌簌流了下来。在他看来，自己这个大儿子虽然发达了，却不知怎么就变得这么无情起来。

李铁英不知道该怎么让父母明白自己的处境，他感觉非常委屈，再也掩饰不住眼中的泪水。他一边流泪一边向父母述说来北京二十多年来所经历的艰辛和自己的奋斗过程。这么多年他总是习惯于报喜不报忧，让父母误以为他在外面赚了大钱，过得相当轻松，只有自己知道，他每天早出晚归，在外打拼，经常出差好几天不回家，王京一个女人替他扛起了家里的一切，既要接送孩子，又要洗衣做饭，还要兼顾双方父母。有了两个人的努力，才有今天的一切。

父母第一次听李铁英讲他与王京这么多年的不易，终于理解了儿子儿媳的苦心，平复了心情，但还是决定回老家住一段时间。李铁英考虑二老来北京时间也不短了，天也暖和了，回老家散散心也好，在村里住更自由一些，便同意了。

25. 葛星火公司上市

赵红梅由于小儿子小，没法去美国陪读。大儿子葛明在美国上了大学，自己在外租了房住，葛明从小过惯了衣食无忧的生活，加之葛星火总怕儿子在国外受委屈，大把地给钱，葛明更是无拘无束，泡酒吧，开豪车，挥霍无度，一次在和几个朋友飙车时出了事故，葛星火急忙飞美国去处理。

葛星火到了美国，才知道葛明加入了风靡富二代圈子的俱乐部，这个俱乐部的会费一年两万美金，网罗了年轻富有的在美华人。在这个俱乐部里，"玩"是这群年轻人的刚需，他们会租私人飞机去拉斯维加斯疯玩，举办派对炫耀自己的豪车，甚至还一起享受日式女体盛服务。

在葛明的记忆里，父亲葛星火永远是缺位的，他需要父爱的时候，葛星火能提供给他的，只有大把的钞票，还美其名曰"我是为了你才这么累"。

现在他长大了，对父爱的渴望没有以前那么强烈了，父亲送他来美国上学后，他理所当然地挥霍着父亲为他提供的大把大把的钱，性子变得愈加骄纵起来，以至于在高速上犯了路怒症，因为一个黑人超了他的车，他便刻意一路去超别人家的车，还不时伸出中指鄙视人家。那个黑人也没惯着他，俩人在高速上疯狂飙车去别对方，最后在临近高速出口的地方发生了车祸，好在并没有造成严重的伤亡。

处理完儿子的问题，葛星火借机去看刘歆瑶，上次去美国见刘歆瑶之后，刘歆瑶又给葛星火生了一个女儿。这次他要去看看刘歆瑶和两个女儿。刘歆瑶告诉葛星火自己在美国生活，也没个工作，带孩子感觉很无聊，想回北京了。葛星火答应刘歆瑶回去在北京给她买个房子，一切准备妥当了就接她回去。

葛星火回国后抓紧了公司的上市工作，召集证券公司、律师事务所、会计师事务讨论进度。会后证券公司王总找到葛星火单独聊天，王总说："目前中原新材中小板IPO排队在100名以内，顺利的话半年后可以上市，下一步就是上市的关键时期了，需要做好公关工作，请葛总准备好1000万现金。"

葛星火疑惑道："什么？1000万现金？这不是宰人吗？"

"各个环节都要打点，没有1000万搞不定，另外您还要准备些欧元。"

"要欧元干什么用？"

"您看啊，您要去证监会里见领导，给领导介绍公司情况，顺便给领导送去公司的宣传资料，资料里要加个红包吧，欧元最大面额500一张，5万欧元一个小信封就可放进去，您要是带人民币那要多大体积啊！"

"明白了，听说上发审会，七个发审委员投票，也是这种方式打点是吧？"

"是的，审核员已经打点过，已经收到两次反馈意见，材料已经修改重新上报了。"

"那也用不了1000万吧？"

"葛总，媒体公关是一笔不小的费用，咱们马上就要和公关公司签订协议，他们给联系15家主流财经媒体，与主流媒体合作，每家至少要20万到30万元。"

"啊！媒体怎么那么黑啊？光是这一项就要四五百万！"

"是啊！和主流媒体合作后，就可以只刊登公司好消息，不登坏消息。"

"媒体也这样搞，实在无奈！"

"招股书发布后，还会有人挑公司的毛病，他们会主动打电话到公司来的，届时就需要一笔'灭火费'。不给几万元的灭火费，他们会在互联网上发文揭露公司的瑕疵。"

"真是小鬼难缠！我马上让财务准备钱。"

"葛总，这事要做得隐秘，找可靠的人去办，最好您亲自办。"

葛星火做了这么多年的销售工作，他知道公关的重要性，更知道如何去做，销售产品客户拿回扣是很平常的事。

经过一番公关活动，中原新材终于在中小板上市，中原公司高管葛志军、葛星火、欧阳光、钱晓宇、财务总监、董事会秘书、开发区主任贾政等参加了敲钟仪式。

上市后，中原新材在深圳举行了晚宴，邀请公司大客户代表、经销商代表、供应商代表、政府相关部分代表参加了晚宴，葛星火非常兴奋，给大家一一敬酒，当葛星火来到贾政面前时，把贾政叫到一边，说道："公司管理层明天上午就回中原市了，明晚多留你一晚。"

中原新材公司上市了，葛星火的事业风风火火地做了起来，而李铁英公司销售量却一路下滑，加上王京在闹离婚，李铁英非常痛苦。父母回老家有两个月了，这期间李铁英作为总经理天天拼命地工作，都顾不得给父母打个电话。

一天，李铁英接到父亲的电话，李寿祥还没说话先哽咽了。李铁英着急地问道："爸，家里出什么事了？"

"你妈得癌了！"

李铁英脑袋嗡的一下，心提到嗓子眼。他愣了好一会儿，在父亲喂喂的声音中才缓过神来，不可置信地问道："怎么会这样？"

李寿祥声音低沉："那天你妈做梦，说有人跟她说'你得癌症了'，你妈半夜吓醒了，赶紧自己检查自己的全身，摸到左乳下方有一个硬块。第二天我就带你妈去医院检查，医生说是乳腺癌！"

"您别着急，我马上开车回老家！"

李铁英放下电话，回家和王京打声招呼后，就开车急急忙忙去了老家。

曹心慧不肯跟李铁英回北京，李铁英知道母亲故意和自己赌气，他告诉母亲自己在北京生活了20余年，更了解城市的文化。知道城乡之间人的家庭观念和独立意识有着巨大差别，如今时代不同了，总得接受新的观念，并强调这次是王京让自己接二老回去的，北京的医疗条件好，不管怎么说，还是应该以先看病为主。曹心慧这才同意跟李铁英回北京接受治疗。

李铁英在网上给母亲挂了一个肿瘤医院的普通号，回到北京稍作休息，第二天早上7点钟就开车赶到医院，医院内停车位已满，他让父母在医院门口下车等一会儿，他去停车，李铁英在医院周围绕了一圈才找到车位，然后到挂号处取号。排队取号时屏幕显示肿瘤外科有一个专家号，这种号一票难求，他觉得运气太好了！又把普通号废了挂专家号。专家开出了一系列的检查单子，李铁英预约、交款，检查分别预约在当天下午、后天和下周二，一周后检查结果全部出齐。李铁英带上检查结果陪母亲去找这位专家，曹心慧患乳腺癌被确诊，大夫说一周后可以做手术。

李铁英怎么也没想到母亲快70岁的人了还会得这种病，他把母亲患乳腺癌的事告诉了弟弟。李铁雄心里也很难过，放下手头的事赶紧来医院陪母亲。

曹心慧做完手术后，李铁英和李铁雄两人轮流陪床。医院不让带进去类似折叠椅之类的物品，晚上他们只能坐在医院提供的小凳子上靠在床边打个盹。由于做手术等床位的人太多了，手术后第五天曹心慧就出院了。

回到家里，王京已经为婆婆买了几件换洗的衣服，曹心慧本来低落的情绪因为王京的贴心而得到缓解。

3周后，李铁英又为母亲挂了内科化疗专家的特需门诊。为了能好好照顾母亲，李铁英选择了特需病房。特需病房是单人病房，虽然比普通病房贵了很多，但室内有卫生间、三人沙发，陪护的人晚上可以在沙发上面睡觉。

李铁英和李铁雄一人一晚轮流陪护，一次化疗5天，3周一次，需要6次化疗。

李铁英白天陪母亲做完化疗，晚上陪母亲在走廊走走，活动一下。李铁英和母亲在一起的时间长了，聊天的机会也多了，他劝母亲放宽心，年纪大了，多保养自己的身体。

本来李铁英是想劝劝母亲不让她多操心，让母亲承认城乡文化差异，学会换位思考，没想到提起王京的事，曹心慧又急了："是王京让你来当说客的吧，你真是个窝囊废，什么事都听她的。"

"妈，你怎么能这么说，咱们不能事事都按照老家的习惯做，你不能什么事都做主啊！"

曹心慧听到儿子向着王京说话，气得哭了起来。她一边抽泣一边说道："我都住院化疗了你还气我，我的病都是你们气的！"

李铁英没想到母亲竟说出这样的话，他太伤心了。这些天来，他跑了无数次医院为母亲治病，可是母亲还怪罪患病是他气的，李铁英心里有说不出的委屈，想着母亲患病化疗，心情不好，也只能把剩下的话咽了下去。于是说道："妈，我嘴笨，不会说话，惹你生气了！"接受了儿子的道歉后，曹心慧心情慢慢平静了下来。

曹心慧住院、手术、化疗期间，李寿祥一个人在家。有天夜里，李寿祥感觉肚子疼痛难忍，他知道儿子这些天照顾老伴非常辛苦，就没给李铁英打电话，一直忍到天亮，实在忍不住了才打电话。李铁英一听父亲也生病了，和王京开车赶过去将父亲送到附近的医院，两人架着李寿祥走到了急诊室，医生诊断李寿祥得了急性胆囊炎，B超显示病情已经非常严重，必须立即做胆囊切除手术，否则后果不堪设想。真是祸不单行，李铁英和王京带父亲做完手术，安排好住院，找了个护工陪护父亲。晚上，李铁英又去肿瘤医院接替李铁雄，告诉铁雄父亲胆囊切除住院，让他明天去医院看望一下，明晚再来医院替他。

李铁英的母亲和父亲相继患病住院，他忙到脱不开身，只得暂时把公司的管理工作托付给了马企远，让他大胆去干。马企远做过研发又搞过销售，为解决销售与研发部门的扯皮现象，开始实施项目化管理（跨部门协作），打破部门间的界限，把市场人员、销售人员、产品经理、研发人员、生产人员等捆绑在一起，进行跨部门合作。这种方式使产品推向市场的时间加快，资源得到更好的利用，质量更高，客户更满意，成本和时间计划的控制更好，团队成员更满意，这是铁哥俩的又一项创新。

曹心慧化疗出院后才知道老伴也住院了，李铁英打趣道："我爸是听说您得病吓破了胆，您放心吧，手术很顺利，等休息两天我带您去看我爸。"

葛星火昨天晚宴喝得酩酊大醉，第二天上午11点才醒来，他马上跟贾政通个电话，约好下午一起去东莞享受"莞式服务"。

贾政有些担忧地说："还是别去了吧，前两年'天上人间'被抄了，去东莞会有风险吧？"

葛星火说："你放心，东莞不是首都，这里是改革开放的前沿，没有这个怎么发展经济。这里是ISO国际标准！"

这几年由于美国次贷危机引发的全球金融危机，欧美市场受到冲击，需求锐减。东莞的电子制造业，有70%以上是"两头在外"的代加工，订单来自国外，在东莞生产完成后，产品再运送到国外。国外订单的减少，人工及土地成本的增加，让电子制造业的利润大幅降低，很多中小企业被迫关门歇业。于是"工厂关门、厂妹成灾"，很多打工妹离开了流水线，走进酒店宾馆做桑拿沐足，"繁荣"了色情行业。

饱暖思淫欲，"莞式发展"滋生"莞式服务"。伴随着低端制造业的快速发展，成千上万的外资企业、国内客商和外来务工人员拥入东莞，东莞色情行业开始滋生壮大，不仅已成半公开形式，甚至公开走秀，明码标价，现在已经形成了东莞的"地方特色","莞式服务"更让东莞的色情业闻名遐迩,"性都"成为东莞神秘隐晦而又"富有吸引力"的另一张城市名片。

贾政第一次听说莞式ISO服务,他上网搜索了一下:所谓莞式服务,就是把整个过程分解成很多步骤,服务之后让客人给这些步骤打分。很多娱乐行业从业者和经营者都认为,莞式服务是从台湾或香港传过来的,因为那时候,消费能力比较高的只有港商和台商。

在坊间,莞式服务也被称为"ISO"。这个词其实是来源于东莞的众多工厂。工厂是流水线作业,讲究流程和标准,这个概念就转到娱乐业来了。36个全套项目,各种制服诱惑和特殊房间任选,大到几十个服务流程的标准化,小到每一个微笑、每一个鞠躬角度、每一次发声、每一……贾政开始遐想了,禁不住心潮澎湃。

葛星火与贾政下午6点钟来到位于东莞某镇的王子酒店,吃了酒店提供的免费自助餐,他们步入了选秀现场,一幅鲜明的标语"今晚我是你的新娘"挂在舞台的上方。7点半,T台走秀正式开始,伴随着迷人的音乐和闪动的灯光,穿着三点式服装的小姐纷纷轮番登场,每位小姐腰间别着一个牌牌,上边有标号、标价。

看着T台上美腿如林,贾政心里怦怦直跳,不知挑哪个好了,葛星火让贾政快点下手,否则好的就被别人挑去了,葛星火小声对贾政说:"来个双飞。"

这时,一位妈咪走了过来,问贾政:"先生,看上了哪位?"

贾政指了指T台上正在手拉手走过来的两位美女,妈咪说道:"先生真是好眼力,这是一对漂亮的双胞胎姐妹!"随即叫住了两位姐妹来到贾政身边。

葛星火觉得这位妈咪怎么那么眼熟！突然想起这不是他和李铁英的小学同学杨丽娟吗？10多年前葛星火曾在济南的Ｋ厅见过她，后来听说她离开济南去了南方。

葛星火喊道："你是杨丽娟吧？"

"大哥，你认错人了吧？"这么多年，客人用各种手段套近乎的杨丽娟见得多了，况且葛星火早已不是淘气的小男孩了，而是大腹便便的大老板了，多年没见，杨丽娟并没有认出他来。

葛星火指着杨丽娟肯定地说："没错，你是杨丽娟！李铁英你认识吧？"

当葛星火说出李铁英的名字时，杨丽娟不能再否认了，问道："你是？"

"葛星火，忘了吗？咱们是小学同学啊！"

葛星火让贾政跟两位小姐先走，他和杨丽娟聊了起来。

贾政跟着两个双胞胎小姐进了房间，房间非常宽敞，首先看到的是一张大床，向里走是淋浴间和水床。两个小姐介绍了自己的称号，把一张服务卡递给贾政，贾政看着卡片，简直是眼花缭乱：天女散花、鲤跃龙门、芙蓉出水、云游四海、随波逐流、反转皇龙、毒龙钻庭、逼上梁山、霸王别姬、十指弹琴、千丝万缕、漫游世界、绿色海洋、沙漠风暴、水漫金山、皇帝敬酒、冰火重天、星球大战、海底捞月、排山倒海、望月吹箫、银蛇狂舞、龙凤吉祥、勇往直前、怀中抱月、后发先至、飞黄腾达、风雨同舟、真心面对、前赴后继……两个小姐每服务一项内容，首先报上名字，贾政享受着每一项服务。

回去的路上，葛星火问贾政："过瘾了吗？"

贾政感觉筋疲力尽，有气无力地说道："太刺激了！回去后恐怕两周都休息不过来。"

26. 马企远重任在肩

在省十二届人大一次会议第三次全体会议上，中原新材总经理葛星火等118人当选省第十二届全国人大代表。当日的《中原日报》进行了报道，盛赞葛星火和中原公司。报道指出：这是省人大和全省人民对一直立足于科技创新和以民族振兴为己任的民营企业和企业家的充分肯定！这是中原新材的莫大光荣，也是全体中原人的莫大光荣！新春迎瑞，这一喜讯必将鼓舞和激励中原新材实现更好更快的发展和跨越！

新的省、市领导班子也进行了调整，中原市林森副市长晋升为副省长，贾政也因为这几年招商有功晋升为中原市主管工业的副市长。

中原新材首发股票过会后至公司股票上市前，经营业绩出现变脸（大幅度下滑），但中原新材在《会后事项》中承诺不存在影响发行上市和投资者判断的重大事项，也没有对截至当时公司经营业绩出现较大幅度下滑的事项另向证监会书面说明。中原新材涉信息披露违规，证监会决定对中原公司立案调查。

调查结果发现：中原新材在《首次公开发行股票上市公告书》中披露的第一季度财务报告虚增营业收入和利润。证监会认定，中原新材上述行为构成证券违法，公司董事长葛志军、总经理葛星火和公司财务总监欧阳兰是直接负责的主管人员，同时公司董事会秘书钱璟为其他直接责任人员，并给予处罚。

证监会决定：责令中原新材改正，给予警告，并处以60万元罚款；对董事长葛志军、财务总监欧阳兰给予警告，并分别处以30万元罚款；对总经理葛星火给予警告，并处以15万元罚款，对董秘钱璟给予警告，并处以5万元罚款。消息传出后，许多股民在股吧号召维权。

中原新材被证监会处罚，葛志军一气之下病倒了，并辞去了董事长职务，公司管理层都怪罪欧阳兰财务造假，欧阳兰也辞去了财务总监职务。这时葛星火站了出来，承担了责任，他说处罚几十万算什么，公司上市了是万幸，目前美国、欧洲对中国光伏"双反"，如果去年上不了市，以后就很难了。葛志军辞去董事长之后，董事会选举葛星火担任董事长和总经理职务。

最近几年，光伏行业快速发展，铁哥俩研制的新产品，竟然很快在葛星火的中原新材投入生产，铁哥俩的销售额受到很大影响。马企远曾任新能源事业部总经理，他怀疑公司有内鬼，光伏胶是在李铁英带领下开发出来的，他的助手是个可靠的人，不可能把配方告诉葛星火。而光伏胶生产车间是李铁英的弟弟李铁雄管理的，也不会有问题。

马企远找到李铁雄了解情况，李铁雄说操作员绝对可靠。马企远让李铁雄把操作工叫来，马企远问操作工："最近有没有人到车间来过？"操作工说："二车间主任沈大军近半年经常到光伏胶车间来询问情况。"马企远突然想到沈大军是葛星火的一个亲戚，他怀疑内鬼很可能是沈大军，但又没有证据。

一个月过去了，铁哥俩公司又有新产品试生产。马企远想，如果内鬼是沈大军的话，他对新产品的配方肯定觊觎已久，他让操作员在生产配方单上抹了荧光剂。试生产结束，两个工人开始灌装，故意把生产配方单放在了操作台上。在所有人离开后，沈大军走了过来，拿起手机将生产配方单拍了下来，又翻起另一页拍照，就在这时马企远走了进来。沈大军瞬间有些慌张："马总好！欢迎来车间指导工作！"

"你不在你的车间，来这里干什么？"

"来这边学习学习！"

"恐怕没那么简单吧，把手机给我看一下！"

沈大军掏出手机，打开手机马上删除了刚才拍的照片，笑着说道："马总，这不合适吧？手机里都有个人隐私，您这样做侵犯了我的隐私权。"

"把手机给我！"马企远态度强硬地说道。

沈大军把手机递给马企远，马企远翻了翻图片库，没发现什么，只能把手机还给了沈大军。

沈大军有些得意，说道："马总，李总现在不在公司，但你也不能这样欺负人吧？"

"我不会冤枉好人！"马企远从兜里掏出一个便携式荧光验钞器，说道，"你把手伸过来！"

验钞器照到沈大军的手上，沈大军手上发出了荧光。

马企远直言："这荧光粉只有配方单上才有，你拿配方单干什么？"

沈大军无话可说，马企远把沈大军叫到办公室，在他的严厉逼问下，沈大军老实交代了情况。

曹心慧的化疗告一段落，以后就是每天吃药、定期检查，李寿祥也康复出院了。李铁英与王京的关系仍然没有解决好，还是不时地吵吵闹闹。李铁英回到公司上班，看到马企远把公司管理得井井有条，非常高兴。马企远向李铁英汇报了沈大军盗窃公司新产品配方一事，这让李铁英非常愤怒，当即决定辞掉沈大军。

公司在马企远的领导下步入了正轨，李铁英也松了口气，这天，他接到白珊珊的信息，说她来北京了，特别想再见铁英一面。这几年，白珊珊经常给李铁英发信息，李铁英总是不理她。这次见不见呢？李铁英犹豫了，因为白珊珊非常喜欢他，老婆正在和他闹离婚，他想听听她对于婚姻的看法。想到这里，李铁英决定去见白珊珊。

下午两点，李铁英开车到了白珊珊下榻的宾馆，白珊珊早已在一层的咖啡厅等他。李铁英走进咖啡厅，一眼就望到了白珊珊，一件白色 T 恤包裹着她凹凸有致的身材，长长的黑发在脑后绾了一个发髻，手里拿着本杂志在翻看着，年轻女孩特有的青春气息扑面而来，李铁英的心跳加速起来。他走向白珊珊，打声招呼："hello！"

白珊珊起身和李铁英握手，打趣道："Hi，见你一面真不容易！"

白珊珊面带微笑，酒窝在脸颊若隐若现，一张精致的脸散发着柔美优雅的气质。当两人的目光相遇时，李铁英又一次被白珊珊迷人的眼神电到了，他羞怯地低下头。李铁英那英俊的面孔上略带羞怯的表情深深地吸引着白珊珊，她相信眼缘，第一次在飞机上与李铁英相遇，她就被他文质彬彬的气质所折服，她总说自己和李铁英是"一见钟情"。

坐定后，两人点了咖啡。

李铁英道："好久不见！"

白珊珊掩饰不住喜悦说道："总算见到你了，你知道吗，我最近经常梦到你！"

"是吗？"

"你想我吗？"白珊珊问道。

李铁英笑笑没说话。

白珊珊甜蜜地说："你说我们俩是不是前世有缘？"

"也许吧！"

白珊珊见李铁英情绪不高，善解人意地问道："你有心事？"

李铁英把上次白珊珊来京时他们两个聊天通过iMessage同步到老婆的iPad上，以及由此引发的一系列冲突告诉了白珊珊。

白珊珊惊讶道："不会吧？怎么会那么巧？"

李铁英苦笑道："确实就这么巧！所以我现在痛苦不堪！"。

白珊珊想起李铁英上次紧张兮兮地说家里有急事不能相见，可能就是因为这事，笑道："这也太戏剧性了吧！怎么像听小说似的？"

"她现在还在和我闹离婚，我真不知道该如何办了？"

"亲爱的，对你和你的家庭造成的伤害，我深感歉意！"白珊珊说道。

李铁英寻思：白珊珊对他一见钟情，他也喜欢白珊珊，如果自己的婚姻无法挽回，和白珊珊在一起也是不错的选择，毕竟她懂我，但是不知白珊珊是否愿意嫁给自己。李铁英说道："我想听听你对婚姻的看法。"

白珊珊谈到大学期间她原本对恋爱婚姻抱有浪漫的想法，但在经历过一些感情挫折，以及看到身边的亲朋好友经历婚姻瓦解后，对两性关系产生了畏惧感、厌恶感。父母开始时非常着急，多次催婚，她总是告诉父母"没有合适的"，后来她向父母讲清了自己的想法，父母不再催婚了。

白珊珊笑着说道："如今是一个多元化的社会，我尊重每个人的选择，但我是一个独身主义者，不会结婚，更不会生养孩子，不想为孩子所累。坦率地讲，我喜欢你，真的很喜欢，我喜欢和你交往，但仅限于做你的红颜知己，我不想影响你的家庭，不想破坏你的婚姻，不想为我们之间的婚姻关系所累。"

白珊珊对婚姻的看法出乎李铁英的意料，李铁英之所以过来与白珊珊见面，就是想知道，他万一离婚了，白珊珊是否愿意嫁给他，没想到白珊珊是个独身主义者。

人类婚姻产生的基础，是女性对男性的生存依赖以及男性对依附自己的女性的物权确认，这两点在当今社会基本不存在了。现代的婚姻家庭，男女平等，尤其是经济的独立，女性不再从属于男性，这无疑是社会的进步。但有些人只图个人享乐，不想承担责任，个人主义成了家庭的绊脚石，独身主义、不婚不育无疑是社会发展的畸形。

白珊珊哼起了小曲，李铁英知道她唱的是《独身主义》这首歌：

　　自由自在　孤单　未免太愉快
　　自有安排　任我放浪形骸
　　不用站成　什么花的姿态
　　一个人的房间没有怪胎

空气里　我的天然呆
　　……

　　李铁英问道："独身者真的像歌曲唱的那样愉快吗？"他说起公司里有位独身的女同事，把自己发烧卧床的情形发到朋友圈，慨叹发烧几天跟前连个照顾的人都没有，李铁英说其实每个人都渴望有人与自己相伴终老。
　　人之所以要寻找自己的另一半，一是为了生命的完整，二是为了生命的延续。几千年来，男婚女嫁、生儿育女似乎成了人生的标配。人只有在结婚生育子女之后，生命才变得完整。女人一旦怀孕待产，就像进入了另一个世界，她知道有人需要她，她会在母爱中变得异常伟大。同样，一个男人，一旦儿女呱呱坠地，顿时感觉生命有了延续，便有了一种责任感，变得更加成熟起来。一个人只有体验人生的酸甜苦辣，享受生命的完整，感受生命的延续，这样的人生才充满意义。
　　白珊珊则辩解说那是你们那代人的想法，随着人类个性的解放和经济的快速发展，人们的婚育观正发生着巨大变化。在西方发达国家，独居人数和丁克家庭逐年增多，瑞典、挪威、芬兰和丹麦等国独居的人数甚至超过家庭人数所占的比重。随着改革开放的不断深入，中国正在步西方国家的后尘。据统计，中国目前适婚年龄单身人数高达2亿人。独身、不婚不育已经成为一种世界性趋势。
　　李铁英明白了，他与白珊珊之间存在很深的代沟，他与白珊珊的交往纯属性的吸引，没有任何感情的基础。他告诉白珊珊自己是一个非常传统的男人，不想因为与她的交往而影响自己的家庭，决定以后不再与她联系。

白珊珊听了非常伤心，流着泪说："我喜欢你，我不会影响你的家庭的！"

李铁英意识到，自己之所以事业成功，在外面体体面面，那都是因为王京这么多年操持家务，让他无后顾之忧。王京对家庭做出这么大的牺牲，自己不能对不起她。真正的爱，意味着为对方着想，意味着不管出现什么情况，两个人都要互相包容和信任、体贴和陪伴。能跟你一辈子的人，是理解你的过去、相信你的未来，并包容你的人。而他和白珊珊之前的那些经历，就当自己做过的一场春梦。

李铁英站起来，坚定地说："这世上没有不透风的墙，何况如今墙上已经有了一个大洞！我们从此以后不再来往，请你原谅！"说着朝外走去。

"等等，有件事我得和你说一下！"白珊珊喊道。

李铁英停住脚步，脑子飞快地转着，难道她要赔偿费吗？他突然冒出个念头，她该不会是有孩子了吧？李铁英心里一惊，他假装冷静地回到座位上，冷冷地道："说吧！"

白珊珊看李铁英态度这么坚定，也很无奈。尽管不能成为红颜知己，还是要把这几年压在内心的秘密告诉他。白珊珊说道："你觉得咱们俩在飞机上认识是偶然的吗？"

"难道不是吗？"

"我要是告诉你是有人故意安排的呢？"

"有人安排，谁？"

"我也不知道具体是谁安排的，我只是受都城俱乐部之托，让我俘获你，只是没想到我却喜欢上了你！"

听到"都城俱乐部"这个名字，李铁英马上明白了，这是葛星火使的美人计，一股怒气涌上心头，他的脸憋得通红，啪地一拍桌子，吼道："混蛋！"李铁英长这么大还是第一次爆粗口，长时间压抑在心中的怨恨屈辱终于发泄出来了。

整个咖啡厅里的人听到李铁英的吼声都将目光投向了这边，服务员赶紧跑过来问道："先生，需要服务吗？"

白珊珊冲服务员摆摆手，服务员知趣地退下了。

李铁英的心情慢慢地平复下来，站起身。

"你没事吧？"白珊珊关心地问道。

好你个葛星火，竟然使出这么卑劣的手段，险些让我妻离子散，既然你不仁，那我也不义，咱们走着瞧。李铁英满脑子都是葛星火，哪里还听得到白珊珊的问话。

李铁英开车往家走，脑中不断地回忆着他和白珊珊认识的场景，以及后来和王京的争吵、闹离婚，愤怒之情使他感到快喘不过气来了，他猛地一踩刹车，汽车"吱"的一声停住了，接着是"砰"的一声，李铁英的身子本能地往前探了一下。

他呆呆地坐在那里，听到哐哐砸玻璃的声音，他摇下车窗，一个中年男人冲他吼道："你怎么开车的？"李铁英醒过来，急忙下车去看，后面的车顶在他车的屁股上，对方车的保险杠已经凹进去一大块，李铁英连忙道歉。

对方见李铁英心不在焉，又主动认错，得理不饶人。李铁英只好给对方一沓钱让其修车，对方拿了钱满心高兴地走了。围观者提醒李铁英后车追尾是全责，李铁英笑了笑上了车，一个调头朝公司开去。

221

来到办公室，李铁英愤怒地按下葛星火的手机号，电话里传来葛星火的声音："老同学，还好吧？"

"葛星火，你这个王八蛋，竟使出美人计引诱我！"

葛星火听到李铁英愤怒的吼叫声，见事已败露，冷笑道："这叫以其人之道还治其人之身。现在痛苦了来找我了，你快活的时候怎么不骂我呀，你是找我诉苦还是让我和你分享快乐呢？"

"你，你，你这个卑鄙小人！"李铁英气得说不出话来。

葛星火阴阳怪气地道："我是小人，你不是君子吗？君子怎么也做这种事情，原来你也受不了女人的诱惑？"

"你，你，你……"

"你应该感谢我才对呀，是我帮你找到自信，让你享受到快乐！"

李铁英长这么大从未和人吵过架，他不知该用什么语言说对方，甩出一句："咱们走着瞧！"立即把电话挂断了。

葛星火放下电话，哼了一声，冷笑道："你差点让我妻离子散，你也别想好过！"

李铁英气得简直要发疯了，他会对葛星火做出什么样的举动呢？且看下文。

27．恩怨纷争诉公堂

春节刚过，央视曝光东莞部分娱乐场所存在色情服务，一场"扫黄"风暴随后展开。东莞警方出动6525名警力对全市的桑拿、沐足及其他娱乐场所进行了突击检查，涉黄的娱乐场所全部当场查封，3天内抓获920人，刑拘121人。

贾政看到报道，吓出了一身冷汗。两年前，中原新材上市敲钟的第二天，葛星火带他去东莞享受过"莞式服务"，如今这类娱乐场所被查抄，贾政感到心有余悸。十八大以来，政府加大了反腐力度，"老虎"和"苍蝇"一起打，至今已经有许多省部级高官被双规。

贾政如今是中原市主管经济的副市长，大权在握，许多项目的审批都要经过他的手，经常会有人送钱、送物、送女人。贾政害怕了，他担心自己哪天被揪出来，他告诫自己以后干什么事都要处处小心点。

正在思考之时，葛星火打来电话，贾政问道："大哥，你看到央视新闻了吗？"

葛星火问："什么新闻值得市长这么关注？"

"东莞被查抄了！"

"这有什么大惊小怪的！你现在不用去那样的场合了，自然会有人主动投怀送抱！"

"什么时候了你还开玩笑，你也该收敛收敛了！"

"谢谢市长的忠告，最近在忙什么啊？弄得文丽总跟我抱怨。"

"还不是整天视察和开会，文丽给我说了，你最近对她和外甥照顾很周到！"

"一家人，那么客气干吗！"

"我已经看到中原新材申请的项目了，政府会大力支持的！"贾政知道大舅哥打电话是想知道项目进展的事，索性就直接告诉了他。

刘歆瑶打来电话，葛星火告诉刘歆瑶已经在北京给她买好房，并为大女儿找到国际学校，给小女儿找了幼儿园，刘歆瑶可以随时回来。

刘歆瑶回到北京，见到了多年不见的朋友，感叹着还是回到中国好，国外是好空气、好自由，但也好寂寞，这次回国她感觉特别亲切。主要是方便葛星火经常来看望她和两个女儿。

稳定下来之后，刘歆瑶跟葛星火表达要出去工作的想法，葛星火把刘歆瑶安排在了中原新材北京分公司，任副总经理。中原新材北京分公司总经理戴波感觉很奇怪，突然安排了一个副总经理，而且是一个漂亮的女士，还是从美国回来的。不久，戴波就了解到刘歆瑶是葛星火的旧情人，以前在铁哥俩工作过。戴波还听到刘歆瑶和葛星火有两个私生女的事，对她也颇为不齿。

在公司里，戴波原本作为总经理管理公司的各项事宜，自从刘歆瑶进了公司以后，仗着自己与葛星火的关系，凡事总要亲自过问，甚至自作主张地越级批复文件，隐隐有种取戴波而代之的趋势。戴波心里生出了强烈的不满，但碍于葛星火的情面不好发作，只是变得有些消极怠工。

中原新材是由地方国有企业改制而成的全员持股企业，葛星火后来入资再加上收购部分员工的股份，成了大股东。中原新材上市后，葛星火仍持有公司近两成的股份。尽管如此，公司股权仍然比较分散，有100多位员工持有公司股份。一年持股锁定期期满后，一些员工开始抛售手中的股票套现，许多人一夜之间成了千万富翁。

首先抛售公司股票的是在公司上市前就已经离职的技术骨干纪东，之后销售骨干黄翔也抛出了持有的股票，并提出了辞职申请。有了钱以后，许多员工特别是老员工，就不想再那么辛苦工作了，开始提出离职，中原新材出现了一拨老员工的离职潮。

为了阻止离职潮的进一步扩大，葛星火拿起了法律武器，去年下半年，中原新材起诉原股东纪东同业竞争，纪东系中原新材原技术骨干，他抛掉手中的股票获利2000多万元。中原新材上市的前一年，纪东从公司离职后创立"沃特尼新材料有限公司"，经营与中原新材相同的业务，开展同业竞争，违反了《中原新材股东义务特别约定的协议》的约定。纪东输了官司，向公司赔款500万元。中原新材另一小股东黄翔也因违反《特别约定》，经法院调解，黄翔向中原新材赔偿了200万元人民币。

法律诉讼并没有阻止小股东抛售股票和老员工离职。霍杰因个人身体原因申请辞去公司董事及营销总监、总经理助理职务，同时一并辞去公司董事会战略与发展委员会委员职务，霍杰在公司将不担任任何职务。中原新材公告称："本公司及董事会对霍杰在任职期间为公司发展所做的贡献表示衷心的感谢！"

随后，财务经理李红辞职，北京分公司总经理戴波离职，生产部经理杨鹏辞职，研发经理田宇也因个人原因辞职；另外还有数名班组长和技术骨干先后提出辞职申请。

一个月后，中原新材"突然"对霍杰、李红、杨鹏、戴波、田宇5名离职的管理人员提起诉讼，要求按《协议书》约定转让其所持公司的股份。经过法院审判，中原新材胜诉，部分被告与中原新材达成和解。中原新材通过"追索"股份的形式，暂时抑制住了员工"离职潮"。

一波未平一波又起，中原新材起诉5名离职员工索回股份刚刚胜诉,铁哥俩公司一纸诉状将葛星火告上法庭。铁哥俩状告中原新材三大罪状:其一,铁哥俩状告中原新材和潘玮侵犯铁哥俩商业秘密。其二,铁哥俩诉中原新材仿冒伪造铁哥俩产品特有名称、代号、包装、装潢等不正当行为,造成侵权。其三,铁哥俩诉中原新材及沈大军偷窃铁哥俩产品技术。

开庭那天,原告铁哥俩公司李铁英、马企远、李铁雄到场,被告中原新材葛星火、董秘钱璟、潘玮、沈大军到场。法庭上,原告、被告双方唇枪舌剑,争辩的焦点集中在密封锁固胶技术是否属于铁哥俩的商业秘密、沈大军偷窃铁哥俩生产技术的证据是否充分、被告的产品标识是否侵权铁哥俩等。

法庭上,葛星火与李铁英不时地怒目而视。中原新材生产与铁哥俩同类的产品,李铁英并没有反对,因为分手时李铁英答应过葛星火。但葛星火采用低价竞争策略,并不断挖铁哥俩的人和技术让李铁英大为恼火,本来不想法庭相见,而当李铁英得知葛星火用美人计诱惑他导致他家庭处于破裂的边缘,再也抑制不住心中的怒火。

葛星火很了解李铁英的性情,当中原新材收到法院的传票时深感意外,他委托律师多次与铁哥俩公司协调,希望给予一定的赔偿让铁哥俩撤诉,但均遭到拒绝。中原新材赢得官司的概率很低,葛星火只好放下面子亲自给李铁英打电话恳求协商解决,想争取最好的结果,否则对公司的股价影响太大了。葛星火再三请求,最后还是被李铁英拒绝了。看来,这次李铁英真的是气急了。

原告铁哥俩代表马企远诉称,密封锁固胶这一科技成果为铁哥俩带来了显著的经济效益。为保护这一成果,铁哥俩不但制定了完善的保密制度，还采取了严格的编码保密措施。被告潘玮不但直接管理科研课题，还亲自组织技术保密编码工作。潘玮在未办理辞职、请假等任何手续的情况下，离开铁哥俩，在中原新材任研发部副经理，为一己私利将铁哥俩的商业技术秘密披露给中原新材。潘玮和中原新材构成了对原告商业秘密的侵权。请求法院依法判令二被告停止生产密封锁固胶，共同赔偿在侵权期间因侵权所获得的利润，责令被告潘玮停止以原告商誉从事各种商业活动。

被告中原新材董秘钱璟辩称，潘玮虽然在中原新材工作，但并没有给公司提供任何铁哥俩的技术信息。密封锁固胶技术不属于商业秘密，有关信息已在国内出版物公开发表，在国外也有公开的技术信息资料，中原新材生产、销售的密封锁固胶是根据公开的配方并依据客户的要求自己研制开发的，并当庭提交了载有相关信息报道的书籍和刊物。

……

经过双方激烈的争辩，根据证物、证人出庭作证等，最后法院宣布：

（1）关于商业秘密侵权案，法院认为被告行为属于不正当竞争，判令潘玮和中原新材公司赔偿原告铁哥俩经济损失500万元。

（2）关于产品特有名称、代号、包装、装潢案，中原新材公司侵权行为成立，存在不正当竞争，赔偿铁哥俩公司300万元人民币，并在《中国工商报》《中国化工报》等媒体公开赔礼道歉。

(3) 中原新材及沈大军偷窃铁哥俩产品技术，证据确凿，沈大军也悔过认错，中原新材公司侵权行为成立，存在不正当竞争，赔偿铁哥俩公司200万元人民币，并在《中国工商报》《中国化工报》等媒体公开赔礼道歉。

李铁英赢了官司，反而感觉内心很纠结。回去的路上，他与葛星火多年来相处的情景萦绕在脑际：六年同窗，合伙创业，齐心协力把公司做大，后来分手了，如今却弄到了法庭相见的地步……不觉中汽车已经回到了公司大院，司机为李铁英打开车门。李铁英下了车，他仰望蓝天，看到天空白云朵朵，他问自己：他与葛星火之间这些无谓的纷争到底是为了什么？回到办公室，李铁英有感而发，填了首词《鹧鸪天·铁哥俩》。

鹧鸪天·铁哥俩

机巧缘合岂偶然，
寒窗六载结金兰。
齐心相辅创宏业，
协力能为谱巨篇。

同苦易，共荣难，
征途分道各扬鞭。
纷争恩怨因何故，
昂首苍穹问碧天。

一审宣判后，潘玮和中原新材均不服，向北京市中级人民法院提出上诉。北京市中级人民法院开庭再审，但未当庭宣判结果。中原新材代理罗律师称"这次开庭我们出具了几份有力证据"。罗律师所指的"有力证据"，其一是中原新材的一个客户送交质量监督检验中心检验的报告。在报告的备注栏明确该成品"使用中原新材的密封锁固胶"，送样日期是"2009年5月15日"，而这个时间距潘玮离开铁哥俩还有两个月。

法律注重的是证据，潘玮也许离开铁哥俩前就已经为中原新材做事，但这很难取证。尽管如此，潘玮还是违反了他与铁哥俩公司依据《劳动合同法》第23条、第24条，签订的保密协议和竞业禁止合同，这再度引起了媒体和社会的广泛关注。

据统计，80%的商业秘密是被职工跳槽或创业时"顺手牵羊"带走的。跳槽者大多是业务骨干，对企业内部情况了如指掌，如果没有基本的证据，一旦发生了商业秘密泄露事件，不仅难以立案，而且取证较难。在市场经济条件下，人才的流动是不可避免的。因此，企业要从规范管理出发，及时和职工签订保密协议。一旦发现有上述行为，企业有权依法对职工提起诉讼，追究违约责任并对企业进行赔偿。另外，还要制定有效的激励机制留住骨干员工。

铁哥俩状告中原新材案致使中原新材股票连续两个跌停。随后中原新材发布信息，说铁哥俩公司状告中原新材纯属个人报复，葛星火离开铁哥俩公司时，其合伙人李铁英曾默认他做同类产品，不存在中原新材窃取铁哥俩技术机密的情况。消息传出，股民才知晓葛星火以前与李铁英合伙创业的公司叫铁哥俩，两人分道扬镳后葛星火回到中原新材，葛星火一直没有公开自己的这段经历，所以外人并不知道葛星火与李铁英的恩恩怨怨。

葛星火利用法律手段止住了中原新材员工离职潮，没想到又遭遇铁哥俩的起诉，输了官司。铁哥俩诉中原新材官司落地，中原新材虽然赔了款，但并没有伤筋动骨。利空出尽，中原新材股价开始反弹。

事情总算过去了，葛星火终于松了一口气。但福无双至，祸不单行。一家名为"今报网"的网站发布了一则题为《人大代表葛星火娶两妻非法生育无人管》的文章，让业界大为震惊。网站发帖称，葛星火有"一妻一妾"，合法妻子赵红梅，生育两男，一男为超生；一个"非法妻子"刘歆瑶，为葛星火在美国生育两女孩。要知详情，且看后文。

28．私女曝光心更烦

《人大代表葛星火娶两妻非法生育无人管》一石击起千层浪，国内数十家网站纷纷转发该帖，不少网站论坛也纷纷出现该文章的帖子，一时间，此前开始走好的中原新材的股价连跌数日，即便在整个大盘上行的情况下依然萎靡不振、一路下滑。

据爆料者透露，已经将人大代表葛星火的恶劣行径举报到了各级政府相关部门，请相关部门尽快调查。网民纷纷跟帖：人大代表涉嫌重婚，道德败坏，呼吁相关部门彻底调查。

赵红梅从同事那里得到消息，立即上网查看，这一看不要紧，差点背过气去。她立即给葛星火打电话，发疯地吼道："葛星火，你不是人，你在外面私养孩子！"葛星火一惊，心想私生女的事赵红梅不可能知道的，他揣着明白装糊涂，说道："那都是谣言，都是诋毁我的！"

赵红梅生气地道："谣言？你看网上的消息，都已经成了热点了！"

葛星火打开手机，上网一看，大吃一惊，他有私生女的事上头条了！葛星火看到消息大为恼火却也无可奈何，只能对赵红梅说："纯属造谣，你千万别信！"

赵红梅泣不成声："你这个骗子，你和刘歆瑶一直保持着关系，还生了两个孩子！我一直蒙在鼓里，你这个大骗子！我要跟你离婚！"

"你千万别相信，公司起诉员工索回股份，员工输了官司，这是离职员工在报复我！"

葛星火稳住赵红梅，声称要起诉相关造谣诬蔑者。他的脑子快速地转着，思考着他与刘歆瑶之事自己做得相当隐秘，一定是李铁英从师弟Peter那里得知信息给捅出来的。想到此，他恨得牙根痒痒，李铁英、李铁英，你捅我一刀，我也饶不了你。当务之急是赶紧通知刘歆瑶。他马上给她打个电话，告知她网上帖子的事，并嘱托她无论遇到任何情况都不要承认两人的关系，并跟刘歆瑶说他立即想办法灭火，找人删帖。

中原新材遇到老员工离职潮，再加上几场官司，那段时间里葛星火压力很大，每天靠洗冷水澡来减缓压力。如今又遇上私生女曝光事件，葛星火内心烦乱不堪，他来到河边冬泳。立春刚过不久，河水依然冰冷刺骨，葛星火活动了一下身体，脱下衣服，与冬泳爱好者一起跳入水中，寒冷的河水刺激着他的皮肤，渐渐地能感受到一丝温暖，毕竟相比之下外边的气温比水温低多了。葛星火一边游着，一边给自己打气：一定要顶住压力，平息"私生女"事件。

自从"一妻一妾""超生私生"事件网上曝光后，葛星火不择手段加以掩盖。一边组织人员大量删帖，一边狐假虎威地发律师函要追究所谓"造谣者"的法律责任，将公司的官司和他个人劣迹曝光扯在一起，安排亲信在股吧里灌水。

尽管葛星火找人删掉了不少帖子，但新的帖子不断出现：

"葛星火凭什么这样猖狂、目无法纪？就因为他是人大代表？"

"现在，全国人代会召开在即，各级政府相关部门肯定收到了举报信，正考验各级政府的整顿政风、行风的决心和效率，我们拭目以待！"

一个多月以来，葛星火"娶两妻非法生育"的帖子甚嚣尘上，沸沸扬扬，让葛星火和他的家庭备受困扰。更为严重的是，中原新材的股票价格也因"桃色新闻"受到剧烈影响，一度下跌30%以上。股票大跌，让中原新材的广大投资者损失惨重。人们纷纷呼吁和要求查明事件的真相。

葛星火加大了公关力度，不断邀请记者来中原新材采访，公关终于有了效果。大中网记者为葛星火写了一篇正面报道，题目是《还人大代表葛星火一个清白》，报道指出：

> 记者深入中原新材进行了采访，当中原市纪检部门的"查无此事"调查结论做出后，省人大代表、中原新

材董事长葛星火稍感安慰,他对大中网记者说:"终于可以睡个踏实觉了。"

在看到网上发帖之后,葛星火在第一时间就向公安机关报案。发帖时间选择在春节之后和全国两会召开之前,而在全国两会期间,相关帖子数量大增,欲在特定时期形成舆论压力的意图明显。

记者登录相关网站查阅相关文章和帖子后,发现一个奇怪现象,就是该网站帖子第一次发布出来,几乎在同一时间,许多网站自由发言的论坛就有人纷纷上传了该文章的帖子,并很快有人大量跟帖。公安机关表示,这明显是"水军"所为,显然这是一起有人精心策划、缜密操作的网络事件,行动的矛头直指中原新材董事长葛星火。这使葛星火本人和家庭的生活也受到了极大困扰。

"那段时间一直睡不好觉,愤懑、伤心、屈辱,让我痛苦万分。"葛星火说。

葛星火声称,这个案件与他前两年为了维护公司利益、向离职员工发起的两起索回股份的诉讼有关,官司胜诉后,离职员工不是赔款就是还回股份,虽然阻止了员工离职潮,但也加深了败诉员工与他的恩怨。

正因为这一系列官司,造成部分离职股东与葛星火形成了剑拔弩张的关系。据葛星火反映,曾有离职股东威胁公司:"中原新材一天不撤诉,我们就要造出更大的动静来!"这也是葛星火怀疑这起网络事件与此前官司有关的依据。不过,官司涉及的股东并不承认网络事件与他们有关。

葛星火告诉记者，中原新材对这些股东起诉，是因为公司早在几年前，与时任公司高管及骨干员工在双方自愿前提下签订《中原新材股东义务特别约定的协议》和《履职协议书》，防止公司高管和骨干在公司发展的关键时刻离职撂挑子，和离职后从事损害公司利益的同业竞争。

对于诉讼官司，葛星火对记者表示："当时面对离职员工的威胁，我坚决不妥协，不惜一切代价也要打赢这场官司。只有这样做，才是对全体股东和员工的辛勤经营成果负责，才能给中原新材产业报国和创办百年老店的梦想提供一个坚实保障。最后，中原新材赢了官司。"

记者了解到，中原新材的前身是中原搪瓷厂，葛星火曾任销售科科长，为搪瓷厂立下汗马功劳。1993年葛星火离开搪瓷厂去北京创业发展。2008年，中原搪瓷厂濒临破产倒闭的边缘，葛星火携带资金和技术来到搪瓷厂，使搪瓷厂起死回生。2009年，葛星火以超前的改革意识带领搪瓷厂改制，创立中原新材。中原新材创建后，立即开发汽车用胶和光伏发电用胶，公司得以快速发展。之后，葛星火秉持产业报国的使命，多次抵御跨国公司疯狂挤压的威胁和高价收购的诱惑，成为领军民族胶黏剂工业与外资品牌直接展开竞争的典型代表。中原新材长期坚持自主创新，已成功开发出替代国外进口的100多种高性能胶黏剂产品，改写了中国高端胶黏剂市场长期为跨国公司垄断的历史,并于2012年在深圳中小板顺利上市。

"我们上市不是为了圈钱,而是希望借助资本市场这个平台,切切实实地把公司做大做强,创造价值,回报社会。"葛星火接受采访时如是说。葛星火一直倡导实业报国,多次呼吁国家"强化实体经济,谨防经济泡沫"。

记者还发现,多年来,中原新材一直坚持诚信纳税和热心参与各种公益慈善事业,每年还为多位残疾员工提供就业岗位。除此之外,葛星火还用政府部门奖励给他的460万元设立"葛星火爱心基金",用于大病儿童及特困家庭的救助。迄今为止,中原新材已累计向社会捐款2000多万元,葛星火也因此多次荣膺"中华慈善人物"称号。

生活中的葛星火简单而低调,不重奢华,身上的西服是公司统一定制的工作服,最值钱的一双皮鞋价值800元,是公司上市前专门为去北京跑证监会买的,这也是葛星火身上唯一的一件"奢侈品"。葛星火一天的大多数时间都是在公司岗位上度过的,休息时间他最爱的运动就是打篮球和冬泳,户外的江河湖泊是他经常"野泳"的地方。

为维护自身的正当权益,中原新材在向公安机关报案的同时,也动用了其他法律手段,在权威媒体发表律师声明和澄清事实的通讯稿,并通过法律顾问分别向相关涉事媒体网站寄发律师函和律师声明,同时向中国证监会、省证监局和深交所报告披露司法诉讼判决经过，极力将网络传闻所带来的负面影响降低到最小。

据悉，截至目前，"今报网"已被当地有关管理机构屏蔽关停，发帖子的所谓"记者"经查询新闻出版部门网站显示"查无此人"。目前该"记者"仍在公安机关追查之中。国内其他曾转载该传闻文章的正规网站也已纷纷将该文章删撤。

记者在中原新材采访时，恰好中原市纪检监察部门的工作人员来中原新材进行的调查结束，纪检监察部门随后出具的"查无此事"的调查结论证明了葛星火的清白。

李铁英的师弟陈新Peter回国探亲，得知李铁英和葛星火分手几年了，大为震惊。当铁英告诉Peter葛星火在美国有两个私生女时，Peter并没有惊讶。多年前，Peter曾经送葛星火去纽约，知道葛星火在美国有个私生女。Peter在美国生活久了，觉得这是个人隐私，此事他从来没告诉过李铁英，只是不知道葛星火什么时候又有了一个女儿。

李铁英邀请Peter到铁哥俩公司参观，看到师哥取得的辉煌成就，Peter很羡慕。多年不见，两人谈得很投机，李铁英知道Peter在美国的公司做研发，负责电子胶黏剂的开发。铁哥俩这几年也在开发电子胶，但进展缓慢。Peter跟李铁英说他已经离开了那家公司两年多了，Peter还介绍了他多年来在电子胶方面的课题，李铁英很感兴趣。李铁英向Peter表示，如果可能他希望和Peter做个合资公司，Peter也有回国创业的想法，两人一拍即合，不久合资公司就建立起来了。有了合资公司和Peter的加入，铁哥俩的电子胶业务很快发展了起来。

……

中原新材内部，欧阳光与葛星火曾几番争执，矛盾不断加深，与此同时，中原新材所处的行业，正一步步逼近盈利天花板。公司财报中，显露出一种危机：公司赖以生存的主营产品，正陷入供过于求的境地。中原新材以及葛星火的家庭都孕育着一场危机，正所谓"山雨欲来风满楼"。

29．哥俩情势在逆转

欧阳光是中原新材的常务副总经理，在公司工作时间较长，一直负责公司内部运营，是公司元老级的人物。欧阳光沉稳而细致，对公司实施精细化管理，公司成本控制一直很好，对应收款的控制也十分严格，欧阳光让销售团队制定回款奖励制度，定期对每一家客户的每一笔应收款进行清理，在第一时间识别风险。

在内部员工管理上，欧阳光的风格也有所体现。午休时间，员工纷纷从办公楼拥入食堂，人人挂着工牌，部分人员穿着黑色长款呢大衣，做工精美、款式合身，这是冬季的工服，夏天还有一套衬衫和裙子等服装，看起来整齐划一。

葛星火主要负责外部公关，如建厂项目、公司上市等重大事项。葛星火回到中原新材改制和上市的前两年，公司快速发展。公司的快速发展掩盖了公司管理层之间的矛盾，这两年公司发展遇到了瓶颈，外部市场在变化，内部战略分歧加大。

虽然从业绩上看，公司仍保持净利润两位数的增幅，但市场竞争激烈，利润空间大大缩小。因此，葛星火带领公司确立了多元化发展的目标，遭到欧阳光的反对，多元化策略很难落实到行动，由于不同的理念、应对方式，中原新材管理层陷入争论中。

前两年，为提升公司品牌影响力，葛星火主张将公司展馆扩建成一座胶黏剂博物馆。这个提议很快得到大家认同，公司从联系设计方到施工方案共同推进，无一人反对，可就在葛星火提议增加费用预算后，欧阳光觉得费用太高不能接受，在即将实施的时候坚决反对实施这个计划。

在公司的发展方向性上，葛星火主张搞多元化经营，而欧阳光则主张集中主营业务。企业发展到一定阶段，都会面临多元化和专业化的选择。专业化和多元化各有利弊。专业化的优点是可以在某一专业领域做深、做专、做精，取得较高的市场地位；缺点是鸡蛋放在一个篮子里，抗风险能力差，还可能造成路径依赖，丧失发展机会。多元化的优点是可以扩大企业总体规模，化解风险，在某一专业领域没落时可谋求在另一领域的发展，若多元化的领域都建在同一核心竞争力之上还可产生协同效应；缺点是核心资源分散，当多元化领域关联不强时，企业很难做大做强，致使各领域都沦为二流，渐被淘汰。

中原新材是葛星火一手推上股票市场的，上市后希望公司快速扩张，而欧阳光极力反对。在一次高层会上，葛星火又提起多元化经营时，欧阳光不情愿地说道："公司资源有限，哪有那么多资金搞多元化经营？"

葛星火粗大的手掌拍着桌子，激动地说道："你太保守了！

如果我们还坚持从前的搪瓷制品，能有今天吗？不搞新材料，能有今天的规模吗？我们是上市公司，资金可以通过再融资解决！"

欧阳光毫不示弱："隔行如隔山，我们没有人才和技术，搞什么多元化？弄不好还会损害企业竞争优势，甚至造成企业破产。"

葛星火强调说："公司要突破瓶颈，一定要多元化发展，一切困难都可以通过再融资和并购来解决。"

葛星火和欧阳光之间出现观点无法调和的迹象。葛星火主张必须马上转型，他预料到目前这个行业已经维持不了几年繁荣了。但欧阳光坚持要走老路，他认为这个行业保持几年的增长没问题，两人争来吵去。

"赵老师，你的信。"一位同事喊道。

赵红梅接过信，心中纳闷，如今都用电子邮件了，谁还发纸质信件？赵红梅拆开信封，抽出来的是一个母亲和两个女儿合影的照片，她将照片反过来，背面写着"中原新材北京分公司总经理刘歆瑶"，赵红梅大为恼火，拿起书包就走，她要找葛星火讨个说法。葛星火看看照片，随手扔在桌上说："这有什么值得大惊小怪的，肯定又有人挑事，破坏咱们的关系！"听葛星火这样说，赵红梅释然了。这么多年，赵红梅没有过问过中原新材内部的事，她也不知道北京分公司的事，因此对照片的事也没有再追究。

谁知两个月后，赵红梅又收到了一封信，信里依旧是一张照片，是葛星火和一个女孩亲密的合影，照片背面写了一行字："外边彩旗飘飘，家里红旗不倒。董事长葛星火与董秘钱璟。"

看到照片，赵红梅再也不能冷静了，她知道钱璟是公司副总经理钱晓宇的女儿，她见过钱璟几次，照片上的女孩是钱璟没有错。赵红梅只觉得气血上涌，恨不得立刻去找葛星火问个明白，但考虑到葛星火每次都跟自己打太极，她又没有充足的证据证明他真的出轨了，赵红梅只能劝自己先冷静，她很快就稳住了自己的情绪，她毕竟经过了太多的事，她要去中原新材弄个明白。

赵红梅找来了私家侦探，全程跟踪葛星火，一段时间后，私家侦探便将厚厚的一沓照片交给了赵红梅。最上面的照片上，葛星火一手抱着刘歆瑶的小女儿一手牵着刘歆瑶的大女儿，而刘歆瑶跟在他身后，正亲昵地跟他说着什么，俨然是一家四口的既视感，赵红梅颤抖着手去翻看照片，那沓照片全是葛星火与刘歆瑶或者钱璟的亲密照片，赵红梅再也没法自欺欺人了。弄清了葛星火两个私生女以及和钱璟有染的真相，她彻底失望，尽管葛文丽再三劝告，赵红梅再也不能忍受，决定与葛星火离婚。

不久，中原新材发布公告称，根据公司董事长兼总经理葛星火与其前妻赵红梅女士达成离婚事宜的《人民法院民事调解书》约定，葛星火将其持有的中原新材的股票的一半分割给前妻赵红梅女士。此次权益变动后，葛星火及前妻赵红梅在中原新材股权排名并列第二，欧阳光成了第一大股东。公司前五大股东按持股比例从大到小顺序变为：欧阳光、葛星火、赵红梅、葛志军、钱晓宇。

媒体记者辗转找到赵红梅，为处理股权事宜，赵红梅昨日才从深圳回中原市。当记者问到作为公司大股东之一预备怎么处理股权、今后是否会参与公司经营，她表示，一切来得太突然，没有想好未来会怎么做。

中原新材董秘钱璟在接受媒体记者采访时称，股权变更不会给公司未来发展带来影响，毕竟这是私人的事儿。

葛星火与原配赵红梅离婚，不久后他再婚，新娘叫钱璟，中原新材董事会秘书，公司大股东之一钱晓宇之女。公开资料显示，钱璟自2011年起任中原新材总经理助理、董事会秘书。葛星火成了钱晓宇的女婿，这次离婚和结婚，让中原新材股东结构发生了微妙的改变。

李铁英把葛星火设美人计的事告诉了王京，并向王京再次坦承，自己只是一时糊涂，没有经得住诱惑，他也表示自己一定会痛改前非，好好对待王京。

春天来了，李铁英父母要回老家居住一段时间。李铁英决定和王京到上海、苏州、杭州转转，弥补一下这些年对王京的亏欠。做企业这么多年，李铁英来往上海、苏州、杭州无数次，总是来去匆匆。更为遗憾的是，这么多年李铁英一次也没有带王京来过这些地方。这次他订了外滩附近的和平饭店景观房，这样在房间里就可以看到黄浦江对岸的摩天大楼群。

漫步外滩，黄浦两岸的景色目不暇接，江面、长堤、绿化带以及沿江两岸那美轮美奂、或古典或现代的建筑群，令人流连忘返。无论是外滩的万国建筑群，还是对岸陆家嘴的摩天大楼群，无不展示着大上海开放的胸襟，漫步其间，李铁英和王京的心胸顿时变得开阔起来。

如果说外滩那一座座风格迥异的万国建筑，讲述的是旧上海如梦般繁华的往事，是旧中国落后挨打、被迫打开国门心酸历史的见证；那么，陆家嘴一座座拔地而起的摩天大楼，则述说着新上海现代化建设的新故事，是新中国改革开放、主动打开国门所取得的新成就的象征。夜幕降临，华灯初上，李铁英和王京手牵手在外滩轻轻地踱步，仿佛又回到了年轻时的浪漫时光，踩着海关大楼上时钟的节拍，时间变得缓慢，不时地听到《东方红》的音乐钟声，万国建筑群那一座座巍峨的建筑在金黄色的灯光辉映下，更显得璀璨夺目。

霓虹化作流光，东方明珠那变幻的色彩充满了梦幻，上海中心被灯光染成的金黄色显得庄严肃穆，金茂大厦的红光尖顶色彩迷人，环球金融中心那蓝色的光使"瓶盖起子"的外形更加鲜明，还有江面的游船美轮美奂，七色光芒映射到江面上，缤纷斑斓。王京面对如此美景感慨万分："站在尖沙咀远望香港本岛，曾被对岸那色彩斑斓的摩天建筑群所震撼；如今，站在外滩，陆家嘴的景观更胜一筹。"多年前李铁英和王京去过一次香港，但是两次的心境却有所不同。

午夜时分，李铁英和王京站在和平饭店房间的窗前，推窗举目远眺，看着外滩人群渐渐离去，陆家嘴摩天大楼的灯光也慢慢暗去，他们才关窗拉上窗帘，与外滩一起安然入梦……

李铁英和王京的第二站是苏州，他们住在平江路附近的平江府，平江路两侧支巷多为历史悠久的小巷，素以"水陆并行，河街相邻"特色著称。李铁英和王京乘上小船，摇船的是位60多岁的大妈，她带苏州口音唱起了《姑苏风光》，王京鼓起掌来，称赞老人家唱得好，有味道。老人高兴地又唱起了根据唐代诗人张继的《枫桥夜泊》改编的歌曲，别有一番韵味。

王京特别喜欢艺圃，它是一座面积不大的私人花园，全园以约占五分之一的池水为中心。池水东南及西南两角各有水湾伸出,水口之上架有石板桥一座,不时有人在那里拍婚纱照。艺圃以池水、石径、绝壁相结合,取法自然而又超越自然。李铁英和王京走上石板桥,李铁英说道:"看你这么喜欢园艺,现在也有时间了,就出去学学,还能交些朋友。"王京点头同意。

从苏州出来,二人又辗转去了杭州,他们坐上电瓶车来到西湖,西湖美景尽收眼底。一队老年模特队迎面走来,她们穿着旗袍,打着红伞,迈着优美的步子,从长桥上慢慢走过,王京羡慕地看着她们,赞叹道:"真美啊!"李铁英搂着王京道:"你穿出来也很漂亮。"

"真的吗?"王京惊喜地问道,她又看看自己微胖的身材,情绪低落了许多,"我都老了,身材也不好看。"

李铁英指指那支队伍说:"你看她们,年龄都比你大,不是照样很美嘛,人活的是一种精神。"

王京第一次听到丈夫的赞美,感觉幸福满满。沪苏杭三地游,让两人之间的感情重新回温,李铁英跟王京说,他计划把公司管理大权交给马企远和师弟Peter,把公司改名为"铁三角",自己只当董事长,就有时间陪王京了,王京很感动,表示支持。

欧阳光与葛星火本来就有矛盾,为了整垮葛星火,欧阳光指使女儿欧阳兰给赵红梅发了两次照片,导致葛星火离婚。葛星火离婚引发中原新材的股权结构发生了变化。欧阳光成了第一大股东,几位大股东间的关系非常复杂:葛志军与葛星火为父子关系;赵红梅是葛星火的前妻;钱晓宇是葛星火的岳父;董事会秘书钱璟是葛星火的现任妻子，钱晓宇的女儿。黄旭是欧阳光的妹夫，代表小股东担任董事。

9位董事，葛星火为董事长，欧阳光为副董事长，赵红梅、葛志军、钱晓宇、黄旭为董事，还有3位是独立董事，是外聘来的。如今，葛志军基本不过问公司的管理，葛星火任总经理，负责公司投资和发展；欧阳光任常务副总，负责公司运营；钱晓宇任副总经理，负责公司的营销，赵红梅虽为公司股东，但并没有参与公司管理。

股东之间的权益之争，最早发生在2016年董事会选举上。作为公司董事长，葛星火上市前后连任两届且都是全票选举通过，但第三届董事会选举公告显示，这届葛星火作为董事长的选举决议中，出现了4张反对票：欧阳光、黄旭、赵红梅，另一张是欧阳光提名的独立董事。其中欧阳光和黄旭的反对理由比较类似，均是对葛星火对公司战略设想的质疑、不认同。但最后，葛星火仍得到5张赞成票，以多1票通过连任。欧阳光看到了希望，一心想控制公司董事会，坐上董事长的位置，一场罢免董事长之战正在展开。

30．星火扩张欲望添

一边是大股东矛盾不断升级，另一边，中原新材向盈利天花板又逼近了一步，公司业绩首次出现下降，中原新材走到了瓶颈时期。

为了促进公司发展壮大，葛星火极力主张并购发展新业务，他在2016年年初提议以8亿元人民币并购一家公司，并与对方进行了充分的协商，基本成了定局。

中原新材发布公告，拟以8亿元收购汉元塑胶100%股权，并通过了董事会议案，但随后深交所向公司发了《问询函》，表明公司曾在2015年筹划的定向非公开发行股票计划至今没有完成，要求中原新材在这个时间段只能二者选其一。

中原新材董事会就以8亿元收购汉元塑胶100%股权并募集配套资金方案投票，葛星火、葛志军、钱晓宇投了支持票，欧阳光、赵红梅、黄旭、独董傅强投了反对票，反对者认为近期国内证券市场环境、政策等客观情况发生了较大变化，终止重组十分必要。让葛星火没有想到的是，两位独董选择了弃权，以8亿元收购汉元塑胶100%股权被否。公司只能被迫选择继续完成定向增发，放弃收购。

葛星火大为恼火，在董事会上拍起了桌子，认为放弃这么好的标的简直是傻瓜，葛星火称，汉元塑胶已经和很多大型汽车公司形成一级供应商关系，公司可以利用这个销售平台尽快切入新行业，既然公司业务出现瓶颈，那就在其他领域谋求发展。葛星火认为，终止重大资产重组理由不充分，有可能给公司带来重大损失，可能损害广大中小股东利益。

欧阳光持有不同观点，他认为定增批文已到手，且是众多员工、管理层参与的定增，一旦放弃就没机会了，认为几个月后再筹划并购事宜不晚。但不久后，外界传出汉元塑胶被其他上市公司收购的消息。

通过这次较量，欧阳光与葛星火的关系彻底搞僵了。欧阳光看到在董事长选举和并购事件中，赵红梅都投了反对票，觉得赵红梅与葛星火恩怨深重，欧阳光想去说服赵红梅站在自己的一边。葛星火、葛志军、钱晓宇这3票铁打不动，其他董事是完全可以争取的。

国庆节过后，一封自称是资深股民但没有署名的举报信向葛星火袭来。举报者在举报信中称葛星火作为中原新材董事长，未经股东大会同意，投资了与中原新材同类业务的深圳硅科公司，违反了公司法第一百四十八条。举报者还指责葛星火违反了中原新材上市时候做出的避免同业竞争之承诺。

针对中原新材董事长葛星火的举报信，直接投向了中原新材所在的深交所以及省证监局。为此，深交所中小板公司管理部向上市公司发来《问询函》，并要求中原新材和葛星火自查并说明其是否违背竞业禁止承诺和对上市公司的忠实义务。

事情出自不久前葛星火出席的深圳硅科公司的开业典礼，葛星火向来是个粗放的人，如果他出席活动前能细致了解情况或询问律师，也许事情就不会发生。葛星火没想到自己参与投资的兴科基金给自己带来了麻烦。

葛星火在对深交所和省证监局的答复中称：本人参与投资了兴科基金，仅占兴科基金份额的5%；本人作为有限合伙人，仅仅作为财务投资人，并未参与兴科基金投资深圳硅科公司的决策，对兴科基金的这项投资计划也并不知情，自己没有直接投资深圳硅科公司。

葛星火在对交易所所做的说明中表示：若交易所认为本人投资兴科基金一事不妥，为避免将来与中原新材股东间产生不必要的误会，本人愿意配合执行交易所的决定，采取规避措施，如退出或转让兴科基金份额等。

葛星火的法律顾问中原天元律师事务所出具了针对此事的《备忘录》，认为葛星火的投资行为不构成同业竞争。随后，葛星火将持有兴科基金的股份卖掉了。

但中原新材的法律顾问出具的《备忘录》认为，葛星火的行为，未违反其作为公司董事应承担的竞业禁止义务和对上市公司忠实义务，但违反了其在中原新材上市时所作的避免同业竞争及利益冲突的承诺。

之后，中原新材董事会成员、公司高管对葛星火入股兴科基金间接投资深圳硅科展开了一场讨论。公司的股东与董事很快分裂成为两派：股东欧阳光、赵红梅、黄旭、独董傅强认为葛星火本次行为构成同业竞争；股东葛星火、葛志军、钱晓宇、独立董事陈芳认为葛星火行为不构成同业竞争。监事会主席孙栋认为，公司的法律顾问已进行了专业判断，应该尊重法律专业人士的判断，因此认为葛星火本次行为不构成同业竞争。

欧阳光让葛星火向公司董事和管理层道歉，葛星火气愤地说："我已经卖掉了兴科基金的股份，请不要再揪着这件事不放。"两派处于僵持状态。

欧阳光看到赵红梅只要是关于葛星火的事必提出反对意见，因此加大了对葛星火的对抗力度。2016年11月，欧阳光、黄旭向中原新材发出"关于提请公司董事会召开临时股东大会的提案"，内容只有一项：请公司董事会召集临时股东大会审议《罢免葛星火第三届董事会董事长职务的议案》。

罢免葛星火的理由是："鉴于葛星火作为公司董事长及大股东，投资与中原新材有业务竞争关系的深圳硅科公司的行为，严重地损害了中原新材、骨干员工和广大股东的利益，也违背了对上市公司、对股东的承诺。请求通过股东大会罢免其董事长职务。"

紧接着中原新材召开董事会，包括葛星火在内的9名董事悉数到场，葛星火、葛志军、钱晓宇投了反对票，两位独董投了弃权，其余5人赞成，于是提请股东大会罢免葛星火董事长职务的决议得以通过，并定于12月举行股东大会，投票表决。

中原新材内斗加剧，董事会召开的第二天，中原新材股价跌停，罢免董事长风波正在持续发酵，被罢免一方则加快平息事件。

记者们堵住葛星火希望他接受采访，葛星火气愤地说："他们早就想这么干了，这次只是找了一个借口。"

"就算这次他们不这么整，下次也要整。"葛星火接着说，"即使股东大会最终得以顺利召开，我也将通过其他方式进行反击。"

欧阳光对媒体公开称："希望他能为此事出面道歉，他的傲慢态度导致了这次罢免决定。"

事件升温，引发外界关注。深交所再发一封《问询函》：第一，给予葛星火口头警告处分；第二，请董事会详细公示罢免理由。

葛星火在提交给深交所的说明中再次强调：我本人热衷于对新鲜事物的学习，一直对投资抱有浓厚兴趣，认为除自身创业外，产业投资也是未来的趋势，我在兴科基金中所持5%份额，我仅仅是作为财务投资人，没有参与兴科基金投资深圳硅科公司的决策。葛星火认为，他既没有控制其他公司，又未参与公司的经营、决策，并不违背上市公司的相关承诺。

就在关键时刻，葛星火找到赵红梅，说这是欧阳光想整死自己，再三请求，请她站在自己一边，帮自己渡过难关。念在两人终究夫妻一场的分上，葛星火最终说服了赵红梅，让赵红梅联合葛志军等提议召开董事会，提议撤回罢免决议，接着葛星火又去找另外两位独立董事寻求支持。

于是，又一次董事会召开，会议最终以5票支持、4票反对，撤回了罢免决议。就这样，罢免董事长事件在12日股东大会召开前偃旗息鼓了。

在欧阳光与葛星火的争斗中，葛星火险胜。罢免董事长未成，欧阳光觉得以后很难再与葛星火合作，他开始转让公司股份，声称要逐渐退出董事会，离开中原新材。

2016年12月，中原新材全体管理人员"重上井冈山"，开了一次集训会，欧阳光、欧阳兰、黄旭没有参加。葛星火在"重上井冈山"集训会结束会上说："中原新材要继承和弘扬井冈山精神，撸起袖子加油干。井冈山之行，中原新材重塑了企业内在精神，找到了再次腾飞的支点！'产业报国'的中原梦正逐步成为现实。"

2016年，中原新材销售额突破10亿元，但盈利能力却大大下降，其中非胶黏剂产品约占整体销售额的30%，中原新材开始向多元化、规模化方向迈进。

铁哥俩这两年在马企远的带领下，实施项目制管理以及以市场为导向的研发管理，加快了新产品投放市场的速度。马企远做过研发，又做过销售，他认为企业成功的关键是洞察市场，并满足顾客的需求。但如果每个企业都奉行此道，竞争优势又从何谈起呢？答案就是更上一层楼。这意味着必须对重点顾客的业务系统了如指掌，甚至比顾客自己更早洞察潜在的需求，然后为顾客出谋划策。如果帮助顾客发现了还没有被挖掘出来的潜在机会，双方都将获益良多。

马企远非常赞成李铁英关于创新是企业发展的源泉的见解，关键技术一定要掌握在自己的手中，企业要有竞争优势，必须有自己的"护城河"，而且要不断加宽自己的"护城河"。一定要抵制住多元化的诱惑，市场聚焦，走专业化、差异化之路，追求长期、可持续的成长，而不是昙花一现的、暴发户式的成长。

这两年，Peter的加入也给铁哥俩带来了活力。Peter认为，英语中，business（生意）应该含有忙碌（busy）的含义。这一点启发了李铁英，李铁英觉得企业要想基业长青，企业人必须"自强不息"，一刻也不能放松。特别是企业高层，他不仅需要抓住现在，更需要思考未来。面对激烈的市场竞争，技术落后、管理不善、资金不足、法律诉讼、行业变迁都会影响企业的发展。企业只有与时俱进，才能长盛不衰。"自强不息，厚德载物。"也就是《周易》告诉我们的"变"和"不变"："天行健，君子以自强不息。"环境在变，企业人要与时俱进，文化、运营方式、具体目标和策略都要随环境而"改变"。"地势坤，君子以厚德载物。"企业人要以宽广的胸怀与敦厚的品行服务大众，"恪守"自己赚钱之外的核心价值和目标（如服务社会）。

李铁英发现马企远很能干，具有运营管理的天赋与潜力，李铁英就让马企远任CEO，自己只当董事长，师弟Peter当公司副总经理兼CTO，并把部分股份转让给马企远和Peter，公司改名为"铁三角新材料股份有限公司"，在三人的合力经营下，公司迅速发展起来。

31. 铁英家庭渐好转

李铁英的父母去年春天回老家居住，一直没有回北京，李铁英知道父母还在生自己和王京的气。李铁英认识到，婆媳关系是婆婆、媳妇、丈夫/儿子三人之间的关系，它是比"三角恋"更复杂的三角关系。有人说：婆媳之间产生矛盾，婆婆和媳妇各打二十大板，丈夫该打六十大板。这句话看来很有道理。丈夫是媳妇和婆婆之间唯一的纽带，婆媳出现问题，根源在于男人。在儿媳和婆婆之间有矛盾时，很少有老公能够站出来解决。试想一下，一边是自己的母亲，一边是自己的老婆，她们两个人有了矛盾，压力最大的还是夹在中间的男人。不管是偏袒哪一方都不对，所以很多男人都会选择闭口不言，或者干脆躲开，眼不见心不烦，她们之间的矛盾让她们自己解决。恰恰是这种不闻不问的做法，才更加催化了婆媳之间的矛盾。

本来一句话就能解决的问题，到最后变得错综复杂，难以调和。还会破坏夫妻之间的关系，引发家庭危机。所以，在面对这种情况时，男人有责任和义务去解决问题。

中国的婆媳矛盾几千年来长盛不衰，婆婆和媳妇几乎成了"天敌"，让本应该拥有两个女人的爱的那个男人夹在中间，受尽夹板气。很多男人不懂得如何处理这种关系，导致婆媳之间的矛盾越来越深，轻则家庭不睦、婆媳结怨，重则妻离子散、家破人亡！

李铁英如今和王京的关系得到了改善，公司这边，名称已经由"铁哥俩"更名为"铁三角"，在马企远和Peter的管理下，井井有条，公司不断创新，业绩稳定增长。李铁英不再干预公司日常管理，感觉轻松了许多。他决定回老家一趟，把他和王京的事情跟父母讲清楚，取得父母的原谅，并把父母接回北京来住。

这次回老家，李铁英发现小村庄又发生了很多变化，家家都盖起了两三层高的楼房，家家都用上了管道天然气，用上了自来水，村里还有专门打扫街道、胡同卫生的清洁工。李铁英记忆中的低矮平房现在已不复存在，堰岗子、避水台、池塘、打麦场只能留在记忆中，村庄周围的小河沟已被填平，如今修起了水泥路。李铁英漫步走到村西一里外被称作"回木沟"的小河，小河流水潺潺，李铁英想起了儿时与小伙伴光屁股下河戏水的情景，如今已经步入了"知天命"之年，儿时时光永远不会再回来。

回来时，李铁英路过村西头的小学校，如今学校变成了食品加工厂，因为没有那么多学生，小学已经和其他村庄的小学合并了，学校从前的平房已不复存在，现在盖起了厂房，机器声隆隆。李铁英很好奇，走进工厂，看门的是自己的小学同学李铁蛋。李铁英怎么也不会想到的是，食品加工厂厂长竟然是自己的小学同学杨丽娟。

杨丽娟把李铁英请进了自己的办公室，李铁英说道："见到老同学真高兴，这些年一直为你担心呢！"

"早知道铁英哥出息了！一直没去打扰你，怕铁英哥你会瞧不起我这样的人。"杨丽娟说着，低下了头。

"哪里的话？都是生活所迫，很久以前，葛星火说在济南见到你，当时我就想让你去北京到我和星火的公司上班，星火又去找你,谁知你已经离开了济南。"

"你和葛星火现在怎么样了?几年前我在东莞碰到了葛星火。"

李铁英想起小学时葛星火曾在杨丽娟作业本上画裸体画,被李铁英告发,气得杨丽娟直哭,听杨丽娟说在济南和东莞两次见到葛星火,既是偶然也是必然,缘分将三人连接到了一起。

李铁英说道:"早分开了,如今成了竞争对手,星火的公司上市了,现在成了亿万富翁!"

"我总觉得葛星火和你不是一类人,你俩性格完全不同,我还琢磨你们怎么会走到一起的?"

"是的,我们曾经被人称作'铁哥俩',优势互补,把公司做得风风火火。后来由于性格原因和管理理念差异而分家了!"

李铁英继续说道:"说说你吧,闺女现在还好吧?"

"一言难尽,这些年我一直干着不易启齿的事,开始是吃青春饭,后来年龄大了又干妈咪,觉得这个钱好挣,但其中的苦楚难以言说。2014年,东莞严打,我被抓了起来,关了3个月,经过政府的教育,我才痛改前非,回到了村里。"

说着说着,杨丽娟泪流满面:"不好意思,这么多年一直没有找到一个人说说自己的委屈!如今实行土地流转,我承包了村里200亩土地,又办起了食品加工厂,趁还干得动,为家乡做些贡献吧!我感觉自己前半生活得很龌龊,如今终于可以坦然地过完后半生了。"

"我最自豪的就是我的闺女,我尽管干着龌龊的事,却一直瞒着闺女,也是为了挣钱让她在东莞上最好的学校,如今她大学毕业留在深圳工作,有了好的前程,我这个当妈的也欣慰。但孩子大了,终究还是知道了我以前所干的事,她也表示无奈和理解，她说还想以我为原型写一部小说呢！"说着，杨丽娟脸上露出了一丝笑容。

"你闺女能这么懂事又这么通情达理太好了！如果有什么事需要我支持和帮助尽管说！"李铁英说道，杨丽娟点了点头，分别时两人加了微信。

晚上，李铁英与父母谈起自己和王京的事。李铁英说，这几年，自己为了面子，从来没有把他与王京发生冲突的根源告诉过父母，自己其实也很压抑。他知道父母肯定认为这个北京媳妇太强势，瞧不起他们，把一切问题都怪罪到王京头上，而把李铁英当成受气包。

李铁英把几年来他与王京闹离婚的前因后果给母亲曹心慧讲了一下，当讲到葛星火设美人计诱惑他，而他又因为出轨导致夫妻关系恶化而闹离婚时，一时悔恨万分，再也说不下去。曹心慧听到李铁英和王京两人要离婚的事，气得直打哆嗦。

曹心慧是一个敏感的人，她在北京时就感觉到儿子和儿媳闹矛盾，觉得两口子吵吵架很正常。但她万万没有想到，事情会这么严重，更想不到儿子与葛星火的矛盾那么严重。曹心慧反过来劝李铁英一定要跟王京认个错，再不能做对不起王京的事。

曹心慧回想起之前的种种，突然意识到她这个当妈的太自以为是，怎么就没想到一贯懂事大度的儿媳妇突然变了态度肯定事出有因，也后悔自己不该那么对待王京。

曹心慧回忆起刚到北京居住时，由于李铁英忙于工作，王京经常去看望他们，帮助他们干些家务活。王京怕他们不适应北京的生活，经常去陪他们聊天。每次王京来时，曹心慧都会滔滔不绝地说个不停，王京会耐心地听婆婆唠叨。那时曹心慧经常跟李铁英说，王京是个好媳妇，就像是自己的亲闺女，两个人无话不说。可是后来，不知怎的就慢慢生分了。

李铁英跟父母说，自己出轨一事真相大白，他也跟王京真心道歉，已经取得了王京的原谅，这趟来就是王京让自己接父母回北京的。李铁英带父母回到北京，王京早已准备了各种用品，婆媳关系得到了改善，家里终于恢复了以往其乐融融的景象。

金山银山，更要绿水青山。近几年国家加大了污染治理力度，21世纪初北京出现的沙尘暴、雾霾天如今很少见到，万里晴空的日子逐年增多。李铁英和王京经常一起沿着亮马河散步。从李铁英家出门500米就到了亮马河南路，沿着亮马河向东一直走到三环的燕莎桥，放眼望去，河面碧波荡漾，河的两边是垂柳、葱郁的灌木，水边还长着各种不知名的水生植物。河的南岸，一座座使馆沿亮马河而建，河的北岸是宾馆和写字楼。河边有许多人在钓鱼，随着季节的变化，两岸树叶在变换着颜色，非常漂亮。

11月初的一个周末，李铁英与王京漫步于亮马河沿岸的使馆区，巧遇三里屯东五街银杏大道对外开放。远远望去，枝繁叶茂、伟岸挺拔的银杏树巍巍屹立于道路两旁，气势昂扬，像是体魄健壮、表情威严的卫兵在为使馆站岗。金黄色的银杏树与一座座使馆交相辉映，构成了一道独特的风景线。

银杏树下，许多游人举起相机、手机，拍下这美丽的景色。一位身着黑上衣、红裙子的女士在金黄色的映衬下显得格外醒目，她举着自拍杆，摆着各种姿势，不断地按动着按钮。王京羡慕地看看这位女士，李铁英拿出手机趁机给王京拍了几张照片。

王京看着照片里的自己那么美，笑得那么甜，一把抱住李铁英道："谢谢老公！"她已经很久没有这样开心地笑过了。李铁英说道："如果你的衣服再鲜艳一点，拍出来会更好看。"王京点头表示认可，她能感受到来自他的关心和爱，也决心放下芥蒂和他一同欣赏美景，享受独属于他们的美妙时光。

李铁英弯腰拾起几片金黄的银杏叶递给王京，王京掸掸叶子上的尘土，放入包中，她要带回去夹在书中做书签，记下这片生命的轮回。

回家的路上，李铁英和王京一起哼起了歌曲《最浪漫的事》：

  ……
  我能想到最浪漫的事
  就是和你一起慢慢变老
  一路上收藏点点滴滴的欢笑
  留到以后坐着摇椅慢慢聊
  我能想到最浪漫的事
  就是和你一起慢慢变老
  直到我们老得哪儿也去不了
  你还依然
  把我当成手心里的宝
  ……

回到家里，李铁英打开电视，新闻正在播报中原新材发生火灾：据中原市高新区官方通报，位于中原市高新区的中原新材公司胶黏剂车间发生火灾，现场火势猛烈，黑烟遮住天空。中原市消防支队119指挥中心于15时39分接到报警后，迅速调派3个中队9辆消防车、30余名消防官兵，赶赴火场进行扑救。经过2个多小时的奋力扑救，18时左右大火被彻底扑灭，成功保住了毗邻的原料仓库。初步调查，火灾过火面积2000平方米，烧毁成品胶水约20吨、原材料约50吨，烧损搅拌机6台，直接财产损失约5000万元，大火导致1人死亡1人受伤。

据警方和消防部门初步调查，大火是工人为了赶进度，将本来应该晾干的过氧化物放入烘箱烘干，导致爆炸，引燃车间包装物和附近清洗设备用的丙酮。相关部门对此次火灾还在进一步调查中。

尽管两个人竞争了好几年，但毕竟同窗六载的情谊还在，李铁英拿起手机拨通了葛星火的电话，问了情况，安慰了一番。

32．母校演讲真情现

2018年春节刚过，一则消息震惊中原大地乃至全国，大河省副省长林森被"双规"了，按照分级管理的原则，林森一案正由中纪委直接查处。知情人士透露，一个月前，林森"接到一个来自北京的电话，要求他去开一个紧急会议"，但后来"再也没有露面"。实际上，当天，中纪委对林森"采取了措施"。

有小道消息称，就在不久前，一名代孕男婴诞生在中原市某医院。父亲看了他，还给起了名字。仅仅一周之后，中纪委宣布，大河省副省长林森落马。而这名副省级官员，就是该男婴的父亲。儿子出生时，林森已经56岁，但是老来得子的喜悦仅持续一周，林森便落马了。

原来，林森常以无子为憾，商人便投其所好，花160多万找代孕中介，出这笔钱的人叫关樱，是中原某电子集团的实际控制人。林森两次出面给相关部门"打招呼"，关樱实际获得5000多万政府补贴。

林森利用自己手中的权力为一些商人办事情、批项目，商人则以赠送豪宅、豪车等厚礼回馈。经审理查明：1994年至2017年，林森利用其职权、地位形成的便利条件，通过其他国家工作人员职务上的行为，为相关单位和个人在贷款申请、项目审批、土地开发以及工作招录、职务调整等事项上提供帮助，非法收受他人财物共计折合人民币1.5亿余元。

林森严重违反政治纪律和政治规矩，违反中央八项规定精神，频繁出入高档酒店及高消费娱乐场所；林森道德沦丧，同时大搞权色、钱色交易。

林森主政中原市6年间，据群众反映："他干了不少实事、好事，口碑不错""不少重大投资项目都是他亲自抓的"。但上任副省长才一年光景，林森就中箭落马。

林森身为党的高级领导干部，理想信念丧失，严重违反党的纪律，且在党的十八大后仍不收敛、不收手，性质恶劣、情节严重。依据《中国共产党纪律处分条例》等有关规定，经中央纪委常委会议审议并报中央批准，决定给予林森开除党籍处分；由监察部报国务院批准，给予其开除公职处分；收缴其违纪所得；将其涉嫌犯罪问题、线索及所涉款物移送司法机关依法处理。

从中纪委对于发生在大河省高层身上的一系列案件的查处结果来看,"基本上是窝案"。据知情人士透露,林森案会牵连一大批官员和商人。中纪委表态,要追查到底,查一个处理一个。贾政看到新闻,顿时感觉大事不好,不久他也被带走协助调查。

中原新材这边,由于罢免董事长未成,之后欧阳光卖出公司股票退出了公司。老父亲葛志军、新的老丈人钱晓宇因为年龄大了也不再参与公司的管理,葛星火的前妻赵红梅也不参与经营。因此,葛星火成了公司绝对权威。没有了阻碍,中原新材加快了扩张的步伐。为了收购智控科技公司,葛星火把自己的股票、老父亲葛志军的股票、老丈人钱晓宇的股票的一部分质押给了券商,以获得足够的收购资金。

美国总统唐纳德·特朗普2017年11月访华,中美签署了2535亿美元的合作协议框架,可以说是让世人眼前一亮,给全世界都吃了颗"定心丸"——中美不冷,世界无冷战!但让人意外的是,特朗普访华回去就变脸:一是不承认中国的市场经济地位。二是准备将中国定位为竞争对手。媒体报道说,特朗普称中国对美国进行"经济侵略",随后就加关税与中国打起了贸易战,世界正面临百年未有之大变局。

中美贸易战打响,A股大盘一路下滑,2018年1到10月份上证指数下跌31%,深证指数跌幅40%。虽然中原新材的业绩有所回升,但公司股价却随大盘一路下滑,股价累计下跌54%,从高点逾20元的水平跌至10月份的10元左右。这给葛星火带来了巨大的压力,8月份以来,为了避免爆仓,葛星火、葛志军、钱晓宇多次补充质押股份。截至10月底,葛星火的股权质押比例达90%；葛志军和钱晓宇的股权质押比例达到了95%，三人的股权质押比例几乎接近100%，达到了押无可押的地步。

中原新材的股价继续下滑，不幸的事情最终还是发生了。中原新材11月发布公告，公司控股股东、实控人葛星火及其一致行动人葛志军、钱晓宇计划将所持公司的股份转让给中原金控产业孵化器集团，权益变动完成后，中原金控产业孵化器集团将持有26%的股权，成为中原新材公司控股股东，中原市国资委将成为中原新材实际控制人。

从公司的公告来看，在公司未来的经营管理方面，中原金控产业孵化器集团虽然会向公司派驻董事及相关管理人员，但在短期内将不会干涉公司经营。在组织架构及人员方面，标的股份过户后，上市公司的董事会和监事会席位，中原金控将推荐和提名4名非独立董事、2名独立董事及1名监事，中原新材葛星火和赵红梅等持股员工可以提名2名非独立董事和1名独立董事，监事会主席、上市公司财务负责人也将由受让方推荐和提名的人员担任，除此外，其他高管不变。而在经营方面，葛星火等三人承诺，在受让方不干涉经营的情况下，上市公司将在现有经营方针、计划、模式及经营团队的基础上继续经营。

中原新材股权质押爆仓，让不少投资者感到意外。为应对行业的持续低迷，去年上半年公司刚完成对智控科技公司的收购，业绩下滑势头已得以遏制。无奈受中美贸易战的影响，公司股价一路下滑，最终导致股权质押爆仓。葛星火在接受媒体采访时表示，此番转让中原新材股权，是为响应国家混合所有制改革、优化公司资本结构。

看到葛星火股权质押爆仓的消息，李铁英很震惊，这两年葛星火很不幸，去年工厂着火，今年股权质押爆仓。葛星火被迫卖出持有的中原新材大部分股份，目前仅剩了2%的股份，成了公司的小股东。不久又听到副市长贾政被"双规"，李铁英知道葛星火肯定也会牵扯进去。

想到葛星火给自己家庭造成的伤害，再看到葛星火如此结局，此刻李铁英本应该幸灾乐祸，可李铁英怎么也高兴不起来。得知葛星火烦事缠身，李铁英此时心里更多的是对葛星火的担心。李铁英给葛星火发了条微信："老兄，保重！"随后，葛星火回了信息："谢谢老弟！"

2018年12月，庆祝中国改革开放四十周年大会在人民大会堂举行。40年光阴似箭，改革开放中的中国在国际形势复杂多变、国际竞争压力不断加大的情况下，经济社会发展经受住了各种重大挑战，社会生产力快速发展，综合国力大幅提升，人民生活显著改善，社会事业全面发展，国际地位和影响力明显提高，取得了举世瞩目的成就，实现了前所未有的历史性变革，迎来了从站起来、富起来到强起来的伟大飞跃。中国已成为世界第二大经济体、第一大工业国、第一大货物贸易国、第一大外汇储备国。中国特色社会主义道路既是一条民族复兴、国家强盛之路，也是实现社会主义现代化、创造人民美好生活的必由之路。

改革开放40年来，在奋斗和进步的主旋律下，也出现了一些不和谐的音符和社会问题：物质至上，"娱乐至死"，追星、打赏、沉迷于网络，不婚、不育、二奶、小三、私生子，买房难、上学难、看病难、留守儿童问题，行贿、受贿、腐败……

在市场经济快速发展的今天，人好像变成了机器，每天重复着相同的动作，单调乏味、无休止地运转。人成了深谙算计、追求效用和实惠、追求物欲享受的生灵。人们在物质生活富裕以后，精神反而日益失落，心灵反而日益无家可归。多数人被功利化思维模式所捆绑，活得压抑、沉重与焦虑，人成了物质的奴隶。功利化的生存状态下，人丧失了诗意和灵性，生活的美感消失了。

改革开放40年来的实践证明，中国经济发展能够创造中国奇迹，民营经济功不可没！李铁英不仅经历了改革开放40年的全过程，还"下海"创业，在商海里摸爬滚打，并做出了一番成绩。2018年12月下旬，李铁英、葛星火分别受邀参加母校燕京理工大学改革开放40周年会议，会后，化工学院邀请李铁英为学生们作了场演讲。

葛星火听说李铁英今天有个演讲，想到他与李铁英从一起创业到分道扬镳，两人的信念不同、原则不同、理念不同，两人最终走上了截然不同的道路，他真想听听李铁英如今的想法。葛星火偷偷地来到会场，在礼堂后面的一个角落里坐下。

李铁英走上讲台，说道："我今天演讲的题目是《机会眷顾有准备的人：我人生中的3个偶然和1个必然》。

学生们报以热烈的掌声。

李铁英随后讲道：

> 35岁以前，命运好像老作弄人似的，我很偶然地认识了葛星火，很偶然地娶了导师王智勇的女儿王京，又很偶然地创了业。
>
> 第一个偶然：1976年，小学时我很偶然地结识了省城里的淘气鬼葛星火，因为葛星火太淘气，被父亲安

排到我家里体验农村艰苦的生活,两人一起上学、玩耍,同学了两年。这期间葛星火带我到省城住过两周,参观了葛星火父亲任副厂长的中原搪瓷厂,勾起了我对化学的兴趣和未来的遐想。两年后,葛星火回省城读中学,从此我们两人失去了联系。

1983年,我考上了燕京理工大学化工系。没想到在这里碰上了葛星火,他也考上了本校管理工程系,两人又一起在校4年,成了铁哥们。毕业后他分配到中原市某机关工作,我读硕、读博留校工作,两人又没有了联系。

第二个偶然:我很偶然地娶了当时的化工系主任、我的导师王智勇教授的女儿。1990年,我硕士毕业,在王教授门下继续读博士,我的师弟陈新要去美国留学。王教授特意邀我俩去他家吃饭,师母和女儿王京陪同,王教授本来看上的是陈新,要招陈新做女婿,可没想到王京偏偏看上了我,我们俩开始谈恋爱,后来结婚生子。

第三个偶然:我本来想当一辈子教师,正好赶上邓小平南方谈话之后第二波创业潮——知识分子下海。1992年6月,同学们毕业5周年再相聚,葛星火看我发明了一种"如胶似铁"的复合材料,就鼓动我和他一起合伙创业。在老岳父王智勇教授的坚决反对、妻子王京的强力支持下,我和葛星火合伙在1993年创立了铁哥俩公司。从此我步入了20余年的企业生涯。

2000年,世纪之交,人们都在回顾过去,展望未来。我也开始反思自己走过的路,规划自己的人生。经过半年多的反复思考,2001年,36岁时我确定了自己人生的大目标:我今生只有一个愿望:财务与思想上的独立。

为此,我为自己制定了ABC(Adhesives-Business-Consultants)三步走的金字塔式人生规划:

(1) 25—36岁专注于胶黏剂专业(Adhesives),成为行业知名人士;

(2) 37—48岁转向管理和投资(Business),实现财务上的自由;

(3) 48岁以后转向咨询和写作(Consultants),用思想影响别人,影响世界。

我把ABC人生规划看成是自己生存、发展、自我实现的3个发展阶段,即由技术专家到企业家再到作家(思想家)转变的3个台阶。

我把自己的目标放到笔记本的首页,放到电脑的桌面,制成镜框放到办公室和家里的书架上或书桌上,时刻提醒自己不要忘记自己的大目标。工作再忙,也要坚持读书、学习,学习与自己大目标相关的知识与技能,并不断实践。

自从心中有了大目标,我感觉生活充满了意义,过得很充实,活得很坦然。

如果说35岁以前有许多偶然,那么36岁之后的转型则是我人生规划的结果,是自己努力所为,是我人生中的1个必然。

自从心中有了大目标，我越来越感觉命运听自己使唤了，好像命运就掌握在自己手中。功夫不负有心人，经过十几年的努力与坚持，我在2001年给自己规划的人生目标正在一步一步实现。

　　机会永远眷顾有所准备的人。我感觉自己50余年的人生经历，人生中的3个偶然和1个必然，其实是抓住了人生中的每一次机遇，都付出了巨大的努力，做了充分的准备，都是自己人生规划和奋斗的结果。

　　演讲完毕，大礼堂响起了热烈如潮水般的掌声，持续了有一分多钟。此后进入问答环节，第一个提问的是一个戴着深度近视眼镜的小女生："前辈的人生经历很励志，如果时光倒流回到1993年，让您重新选择一回，您选择创业还是继续留在学校？"

　　李铁英回答："你的问题让我难以回答，首先时光不会倒流，人生只有一次，机会稍纵即逝，人生最难的就是选择，选择了创业就等于放弃了大学教职，选择了做企业家就等于放弃了做教授、做院士。面对创业大潮，身为讲师，我当时不满足于自己20多岁就看到了60岁的工作情景，宁愿食不果腹也要选择充满不确定性的创业生活。我不后悔！如果时光倒流，我还会选择创业！"

　　礼堂又响起了雷鸣般的掌声，一个高个子的男生提问："李老师，我很欣赏您的观点，人生在于选择，既然您选择了创业，为什么现在您又退出了公司的日常管理而从事咨询和写作工作呢？"

　　李铁英："问得好！开始创业时，我的目的并不明确，可以说是随波逐流，我很庆幸自己35岁时重新思考人生，思考人生的意义，思考自己想要的到底是什么？自己擅长的到底是什么？并选择自己将来想要过的生活——咨询与写作。如果能把自己的兴趣、优势、意义有机地结合起来，你就能踏上成功、健康、幸福之路。如果你按自己的真实意图设计自己的生活，你会发现现在的生活和将来的生活是多么不同。"

接着，又有一个男同学提问："李董、李老师，不知称呼您什么好，我也是学高分子专业的，您的成功是我们学习的榜样！我想知道，您50余年的人生最大的感悟是什么？对于年轻人您有什么建议？"

李铁英摸了摸脑袋，回答道："感悟太多了！这样吧，我讲三点：

"一是观念决定命运。大学期间，我很不自信，我来自黄河边的一个小乡村，入学成绩也没有同学们好，感觉处处不如人。30年过去了，之所以比大多数同学做得好，我觉得全是自己不断认识自我、克服自卑心理、改变观念的结果。改变观念，命运就会改变。

"二是人往往是靠勇气而非分数领先他人。俗话说'树挪死，人挪活'，只要你有勇气并愿意去冒险，那么生命就会变得非常激动人心，勇敢的行为能锻炼人的性格并抓住很多机会。

"三是人生回报行动。有了梦想与目标，如果你不采取任何行动，你的境况是不会自动改变的，人生回报行动。确定好自己的目标，然后一步一步去实施。不要惧怕错误和失败，你越早尝试，就越早犯错误，就越早进步，也就越早成功。"

又是一片掌声，李铁英的回答，让同学们感觉受益颇多，接着一位戴眼镜的高个子漂亮女生提问："李老师，看媒体报道，目前您正在由'财务自由向思想独立攀登'，能谈一下您对财务自由和思想独立的见解吗？"

李铁英："对于财务自由，可能各人有各人的标准。对我而言，下半辈子衣、食、住、行有基本保障，不再为挣钱而奔命就是财务自由。关于思想独立，其标准大体相似。思想独立意味着内心真正的开放，摆脱各种观念的束缚，对事情有自己独特的判断，不会因适应社会环境而循规蹈矩，它是一种创造的状态。最关键的是认识到这个人生是我的，不是别人的，我是自己的主人，而不是任何人的奴隶。我得为自己做决定，不能由别人来主宰自己。"

葛星火坐在下面，听着李铁英的回答，心潮起伏，是啊，论能力自己不输给李铁英，但是在观念上、在原则上，他和李铁英差得很多，李铁英是脚踏实地一步一步地走，而自己总想投机取巧、急功近利，才使自己一败涂地。他站起身，悄悄地走了。

同学们的提问非常活跃，按事前安排的演讲时间已经超时了半小时，主持人发话让同学们提最后一个问题，会场里举起来百余只手，主持人把最后的机会给了会场最后一排站着听演讲的女生。

这个同学问道："李老师，不好意思，我想问您一个私人问题。我来之前，还特意查了媒体对您的报道，您的公司名称由'铁哥俩'改成了'铁三角'，您和另一位学长合伙创业，优势互补，把公司做得风风火火，后来又因观念不同而散伙，那位学长差点把您的家庭弄到破裂的边缘，您也把那位学长告上了法庭。两人从铁哥俩，变成了仇人与对手。你们现在还有联系吗？你还恨他吗？谢谢！"

台下一片议论声。李铁英稍加思索，回答说："我很珍惜上世纪七八十年代与星火结下的友谊，小学时我们一起玩耍，大学时一起谈文学、谈哲学，后来又一起成了市场经济大潮的弄潮儿，我很庆幸自己没有在这个物欲横流、利益至上的商界沉沦！你看到的报道可能有点夸张，也许是性格和观念使然，我和星火经历了'同甘苦'，但没能'共富贵'，我们没有变成仇人，说'竞争'更合适！我们还是哥们儿！一直保持联系。"

葛星火听着背后传来李铁英的话语，眼泪不自觉地流了下来。

最后，李铁英再次感谢母校的邀请以及同学们的热情提问，并朗诵德国19世纪浪漫派诗人荷尔德林的一首诗《人，诗意地栖居》结束了自己的演讲。

  如果人生纯属辛劳，人就会
  仰天而问：难道我
  所求太多以至无法生存？
  ……
  人充满劳绩，但还
  诗意地安居于这块大地之上
  ……

图书在版编目（CIP）数据

铁哥俩 / 海潮著 . -- 北京：作家出版社，2023.10
ISBN 978-7-5212-2421-4

Ⅰ . ①铁… Ⅱ . ①海… Ⅲ . ①长篇小说 – 中国 – 当代 Ⅳ . ①I247.5

中国国家版本馆CIP数据核字（2023）第150481号

铁哥俩

作　　者：海　潮
责任编辑：宋辰辰
装帧设计：意匠文化·丁奔亮
出版发行：作家出版社有限公司
社　　址：北京农展馆南里10号　　邮　　编：100125
电话传真：86-10-65067186（发行中心及邮购部）
　　　　　86-10-65004079（总编室）
E-mail:zuojia@zuojia.net.cn
http://www.zuojiachubanshe.com
印　　刷：河北京平诚乾印刷有限公司
成品尺寸：152×230
字　　数：193千
印　　张：17.25
版　　次：2023年10月第1版
印　　次：2023年10月第1次印刷
ISBN 978-7-5212-2421-4
定　　价：52.00元

作家版图书，版权所有，侵权必究。
作家版图书，印装错误可随时退换。